Adrian Steiner

PRATO

BAND 2

DIE ZEIT DER RÄUBER

Aus der Reihe
Schweizer Mittelalter-Saga

EK-2 MILITÄR

Ihre Zufriedenheit ist unser Ziel!

Liebe Leser, liebe Leserinnen,

zunächst möchten wir uns herzlich bei Ihnen dafür bedanken, dass Sie dieses Buch erworben haben. Wir sind ein kleines Familienunternehmen aus Duisburg und freuen uns riesig über jeden einzelnen Verkauf!

Mit unserem Label *EK-2 Militär* möchten wir militärische und militärgeschichtliche Themen sichtbarer machen und Leserinnen und Leser begeistern.

Vor allem aber möchten wir, dass jedes unserer Bücher **Ihnen ein einzigartiges und erfreuliches Leseerlebnis** bietet. Daher liegt uns Ihre Meinung ganz besonders am Herzen!

Wir freuen uns über Ihr Feedback zu unserem Buch. Haben Sie Anmerkungen? Kritik? Bitte lassen Sie es uns wissen. Ihre Rückmeldung ist wertvoll für uns, damit wir in Zukunft noch bessere Bücher für Sie machen können.

Schreiben Sie uns: info@ek2-publishing.com

Nun wünschen wir Ihnen ein angenehmes Leseerlebnis!

Jill & Moni
von
EK-2 Publishing

Karte

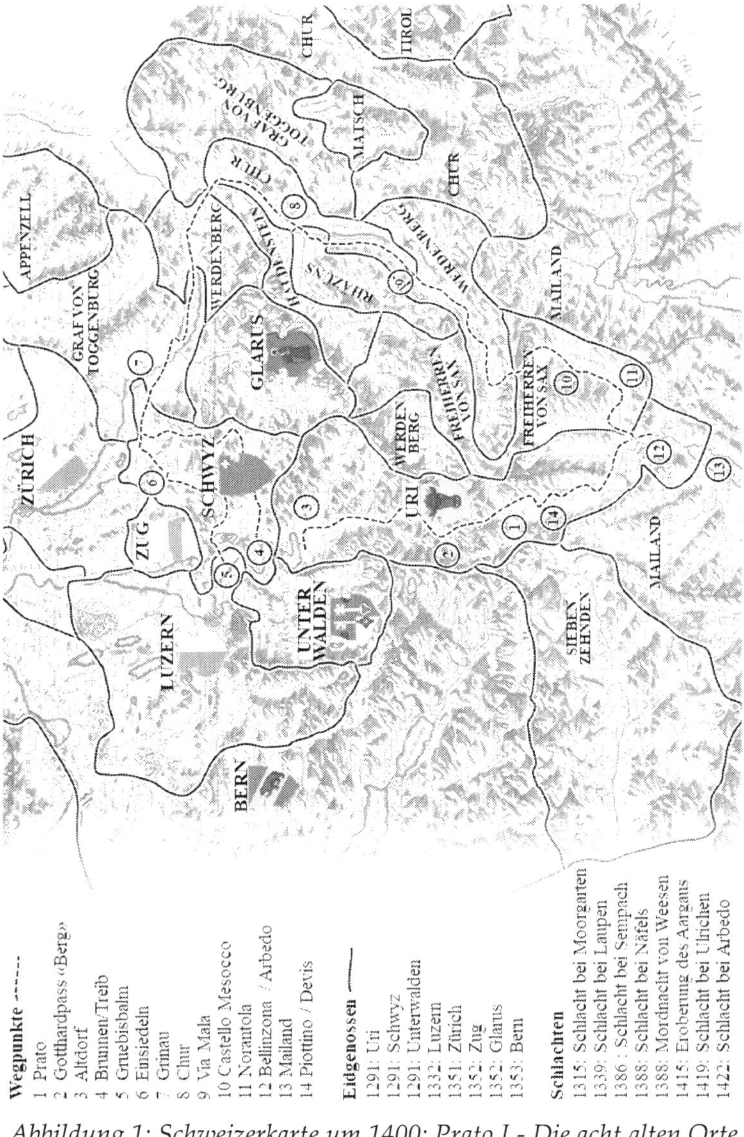

Abbildung 1: Schweizerkarte um 1400: Prato I - Die acht alten Orte (Nach Faden, 1799)

Hinweis

Dieser Roman behandelt die Alte Eidgenossenschaft im frühen 15. Jahrhundert und spielt somit hauptsächlich in der heutigen Schweiz. Auch ist der Autor Schweizer. Für maximale Authentizität folgt der Text den Regeln der Schweizer Rechtschreibung; so gibt es beispielsweise kein ß. Die Guillemets (französische Anführungszeichen) werden *umgekehrt* dargestellt: «»

Das heißt, aus Sicht eines Deutschen oder Österreichers sind sie umgekehrt dargestellt – für Schweizer ist die Darstellung in diesem Buch üblich.

Über die **Schweizer Mittelalter-Saga**

Die Autoren **Antoine de la Fère** und **Adrian Steiner** sind Schweizer und so ist es nur folgerichtig, dass sich ihre Romanreihe «*Schweizer Mittelalter-Saga*» um jene militärischen Auseinandersetzungen der Eidgenossen im Spätmittelalter dreht, die massgeblich zur Bildung der heutigen Schweiz beigetragen haben.

Ihre Reihe besteht aus unterschiedlichen Zyklen, die jeweils eigenständige Geschichten erzählen. Die einzelnen Zyklen sind lose miteinander verknüpft, funktionieren aber jeweilig ganz wunderbar, ohne die anderen Zyklen gelesen zu haben. Gleiches gilt für die Einzelwerke aus dieser Reihe.

Überblick über die Reihe:

Zyklus «Die Nacht am Feuer» (abgeschlossen)

1. Die Nacht am Feuer Band 1 – Die Schlachten am Wasser
2. Die Nacht am Feuer Band 2 – Der Krieg im Winter

Zyklus «Prato» (wird mit Band 3 abgeschlossen)

1. Prato Band 1 – Die acht alten Orte
2. Prato Band 2 – Die Zeit der Räuber
3. Prato Band 3 (erscheint im 1. Quartal 2025)

Einzelwerke

- Die Nacht am Feuer – Die Vorgeschichte (Vorgeschichte zum Zyklus «Die Nacht am Feuer», das E-Book ist gratis erhältlich!)

Kapitel 1: Gruebisbalm

Am nächsten Morgen wachte ich in der Höhle auf. Meine Glieder schmerzten von der unbequemen Nacht auf dem nackten, kalten Gestein. Wir hatten nichts, um den harten Untergrund etwas weicher zu gestalten. Ich richtete mich auf und streckte vorsichtig die Arme und Beine aus.

Nachdem wir am Vortag endlich die Höhle erreicht hatten, waren wir so tief wie möglich hineingekrochen. Sie war überraschend gross, vom Eingang aus konnte man wohl etwa fünfzig Fuss weit hineingehen. Im hinteren Bereich entdeckten wir einige trockene Äste, die wir nutzten, um ein Feuer zu entfachen, obwohl ich mich dagegen aussprach, denn die Männer bei der Treib hatten inzwischen sicher bemerkt, dass wir verschwunden waren, und suchten nach uns. Trotzdem blieb uns keine andere Wahl: Ohne Feuer würden wir die Nacht nicht überleben. Wir drängten uns dicht um die wärmenden Flammen und streckten ihnen unsere kalten Hände entgegen. Veit, Felis und ich waren von den letzten Tagen gezeichnet. Seit wir Grinau verlassen hatten, hatten wir kaum geschlafen. Wir waren verfolgt und geschlagen worden und ohne Unterlass der widerlichen Kälte ausgesetzt. Tus hielt das Feuer die Nacht hindurch am Brennen und übernahm die Wache, während wir anderen in einen komatösen Schlaf fielen.

Nun war es früher Morgen, oder herrschte bereits Mittag? Ich vermochte es tief aus der Höhle heraus nicht zu sagen. Noch immer fror ich, und war erleichtert zu sehen, dass Tus am Feuer sass und Scheite nachlegte. Er schien durchgängig wach gewesen zu sein und grüsste mich mit einem leichten Kopfnicken.

«War es ruhig draussen? Hat uns jemand gesucht?», wollte ich von ihm wissen.

«Ich habe niemanden bemerkt. Bin mehrmals nach draussen gegangen, habe gehorcht und mich umgesehen. Aber es war nichts zu hören.»

Ich ass etwas von unserem spärlichen Proviant, den wir von Grinau mitgenommen hatten, und blickte zum Höhleneingang, der umrahmt von den dunklen Felswänden zu strahlen schien. Das

Tageslicht drang ins Innere und ich sah mich erstmals genauer um. Als wir am Vortage hier angekommen waren, hatte tiefe, pechschwarze Nacht geherrscht, und wir waren lediglich durch die Dunkelheit gestolpert und hatten uns den Weg ertastet.

Also stand ich auf und nahm mir die Zeit, die Höhle gewissenhafter zu untersuchen. Vorne am Eingang begutachtete ich den Wasserfall, welcher fast über die gesamte Breite der Höhlenöffnung wie ein verschleierter Vorhang herunterplätscherte und dadurch unser geheimer Unterschlupf verbarg.

Der Eingang selbst mass vielleicht 24 Fuss in der Breite und war an der höchsten Stelle ungefähr neun Fuss hoch. Gleich hinter dem Eingang fand sich innerhalb der Höhle einen kleinen, etwa mannslangen See, in dem sich das Frischwasser des Wasserfalls sammelte, bevor es dann von diesem natürlichen Becken weiter ins Tal hinunterfloss. Die tiefste Stelle von unserem Versteck befand sich ungefähr 50 Fuss weit vom Eingang entfernt, mit zunehmend abfallender Decke, sodass ich zuhinterst nur noch gebückt gehen konnte. Es war eine recht ansehnliche Höhle.

Ich begab mich wieder zum Eingang, wo das Wasser des kleinen Baches heruntertröpfelte. Um die Höhle zu verlassen, zog ich reflexartig den Kopf ein, während ich durch das kühle Nass trat. Draussen fand ich mich in einer schmalen, kleinen Schlucht wieder. Zu beiden Seiten ragten steile Hänge empor, die von dichten Bäumen gesäumt waren.

Rechts von mir führte ein kleiner Trampelpfad aus dem Tobel. Als ich dem Pfad folgte, erreichte ich bereits nach wenigen Atemzügen das Ende und fand mich auf einem freien Feld wieder, von wo aus sich mir ein atemberaubender Blick auf den See bot. Es war ein klarer Tag im Januar und nur leichter Dunst trübte die weite Sicht.

Der See lag im Herzen der Eidgenossenschaft. Die Länder Uri, Schwyz, Unterwalden und die Stadt Luzern befanden sich alle an diesem verzweigten Gewässer, wobei Luzern am nördlichen Ufer des Sees lag, wo das Gelände flacher war. Wenn man von Luzern aus in die anderen Länder rudern wollte, musste man eine Engstelle zwischen dem sogenannten Oberen und Unteren Nas durchqueren. Von meiner Position aus konnte ich direkt auf diese

Engstelle weit unter mir blicken und erkannte eine Naue, die soeben hindurchsteuerte.

Abbildung 7: Gruebisbalm (Nach: Faden, 1799)

Natürlich drehte sich der Rest der Welt weiter, auch wenn sie am Vorabend für uns beinahe stehengeblieben wäre. Und so melkten die Bauern ihre Kühe, die Fischer zogen mit ihren Netzen auf den See hinaus, Schmiede hämmerten auf den Stahl und die Händler fuhren mit den Nauen durch diese Engstelle von Flüelen nach Luzern oder umgekehrt. Ich stellte mir vor, dass die Naue dort unten vielleicht sogar von Otto Vischlin gesteuert wurde, der Bruder des Urner Schiffsmeisters, auf seiner wöchentlichen Fahrt von Flüelen in die Stadt Luzern. Ich schirmte meine Augen mit der flachen Hand gegen den grellen Himmel ab und folgte der Uferlinie, um den Weg der Naue zu erkennen. Wenn ich meinen Kopf drehte und vorausschauen wollte, wohin sie wohl rudern würde, konnte ich in der Ferne eine Stadt erkennen. Das musste Luzern sein.

Als wir am Abend zusammen assen, fragte mich Tus, wie es nun weitergehen solle. Verständlicherweise war er besorgt darüber, einen Fehler begangen zu haben, als er sich uns anschloss. Zweifellos befürchtete er, wir würden uns damit begnügen, in dieser Höhle Däumchen zu drehen und auf bessere Zeiten zu warten.

Also erklärte ich ihm: «Hier haben wir ein ideales Versteck gefunden. Nur wenige kennen die Höhle und die, die sie kennen, meiden sie wegen der bösen Geister.» Ich hielt inne und fuhr dann fort: «Wir haben von hier aus eine gute Sicht auf einen Grossteil des Sees. Wir können alle Nauen beobachten, die darauf verkehren. Wenn eine Naue von Luzern ablegt und sich auf den Weg nach Flüelen macht, sehen wir das, sobald sie den Hafen von Luzern verlässt. Wenn eine Naue von Flüelen her in Richtung Luzern unterwegs ist, sehen wir auch das, sobald sie sich der Engstelle nähert.»

Ich wartete einen Augenblick ab und sah Tus an. Auch Veit und Felis hörten aufmerksam zu, obwohl sie die groben Umrisse des Plans bereits kannten.

«Was befindet sich meistens auf den Nauen?», wollte ich wissen.

Wir alle richteten unsere Aufmerksamkeit auf Tus.

«Vieh, Weizen, Stoffe. Alles Mögliche», antwortete er.

«Und Händler», ergänzte Veit.

«Genau, Händler, Kaufleute, Adlige. Reiche Menschen aus aller Herren Länder. Stellt euch vor, wie viele Münzen auf so einer Naue zu finden sind», sagte ich.

Ich dachte an die vielen italienischen Händler mit ihren wertvollen Truhen, die wir zum Schutz ihrer Kostbarkeiten auf den Nauen von Herrn Vischlin begleitet hatten. Wir alle, wohl auch der Schiffsmeister Albrecht Vischlin, hatten ab und zu daran gedacht, den Händler einfach zu töten und den Inhalt der Kiste unter uns aufzuteilen.

«Du willst die Nauen überfallen?» Tus zog die Augenbrauen nach oben.

«Ja!», antwortete ich überzeugt, «Wir sehen die Nauen von hier oben früh genug. Wir steigen hinunter, gehen mit unserer Jasse auf den See und stehlen von den Händlern, was wir kriegen können.»

«Und wohin verschwinden wir dann, ohne, dass sie sehen, wohin wir gehen und uns verfolgen?»

«Habt ihr schon von der Wispelenegg gehört?», fragte ich die Männer und blickte dabei in unwissende Gesichter. Auch Veit hatte noch nie davon gehört. Aber das war auch nicht weiter verwunderlich, denn er war nie mit dem Herrn Vischlin auf den Urner Nauen gewesen. Stattdessen hatte er zu jener Zeit im Schächental gedient, weit weg vom Wasser des Sees.

Doch die beiden Vischlin-Brüder kannten zahlreiche Geschichten von gefährlichen Stellen auf dem See. Sie erzählten von Strudeln, von mysteriösen Kräften, die eine Naue plötzlich in die Tiefe zogen. Allen voran Otto Vischlin, der jede Woche nach Luzern schiffte, kannte fürchterliche Geschichten von Seeungeheuern und bösen Geistern. Eine dieser gefährlichen Stellen hiess Wispelenegg. Er erklärte uns in den Gasthäusern von Flüelen ganz genau, wo diese Stelle zu finden war:

Die dort eingezeichnete «Wispelenegg», ein kanzelförmiger Felsvorsprung am Ufer der «Nas», taucht bereits in Schriftquellen des 15. Jahrhunderts auf. (...) Auch noch 1764 und 1796 wird von «der gefaehrlichen Spitze Wispeleneck berichtet, «da sich viele Schiffbrueche begeben.»[1]

«Die Wispelenegg befindet sich beim Unter Nas», erklärte ich den anderen. «Sie liegt direkt auf der üblichen Strecke von Luzern nach Flüelen. Und die Stelle ist verwünscht. Heimtückische Winde und gefährliche Strudel lassen dort immer wieder Boote verschwinden. Ausserdem befindet sich die Stelle dort, wo die Ufer von unwegsamem Gelände gezeichnet sind. Eine Naue kann dort nicht anlegen, weil nur nackter Fels aus dem See ragt. – Sie werden dort also in der Falle sitzen. Daher werden wir an dieser Stelle die Nauen überfallen. Wir nehmen, was wir kriegen, und schlagen ein paar Löcher in den Boden der Nauen. Nicht so grosse, dass sie direkt sinkt, es soll nur so viel Wasser hereinlaufen, dass

---

[1] Reitmaier & Egloff, 2008

die Besatzung mit Ausschöpfen beschäftigt ist, während wir das Weite suchen.»

«Das Weite – wohin?», fragte Tus.

«Wir verschwinden durch die Engstelle zwischen Ober und Unter Nas, rudern in Richtung Brunnen und gehen an Land, sobald uns die Naue nicht mehr sehen kann. Dort verstecken wir unser Boot und flüchten hinauf in unsere Höhle», endete ich meine Erklärungen. Ich war ziemlich zufrieden mit mir und ich hörte bereits die Münzen klimpern.

Stille kehrte in unserem Versteck ein und alle dachten über das Gesagte nach. Bevor jemand Zweifel äussern konnte, ergänzte ich: «Natürlich müssen wir vorsichtig sein und nach einem Überfall eine gewisse Zeit abwarten. Wir dürfen nicht jede Naue überfallen. Vielleicht eine alle paar Wochen. Und wir dürfen keine einheimischen Händler ausrauben.»

Das leuchtete allen ein. Solange wir nur die ausländischen Händler und Kaufleute behelligten, würden die Einheimischen nicht so nervös werden. Solange es nicht ihr Geld war, das gestohlen wurde, konnte es ihnen beinahe egal sein.

Die nächsten Tage nutzten wir dazu, uns in der Höhle einzurichten. Wir waren uns einig darin, dass wir uns für den Moment am besten überhaupt nicht in der Öffentlichkeit blicken liessen. Man würde bestimmt noch eine Zeit lang nach uns suchen. Ich hoffte nur, dass niemand unser Boot entdecken würde, das wir unten am Ufer zurückgelassen hatten. Ich beruhige mich aber immer wieder damit, dass wir es gut versteckt hatten.

Wir richteten provisorische Nachtlager ein. Jeder versuchte seinen Platz mit Ästen und Laub so bequem wie möglich zu gestalten. Wir sammelten Steine, türmten sie um die Feuerstelle herum auf und dichteten die Spalten mit Erde ab, um die grellen Lichtstrahlen daran zu hindern, in die dunkle Nacht zu entweichen.

Wir wagten nur in der Nacht das Feuer zu entfachen, denn wir fürchteten, dass man am Tag die Rauchsäule am klaren Himmel erkennen würde. Es war tiefster Winter und so kam es, dass wir tagsüber ohne das wärmende Feuer mehr froren als in der Nacht.

Immer wieder wagten wir uns vorsichtig nach draussen, schlichen aus dem Tobel, um einen Blick auf den See zu erhaschen.

Ständig befürchtete ich, dass man uns finden würde. Doch ein Tag nach dem anderen verstrich und niemand kam. Die Höhle war gut versteckt. Und niemand hatte uns gesehen, als wir von der Treib Reissaus genommen hatten. Niemand hatte gesehen, wohin wir geflohen waren. Genauso gut hätten wir nach Unterwalden gegangen sein können, oder über die Berge in den Osten, oder noch weiter in den Norden. Alles wäre möglich gewesen. Vermutlich war sogar alles andere wahrscheinlicher als unser Versteck mitten in der Eidgenossenschaft. Mit jedem Tag, der verstrich, fühlte ich mich sicherer und meine Zuversicht wuchs.

Wir veränderten unser Aussehen. Wir liessen unsere Bärte und Haare wachsen. Zum einen wollten wir nicht mehr auf den ersten Blick als die Männer von Grinau erkannt werden. Zum anderen war es uns aber auch einfach nicht möglich, uns in der Höhle richtig zu rasieren.

Nach ungefähr acht Tagen wagten wir uns wieder hinunter an den See, um nach unserer Jasse zu sehen. Wir fanden das Boot an derselben Stelle, an der wir es unter Gestrüpp versteckt hatten. Um sicherzugehen, bauten wir das Versteck noch weiter aus.

Danach schlichen wir im Schutze des Waldes auf das Dorf Vitznau zu, darauf bedacht, niemandem zu begegnen. Wir brauchten etwas zu essen und noch ein paar andere Alltagsgegenstände, die wir anders nicht beschaffen konnten. Natürlich wollte ich es vermeiden, dass wir uns mit anderen Menschen treffen mussten, doch nach acht Tagen in unserem Versteck waren unsere Nahrungsmittel vollständig erschöpft.

Als wir in die Nähe des Dorfes kamen, verharrten wir im Wald und beobachteten die einfachen Hütten für ein paar Augenblicke.

In dem kleinen Weiler wohnen höchstens eine Handvoll Familien, dachte ich.

Wir bestimmten Felis, der in das Dorf gehen und nach Nahrungsmitteln fragen sollte. Er sah von uns allen am wenigsten wie ein Dieb aus, da er einigermassen saubere Kleider trug.

«Und was soll ich ihnen sagen, wenn sie Fragen stellen?», wollte Felis von uns wissen.

Das war ein guter Punkt. Und ich wusste keine Antwort. Bestimmt wollten die Menschen in dem Weiler Neuigkeiten austauschen und wissen, woher Felis kam und was er bei ihnen wollte. Bestimmt würden sie Klatsch und Tratsch erfahren wollen, mit dem sie die Langeweile ihres eigenen Lebens aufwerteten.

Veit schlug vor: «Sag ihnen, ein reicher Adliger hätte sich irgendwo in der Nähe niedergelassen und möchte frischen Fisch kaufen. Sag ihnen, dass du ab jetzt jede Woche vorbeikommen wirst, wenn ihr euch einig werdet. Dann wissen sie, dass es für sie ein lohnendes Geschäft werden könnte.»

Felis sah uns abwechselnd an. Offensichtlich wartete er auf ein Urteil der Gruppe. Schliesslich ruhte sein Blick auf mir.

«Versuch es», sagte ich knapp, da ich auch keinen besseren Einfall hatte. Felis zuckte mit den Schultern und entgegnete: «Gut. Dann bleibt nur noch die Bezahlung.» Er sah mich eindringlich an.

Ich hatte die Annelises Kette mithilfe meiner Hellebarde in der Höhle in mehrere Teile zerhackt und gab Felis nun eines. «Das ist Silber. Gib ihnen das.»

Ich konnte nicht mit Sicherheit sagen, ob es wirklich Silber war. Aber die Farbe stimmte. Ich wusste auch nicht, wie viel das Bruchstück wert war. Sein Gewicht konnte ich in der Hand gerade so spüren. Wenn es Silber war, war die Bezahlung für ein paar Lebensmittel wohl sehr grosszügig. Und wenn es zusätzlich die Verschwiegenheit der Leute förderte, sollte es mir recht sein.

Felis nahm das Bruchstück entgegen und wog dessen Gewicht ebenso in der Hand ab wie ich. Er sah mich an und machte sich davon. Als er aus dem Unterholz hervortrat, straffte er seinen Leib und streckte den Rücken durch. Er schüttelte alle Äste und sonstiges Grünzeug von seinem Umhang, strich seine Haare nach hinten und ging raschen Schrittes auf die Hütten zu.

Schon bald war er aus unserem Sichtfeld verschwunden und das angespannte Warten begann. Es war wichtig, Proviant zu besorgen, denn wir besassen nichts mehr. Veit, Tus und ich warteten schweigend. In Gedanken waren wir bereits in der Höhle und genossen unser Essen.

Ich beobachtete den Schatten, den die Sonne hinter einem einzelnen Ast warf. Der Schatten wanderte etwa einen halben Fuss weit, ehe Felis endlich mit einer Tasche über der Schulter zurückkehrte. Er grinste uns zu, was wohl nur Gutes bedeuten konnte.

«Männer, heute gibt es ein Festmahl!», verkündete er.
«Was hast du erhalten?», wollte Veit als Erster wissen.
«Hühnchen, Fisch, Brot und Bier», antwortete er gutgelaunt.
«Haben sie Fragen gestellt?», fragte ich.
«Ich habe ihnen die Geschichte erzählt und ihnen das Hacksilber entgegengestreckt. Ein Mann nahm es und schickte die Frauen los, um Essen zusammenzutragen. Ich sagte ihnen, dass ich ab jetzt öfters kommen werde. Sie meinten, ich sei jederzeit willkommen.»
Und damit schlichen wir wieder tiefer in den Wald hinein, um wenig später den steilen Aufstieg in unsere Höhle in Angriff zu nehmen.
Inzwischen waren zwei Wochen vergangen, seit wir von der Treib entkommen waren. Jedes Mal, wenn ich aus der Höhle heraustrat und auf die Welt im Tal unter uns hinuntersah, erkannte ich, dass alles seinen üblichen Gang nahm. Ich konnte keinerlei Auffälligkeiten entdecken; alles schien den Gewohnheiten zu entsprechen.
Ich entschloss mich, dass es an der Zeit war, wieder aktiv zu werden. Vier Männer, isoliert in einer Höhle, konnte auf die Dauer nicht gutgehen. Wir langweilten uns und drohten fahrlässig zu werden. Die Männer entfernten sich immer weiter von unserem Versteck und ich musste sie daran erinnern, nicht unnötig umherzuwandern. Wir stritten immer öfter. Jeder fragte sich, ob er die richtige Entscheidung getroffen hatte, in diese eintönige Höhle hinaufzusteigen. Die Stimmung verdüsterte sich und Kleinigkeiten führten zu Auseinandersetzungen.
Wenn wir in das Wasserbecken am Höhleneingang blickten, erkannten wir in unserem Spiegelbild, dass wir wie Wilde aussahen. Wie Ausgestossene oder Verbannte, die im Wald lebten. Ich erinnerte mich an die Diebe, die wir in Uri im dunklen Wassener Wald verfolgt hatten. Einer war über die Klippe in den Tod gestürzt, den anderen hatten wir festnehmen können. Ich meinte, dass wir nun ähnlich aussahen wie sie damals.
Also bereitete ich die Männer auf unseren ersten Überfall vor. Auch ich wusste zunächst nicht genau, wie wir vorgehen sollten. Doch hatte ich mir in den letzten Tagen den Kopf darüber

zerbrochen und versuchte alle Möglichkeiten in Betracht zu ziehen und die Risiken abzuwägen.

«Ab jetzt beobachten wir die Nauen, die von Luzern herkommen», erklärte ich meinen Mitstreitern. «Wir müssen sicher sein, dass es nicht die Urner Naue ist, denn der Schiffsmeister würde mich mit Sicherheit erkennen. Vielleicht sogar auch Veit oder Tus. Wir alle haben in Uri unter Arnold Schick gedient.»

«Und wie erkennen wir das von hier oben?», wollte Felis wissen.

«Die Urner Naue ist etwas grösser als die Luzerner. Wir werden es schon merken. Am besten ist es, wenn wir die Luzerner Naue überfallen. Denn niemand von uns hat je etwas mit Luzern zu tun gehabt.» Ich sah sie fragend an, worauf alle zustimmten.

«Am besten machen wir den Überfall, wenn es dämmerig ist. Die Dunkelheit begünstigt unsere Flucht; niemand wird sehen, wohin wir fliehen. Um diese Jahreszeit ist es nicht lange hell und irgendeine Naue wird irgendwann verspätet vom Hafen in Luzern ablegen. Vielleicht sind nicht genügend Ruderer verfügbar oder das Wetter ist schlecht. Früher oder später wird eine in der Abenddämmerung auf das Wispelenegg zufahren.» Ich legte eine Pause ein. «Dann werden wir hinuntersteigen, unsere Jasse zu Wasser lassen, zum Wispelenegg rudern und die Naue überfallen.»

«Der Schiffsmeister wird versuchen seine Fracht zu schützen», gab Tus zu bedenken. Und damit hatte er natürlich recht. Trotz all meiner Planungen wusste ich nicht genau, wie wir es im Detail am besten anstellen sollten. Aber irgendwann wurde ich der Grübeleien überdrüssig und entschied, dass wir es einfach versuchen mussten.

Also teilte ich uns in zwei Gruppen ein: «Felis und ich springen auf die Naue, während Veit und Tus auf unserer Jasse bleiben. Tus, du wirst die Jasse mittels der Ruder auf Position halten, während du, Veit, deine Armbrust zu jeder Zeit auf den Schiffsmeister gerichtet hältst. Er soll spüren, dass eine falsche Bewegung sein Todesurteil bedeutet.»

Ich sah Felis an. «Wir beide treiben die Ruderer und den Schiffsmeister auf einer Seite der Naue zusammen. Dann sollen sie uns ihre wertvollsten Waren herüberwerfen. Wenn wir alles haben, schlägst du mit dem Spitz der Hellebarde ein Loch in die Naue. Das Wasser dringt ein, wir gehen von Bord und rudern davon, während die Ruderknechte das Wasser ausschöpfen müssen, um nicht unterzugehen.»

Angespannt sah ich die anderen an. Hatte ich sie überzeugt? Sie sahen sich gegenseitig an und begannen zustimmend zu nicken.

Dann, eines Abends, war es so weit. Nachdem wir mehr als drei Wochen untergetaucht waren, glaubten wir, die richtige Naue für unseren ersten Überfall rudere in unsere Richtung.

Wir stimmten überein, dass es sich um eine Luzerner Naue handeln musste. Es war später Nachmittag, eher schon Abend. Wir spürten einen leichten Wind, der jedoch nicht zu stark war, um unser Vorhaben zu gefährden. Wir blickten uns gegenseitig an, hielten Hellebarde und Armbrust griffbereit. Jeder trug einen Harnisch, aber keinen Helm. Alles stimmte und wir hatten uns selbst davon überzeugt, dass gar nichts schief gehen konnte.

Trotzdem standen wir vier in voller Montur wie angewurzelt nebeneinander da und starrten zu der kleinen Naue auf dem See hinunter. Jeder hing seinen eigenen Gedanken nach. Niemand sprach ein Wort. Warteten wir auf ein Zeichen?

Irgendwann beschloss ich, dass es kein Zeichen geben würde und dass wir auch keines brauchten. Also tat ich wortlos den ersten Schritt und stapfte den Hang hinunter. Ich drehte mich nicht um, sondern folgte stur dem Weg. Ich wusste, dass die anderen mir folgen würden. Vier Männer, vier wild aussehende, bärtige Höhlenbewohner begaben sich auf den Weg, ihr hilfloses Opfer auszunehmen.

Wir nahmen unseren üblichen Trampelpfad durch den Wald, um von niemandem gesehen zu werden. Als wir unten am Ufer unsere Jasse erreichten, sahen wir die Naue bereits näherkommen. Mir bereitete Sorgen, dass wir sie vielleicht nicht rechtzeitig erreichen würden. Doch wir zogen die Jasse ins Wasser, setzten uns hinein. Tus und Veit übernahmen die Ruder. Schnell glitten wir über das eiskalte Wasser, der Naue entgegen. Die Distanz zwischen uns und unserem Ziel verringerte sich rasch, weil wir uns aufeinander zu bewegten. Ich stand vorne in der Jasse und liess meinen Blick über beide Uferseiten wandern. Dann prüfte ich die

Engstelle auf andere Schiffe, konnte aber keine ausmachen. Es schien alles zu passen.

Wir erreichten die Wispelenegg vor der Naue und warteten weit genug von den Ufern entfernt auf sie. Wir konnten die Ruderschläge hören, vernahmen leise Stimmen und bereiteten uns vor. Es handelte sich um eine kleinere Naue als die Urner Naue. Ich zählte vier Ruderknechte und den Schiffsmeister. Ausserdem befanden sich zwei Männer an Bord, die keine Aufgaben erfüllten und offensichtlich Gaststaus genossen.

«Wer seid ihr?», rief uns der Schiffsmeister zu, als sie nahe genug herangekommen waren.

«Wir wollen mit euch Handel treiben», rief ich zurück.

«Jetzt», zischte ich Tus und Veit zu. «Rudert auf sie zu und drängt sie zu den Felsen ab.» Und damit bewegte sich unsere Jasse auf die Naue zu. Offensichtlich waren die Ruderknechte droben verwirrt und verunsichert. Auch der Schiffsmeister schien ratlos.

Aber es war schon zu spät. Unsere Jasse berührte ihre Naue und ich sprang hinüber. Ich schwang meine Hellebarde bedrohlich in Richtung des Schiffsmeisters und drängte ihn somit zurück. Er wich aus und bewegte sich in die Mitte der Naue.

«Ihr verdammten Landratten. Verflucht seien eure Seelen und die Seelen eurer stinkenden Mütter! Mögen sie im ewigen Höllenfeuer verrotten», wetterte er, als er erkannte, was vor sich ging.

«Sei still», herrschte ich ihn an. In der Zwischenzeit war auch Felis auf die Naue gesprungen. Ich sah zu Veit hinüber und erkannte seine gespannte Armbrust, die er auf den Schiffsmeister richtete. Dieser folgte meinem Blick und sah dem tödlichen Bolzen entgegen.

«Hüte dich davor, den Bolzen abzuschiessen, Jungchen!», brüllte er und lief puterrot im Gesicht an.

«Ihr!» Ich sah die Ruderknechte an. «Steht auf, geht auf die andere Seite.»

Drei von ihnen waren Jünglinge. Nicht, dass ich viel älter gewesen wäre, aber doch fühlte ich mich älter – ihnen überlegen. Sie gehorchten und bewegten sich torkelnd zum Heck des Schiffs. Offensichtlich waren sie betrunken. Ich vermutete, dass die Abfahrt in Luzern aus irgendwelchen Gründen verzögert worden war, und die Knechte verbrachten also die Wartezeit in einem Wirtshaus und betranken sich ordentlich. Von ihnen würde keine Gefahr ausgehen.

Als Felis und ich auf der einen, der Schiffsmeister, die Ruderknechte und die beiden Gäste auf der anderen Seite der Naue standen, sagte ich: «Was habt ihr geladen? Reicht uns das Wertvollste herüber!»

«Einen Teufel werden wir tun», antwortete einer der Gäste. Dann drehte sich dieser zum Schiffsmeister um und herrschte ihn an: «Tut etwas. Ihr seid in der Überzahl. Verjagt diese Diebe.»

Der Schiffsmeister sah Felis und mich, dann Veit und Tus an. Natürlich hatte er die auf ihn gerichtete Armbrust nicht vergessen. Er verstand, dass wir bewaffnet und nüchtern waren, während seine Besatzung unbewaffnet und betrunken war. Er erkannte, dass wir bei einem Kampf auf der Naue einen nach dem anderen ohne Mühen mit der Hellebarde totschlagen und in den kalten See werfen würden.

«Besser, Ihr gebt ihnen, was Ihr habt», sagte er schliesslich zu den beiden Gästen.

«Seid Ihr von Sinnen?», herrschte einer von ihnen ihn an.

«Schiffsmeister, nehmt es ihnen ab und werft es zu uns, oder der Bolzen wird sich schon bald lösen. Wir haben nicht viel Zeit», sagte ich.

Der Schiffsmeister funkelte mich wild an. «Dafür werdet ihr gerädert und ohne Gnadenstoss aufgestellt. Ihr werdet in die Hölle fahren und ewige Qualen erleiden.» Er hielt einen Augenblick lang inne und drehte sich dann zu den Gästen um. «Los, her mit euren Säckchen.»

Einer der Männer protestierte weiter und wehrte sich. Doch es nützte nichts, ein Ruderknecht hielt ihn fest, während der Schiffsmeister ihnen die prallgefüllten Säckchen abnahm sie und uns zuwarf. Mit einem dumpfen Geräusch schlugen sie vor uns auf den Boden. Beide Gäste mussten Kaufleute sein auf dem Weg zu fremden, vielleicht italienischen Märkten.

Ich sah mich rasch auf der Naue um und erkannte nichts weiter von Wert. Vermutlich waren sie nur auf Wunsch der beiden Kaufleute noch so spät von Luzern fortgerudert. Ich packte die

Säckchen und versuchte sie an meinem Gürtel zu befestigen. Doch sie waren zu gross und zu schwer und drohten sich wieder zu lösen. Also reichte ich sie Tus hinüber, der sie sicher auf dem Boden unserer Jasse verstaute. Ich nickte Felis zu, der ausholte und die Spitze der Hellebarde in die Mitte der Jasse niederfahren liess. Glücklicherweise traf er genau den Spalt zwischen zwei Brettern, sodass sich das Holz teilte und sich bereits nach dem ersten Schlag ein bisschen Wasser zeigte.

«Gottverfluchte Halunken! Was im Herrgottshimmel tut ihr da?», schrie der Schiffsmeister entsetzt. «Ihr verdammten Gauner. Ihr habt, was ihr wolltet. Wenn ihr uns hier draussen versenkt, tut ihr des Teufels Werk. Das ist bösartig. Ich verfluche euch. Hört ihr? Ich verfluche euch!»

Felis liess die Hellebarde ein zweites Mal niederfahren und nun strömte ein Strahl Wasser in die Naue.

«Wir werden euch nicht versenken, Schiffsmeister. Ihr könnt das Wasser ausschöpfen und ans Ufer rudern», versuchte ich den aufgebrachten Mann zu beruhigen.

Daraufhin gingen Felis und ich von Bord, während die Ruderknechte sofort mit dem Schöpfen begannen und der Schiffsmeister weiter schimpfte und jammerte.

«Los!», sagte ich zu Veit und Tus, die sofort kräftig die Riemen durchzogen. Schnell entfernten wir uns von der Naue, die sich selbst nur langsam in Bewegung setzte. Die Ruderknechte begannen zu rudern, während die Kaufleute das Wasser ausschöpften.

«Werden sie es schaffen?», fragte Tus.

«Ja», antwortete Felis, «das Loch ist nicht gross. Wenn zwei Leute schöpfen, werden sie nicht untergehen.»

Ich hoffte, dass das stimmte. Denn inzwischen war es richtig dunkel geworden. Es war kalt und an dieser Stelle gab es keine Möglichkeit, an der sie hätten ans Ufer gehen können. Die besten Überlebenschancen boten sich ihnen, wenn sie wieder zurückruderten. Dann würden sie rasch zu einem flachen Ufer gelangen, an dem sie an Land gehen konnten.

Wir konnten schon bald die Engstelle zwischen Ober und Unter Nas passieren, sodass wir die Naue aus unserem Sichtfeld verloren, und damit wendeten wir unsere Gedanken der weiteren

Flucht zu. Irgendwann hob ich die beiden Säckchen vom Boden unserer Jasse auf und öffnete sie, während mich die anderen erwartungsvoll ansahen. Als ich hineinsah, erkannte ich lauter funkelnde Gulden. Ich konnte es kaum fassen und grinste meine Kameraden breit an.

«Sag schon, was ist drin?», wollte Veit wissen.

«Ein kleiner Schatz», antwortete ich und legte die Säckchen wieder beiseite. Wir würden sie später in der Höhle noch weiter bestaunen können. Jetzt galt es, ungesehen und heil dorthin zu kommen.

Ich versuchte mich in der Dunkelheit zu orientieren, doch es war schwierig, überhaupt die Uferlinie auszumachen. Aber eigentlich war es gleich, wo wir an Land gingen, solange uns niemand verfolgte und uns niemand sah. Also bestimmte ich einfach eine Stelle, zeigte dorthin und sagte: «Dort, rudert dorthin. Da können wir an Land gehen und die Jasse verstecken.»

Wir versuchten möglichst lautlos anzulanden, zogen die Jasse vorsichtig die Uferböschung hinauf und versteckten sie unter Ästen und Zweigen. Danach machten wir uns daran, den steilen Aufstieg zu unserem Versteck zu bewältigen.

Als wir das Tobel mit unserer Höhle erreichten, verweilten wir noch kurz draussen und sahen zu der Stelle hinunter, wo wir die Naue überfallen hatten. Wir versuchten das Schiff auszumachen, konnten in der Dunkelheit auf dem See aber nichts erkennen. Nur bei einer Wiese, nahe der Unglücksstelle, vermochten wir ein kleines Flackern zu sehen. Möglicherweise waren sie das. Sie mussten an Land gegangen sein und ein Feuer entfacht haben.

Wir taten es ihnen gleich und zogen uns zu unserer Feuerstelle zurück. Tus schaffte Holz von einem trockenen Stapel herbei, den wir eigens dafür angelegt hatten. Kurz darauf loderten kleine, wärmende Flammen in unserer Mitte. Ich schüttete den Inhalt der Säckchen vor mir aus. Schweigend sassen wir da und liessen unseren Blick über die Münzen gleiten, die im Feuerschein glänzten.

Es handelte sich um 20 Goldstücke, italienische Gulden, wie wir an der Prägung erkannten. Mit der flachen Hand teilte ich die Münzen in vier Teile, wovon einer etwas grösser war als die anderen. Diesen behielt ich für mich. Niemand widersprach, schliesslich war es meine Idee gewesen.

«Wir müssen uns wieder bedeckt halten», sagte ich zu meinen Gefolgsleuten. «Wir müssen mindestens zwei oder drei Wochen warten, ehe wir die nächste Naue überfallen können.»

Sie stimmten mir zu.

Also verbrachten wir weitere zwei Wochen isoliert in der Höhle. Vier Männer ohne Beschäftigung. Ich führte täglich meine Kampfübungen aus und trat gegen Gegner an, die nur in meiner Fantasie existierten. Ich versuchte die anderen dazu zu bewegen es mir gleichzutun, doch meist fanden sie lahme Ausreden, obwohl genügend Zeit vorhanden war.

Wie in dem Wirtshaus in Tuggen würfelten wir oft und tranken Bier. Der einzige Unterschied war, dass nun Tus Edgars Platz einnahm. Natürlich bedauerte ich Edgars Schicksal. Der arme Kerl war tot und es hätte ihm zugestanden, hier mit uns zu sitzen und seinen Teil der Beute in der Tasche zu haben. Doch das Schicksal wollte es anders.

Wir verhielten uns weiterhin bedeckt und waren damit beschäftigt, die Höhle winterfest zu machen. Wir zogen uns tiefer ins Innere zurück und errichteten eine stabile Mauer aus Steinen und Stämmen im Eingangsbereich. Diese erfüllte mehrere Funktionen: Zum einen sollte sie die Kälte draussen halten, damit wir nicht länger erbärmlich frieren mussten. Zum anderen sollte sie im Falle eines Angriffs die Angreifer eine ganze Zeit lang aufhalten und den Zugang ins Innere auf eine schmale Engstelle begrenzen. Natürlich wären wir in einem solchen Fall dennoch gefangen, sollte man uns aufspüren, um uns unserer gerechten Strafe zuzuführen. Dennoch bot die Mauer ein Minimum an Schutz und würde uns wertvolle Zeit verschaffen.

Auch schützte uns die Mauer vor neugierigen Blicken. Zwar war die Höhle bereits durch die natürliche Umgebung hervorragend verborgen, denn wer nicht wusste, dass sie existierte, konnte sie von aussen kaum entdecken.

Um die Mauer stabil und wetterfest zu machen, verwendeten wir dicke Baumstämme, die wir übereinanderlegten und mit Querbalken sicherten. Die Balken konnten gut in die Höhlenwand eingearbeitet werden, sodass wir die Stämme verkeilen konnten. Ausserdem wies ich die Männer an, die Baumstämme mit Russ aus unserer Feuerstelle schwarz einzufärben. Mit Erde verstopften wir sämtliche Spalten.

Als wir diese Arbeiten abgeschlossen hatten, blieb wieder viel Zeit für Grübeleien. Dabei dachte ich oft an Elisabeth. Sie hatte auf Drängen ihrer Eltern hin dem Kloster gegenüber ein Gelübde geleistet. Sollte sie dieses Gelübde brechen, würde sie in Ungnade fallen. Doch mit dem nötigen Kleingeld würde der Abt bestimmt darüber hinwegsehen und ihr Absolution erteilen.

Nun besass ich ein kleines Vermögen und könnte ihr diese Absolution erkaufen. Doch wie konnte ich sie erreichen? Wir wagten kaum, die Höhle zu verlassen, wie also sollte ich nach Uri gelangen? Das schien mir ausgeschlossen.

«Ich kann Joss bitten, sie zu holen», meinte Felis eines Abends, als wir über Frauen sprachen und ich von Elisabeth erzählte.

«Wer ist Joss?»

«Das ist der Bauer unten in Vitznau, von dem ich das Essen kaufe.» Felis begab sich einmal in der Woche hinunter nach Vitznau und holte dort unsere Lebensmittel. Anscheinend hatte er in der Zwischenzeit die Menschen dort besser kennengelernt.

«Joss ...», wiederholte ich den Namen, «und du meinst, man kann ihm trauen?»

Felis zuckte mit den Schultern. «Ich weiss, wo er wohnt. Ich weiss, wie seine Frau und seine Kinder aussehen. Wenn er uns helfen würde, dann wäre ihm sicher bewusst, dass er uns nicht übers Ohr hauen sollte.»

Ich dachte darüber nach. Wenn besagter Joss einwilligen würde, müsste er sich nach Seedorf begeben. Das wäre bestimmt kein Problem. Als Bauer, der auch an den Markt von Luzern ging, wäre es plausibel, dass er auf einer Naue zum Markt von Uri reisen würde. Es erschien mir machbar.

Doch war das wirklich eine gute Idee? Ich fragte mich, ob die anderen Männer später auch ihre Frauen holen wollten. Von Veit wusste ich, dass er keine Frau hatte. Ihm genügte es, gelegentlich mit einer Hure ins Bett zu gehen. Tus schien es ähnlich zu halten. Zudem fühlte ich mich als der Anführer unserer Bande und glaubte, dieses Recht einfach für mich beanspruchen zu können. Ich beschloss, dass Felis mit Joss darüber sprechen sollte.

Als Felis das nächste Mal von Vitznau zurückkehrte, berichtete er knapp: «Er wird es machen.»

«Was hat er gesagt?» Ich wollte es ganz genau wissen.

«Er hat die Münzen gesehen, die du mir mitgegeben hast, und meinte, er werde irgendwann in nächster Zeit mit dem Schiff nach Flüelen reisen und dann in Seedorf Elisabeth zu sprechen wünschen.»

Ich hatte Felis zwei Gulden von meinem Anteil mitgeben, damit er sie Joss überreichen konnte. Das war ein guter Ertrag für ihn. Er musste lediglich eine kleine Ausfahrt unternehmen, um den Lohn von mehreren Monaten zu verdienen.

«Und er hat keine Fragen gestellt?» Ich war besorgt und wollte mich vergewissern.

«Joss kennt mich inzwischen. Er vermutet wohl, dass etwas an mir nicht ganz geheuer ist. Doch offensichtlich will er gar nicht genau wissen, was los ist, solange ich ihn gut bezahle.»

Ein paar Tage, nachdem wir Joss beauftragt hatten, beschloss ich, dass wir eine weitere Naue überfallen sollten. Ich nahm an, dass genügend Zeit verstrichen wäre. Ausserdem hatten wir während der letzten Woche den See beobachtet und bereits zwei Luzerner Nauen gesichtet, die wieder in der Dämmerung das Wispelenegg passiert hatten. Anscheinend sahen die Schiffsmeister keine Gefahr darin, um diese Zeit über den See zu fahren. Das konnte nur bedeuten, dass sich unser letzter Überfall in der Stadt Luzern nicht herumgesprochen hatte. Oder der Schiffsmeister hatte davon berichtet und man hatte ihm keinen Glauben geschenkt. Schliesslich musste er behaupten, dass er ausgerechnet beim gefürchteten Wispelenegg überfallen worden sei. Viele mussten das für eine Ausrede dafür halten, dass der Schiffsmeister sein Handwerk nicht verstand und die Naue auf einen Felsen gesetzt hatte.

Eines Abends kam Tus in die Höhle gestürmt. «Eine Naue kommt von Luzern und steuert jetzt in diesem Moment auf das Wispelenegg zu.»

«Ist es eine Luzerner Naue?», fragte Veit.

«Ja, ich glaube schon.»

«Aber nicht mehr dieselbe wie letztes Mal?», fragte ich.

«Woher soll ich das wissen? Das erkenne ich doch nicht von hier oben», entgegnete Tus gereizt.

Das stimmte wohl. Das würden wir erst unten sehen können, vom Ufer aus.

Ich überlegte kurz und beschloss dann, dass es so weit war. «Also gut, los», sagte ich.

Wir zogen unsere Harnische an und nahmen die geschärften Waffen auf. Wir eilten nach draussen und folgten unserem Trampelpfad zum See hinunter. Wir liessen die Jasse ins Wasser und ruderten der Naue entgegen.

Dieses Mal schien es sich um eine grössere Naue zu handeln. Trotzdem hielten wir an unserem Vorgehen fest. Felis und ich sprangen auf das Schiff und trieben den fluchenden Schiffsmeister mitsamt den Ruderknechten auf die andere Seite. Nur ein Gast sass an Bord, der jedoch wie ein Kaufmann aussah. Wieder verlangte ich vom Schiffsmeister, er solle mir alles Wertvolle zuwerfen. Der Kaufmann beschwerte sich, doch nach einigem Drohen nahm der Schiffsmeister ihm ein Säckchen ab und warf es mir zu.

Sofort bemerkte ich, dass das Säckchen fast leer war, denn es verursachte beim Aufprall auf das Deck kaum ein Geräusch.

«Das ist alles?», fragte ich und vermochte meine Verwunderung nicht zu verbergen. «Das kann nicht sein.»

«Das ist alles, was ich habe, ihr Halunken», antwortete der Kaufmann.

«Nennt mir das Ziel Eurer Reise!»

«Süden», antwortete er knapp.

Wenn er nicht viele Münzen bei sich trug, so musste er etwas anderes haben, das er auf den Märkten verkaufen wollte. Also entdeckte ich die Holztruhe hinter ihm.

«Was ist in der Truhe?»

Niemand antwortete, weshalb ich einen der Ruderknechte direkt ansah und knurrend sagte: «Was ist in der Truhe?»

Der Ruderknecht entgegnete meinem Blick ausdruckslos und gab auch keine Antwort. Also verpasste ich ihm mit dem Stiel meiner Hellebarde einen Schlag gegen die Schulter.

«Was ist in der Truhe?», fragte ich abermals.

Der Schiffsmeister begann zu lachen, worauf ich mich wütend zu ihm umdrehte. «Willst du den Bolzen in deiner Brust spüren, Schiffsmeister?» Ich deutete zur gespannten Armbrust, die Veit im Anschlag hielt.

„Was ist daran so lustig?»

«Die Knechte könnt ihr noch lange bedrohen und schlagen, die verstehen euch nicht. Sie sprechen nur Italienisch», entgegnete der Schiffsmeister in einem Habitus arroganter Überlegenheit.

Italienisch? Von wo kamen sie dann? Ich taxierte die Ruderknechte, während der Schiffsmeister fortfuhr: «Sie mögen strohdumm sein, doch sie ziehen an den Rudern wie Ochsen an einem Pflug.»

«Woher kommt ihr?», fragte ich die Ruderknechte auf Italienisch. Der Schiffsmeister und erst recht die Ruderknechte sahen mich erstaunt an, also wiederholte ich meine Frage. Der Kerl, den ich geschlagen hatte, antwortete dann: «Südlich des Berges. Livinien, Herr.»

«... Herr ...», klang es in meinen Ohren nach. Das war das erste Mal in meinem erbärmlichen Leben, dass mich jemand «Herr» nannte. Und ja, es gefiel mir.

«Aus Livinien?», fragte ich konsterniert. Somit waren sie meine Landsleute. Wie kam ich dazu, meine eigenen Landsleute zu bedrohen und zu schlagen?

«Wie seid ihr hier im Norden Ruderknechte geworden?», wollte ich von ihm wissen.

«Es sind viele Livinier in Luzern, Herr. Wir arbeiten dort als Tagelöhner, Handwerksknechte oder eben als Ruderer», sagte er aufrichtig.

«Was redet ihr da?», wollte der Schiffsmeister wissen, weil er kein Italienisch sprach und uns nicht verstand.

«Seid still!», herrschte ich ihn an und wandte mich dann wieder an den Livinier: «Wie viele von euch befinden sich in der Stadt?»

«Das ist schwer zu sagen, Herr.» Ein anderer half ihm und antwortete: «Vielleicht 300 Männer, Herr.»

«Und ergeht es euch gut?», wollte ich wissen. Denn oft wurden meine Landsleute und ich herablassend behandelt, da wir zumeist mittellos waren und deshalb mit den niederen Aufgaben betraut wurden.

Die Knechte zuckten die Schultern. «Wir arbeiten, Herr. Und ernähren so unsere Familien.»

«Herr, wir müssen uns beeilen», unterbrach Veit mein Gespräch mit den Liviniern.

Ich musste mich zuerst vergewissern, wer gesprochen hatte, so verwundert war ich über die Ansprache «Herr». Als ich erkannte, dass es Veit gewesen war, verstand ich, dass er mich natürlich nicht bei meinem Namen nennen wollte, um mich vor dem Schiffsmeister nicht zu verraten. Ich nickte ihm zu. Also wandte ich mich wieder den Ruderknechten zu. «Was befindet sich in der Truhe?»

«Die Truhe gehört dem Kaufmann, Herr. Wir kennen ihren Inhalt nicht, da er sie bereits verschlossen auf die Naue bringen liess», antwortete nun ein anderer Knecht.

«Schliess die Truhe auf», herrschte ich den Kaufmann an.

«Niemals», antwortete er trotzig.

Ich beschloss, einfach die ganze Truhe mitzunehmen. Also befahl ich den Ruderknechten, sie mir herüberzureichen. Sie sahen sich gegenseitig an und dann den Schiffsmeister.

«Los jetzt!», schrie ich sie an. Damit löste sich ihre Starre und sie begannen, die Kiste von hinten nach vorne durchzureichen.

«Ihr Diebesgesindel. Das werdet ihr bereuen! Glaubt ihr, wir werden euch nicht finden? Oh, und wie wir das werden, und dann bringen wir euch an Ort und Stelle zur Strecke», schimpfte der Schiffsmeister.

Der Kaufmann sah mich drohend an und flüsterte: «Ihr wisst nicht, welchen Fehler Ihr begeht. Ihr wisst nicht, wer ich bin. Ich werde 1 000 Söldner auf euch ansetzen. Ich werde nicht ruhen, ehe ich Euren Schädel als Trinkschale benutzen kann.»

In der Zwischenzeit hatte Felis die Truhe auf unsere Jasse hinübergewuchtet.

«Wer seid ihr denn?», wollte ich von dem Kaufmann wissen.

«Jakob Muser aus Köln. Ich werde mich beim Schultheiss Ulrich Walker in Luzern beschweren. Man hat uns sicheres Reisen durch die barbarische Eidgenossenschaft zugesichert.» Er lächelte wissend. «Ihr werdet von euren eigenen Leuten gejagt werden.»

Als er seine Ansprache beendet hatte, überlegte ich kurz, ob es besser wäre, den Mann zu töten. Doch irgendwer würde sowieso davon berichten. Wenn, müssten wir gleich alle umbringen. Aber das brachte ich nicht übers Herz. Also nickte ich Felis zu, während ich die Männer auf der Naue mit meiner Hellebarde bedrohlich in Schacht hielt.

Auch sie schrien auf, als Felis den Spitz seiner Waffe in den Schiffsboden versenkte und Wasser in die Naue zu strömen begann. Ein zweiter Schlag und schon floss eine ansehnliche Menge Wasser in die Naue. War das schon zu viel?

Seis drum, wir begaben uns auf unsere Jasse und ruderten davon. Während wir uns entfernten, schöpften die Ruderknechte verzweifelt Wasser, während der Schiffsmeister und der Kaufmann uns düster nachsahen.

Als die Naue aus unserem Sichtfeld verschwunden war, hob ich die Truhe auf einer Seite an, um zu erfassen, wie schwer sie war. Anhand des Gewichts konnte ich nicht abschätzen, was sich im Inneren befinden mochte. Also ruderten wir weiter, gingen an Land und schleppten die Truhe mit vereinten Kräften in die Höhle.

Dort angekommen, konnten wir es kaum erwarten, die Truhe zu öffnen. Wir schafften zunächst zu unserer Feuerstelle. So hatten wir Licht und konnten das grosse, eiserne Schloss begutachten, das den geheimnisvollen Inhalt vor uns zu schützen versuchte.

Unmittelbar und unüberlegt begannen wir mit Steinen auf das Schloss einzuschlagen. Wir benutzten Stöcke und unsere Waffen, ohne dass es nachgab. Schliesslich schlug Felis vor, das Schloss so nahe wie möglich in die Flammen zu halten, bis es sich rötlich zu verfärben beginnen würde.

Also schoben wir die Truhe ganz nah ans Feuer und legten alles so zurecht, dass das Schloss von den Zünglein der Flammen geküsst wurde. Und tatsächlich, ganz langsam begann sich das Metall zu verfärben. Auch das Holz wurde Schwarz, doch wir bestrichen es immer wieder mit Wasser, sodass sich nur das Schloss erhitzte. Als wir glaubten, es wäre ausreichend erhitzt, bestand Felis darauf, noch länger zu warten.

Dann endlich, als das Schloss orange leuchtete, schlugen wir wieder mit Steinen darauf ein. Und tatsächlich begann sich der

Bügel des Schlosses zu verformen. Wir schlugen so lange darauf ein, bis er sich schliesslich löste und sich das zuvor starke Eisen geschlagen auf den Boden fallen liess.

Wir sahen einander ehrfürchtig an, als ich schliesslich die Truhe öffnete. Die Enttäuschung folgte auf dem Fusse. Wir fanden keine Florentiner Gulden vor, auch keine Pfennige und keine anderen Münzen. Wir fanden stattdessen einige feine Tücher und darunter viele Schmucksteine. Einige waren zu Ketten oder Talismanen verarbeitet worden. Ausserdem fanden wir ein Pergament mit einer Botschaft darauf, die jedoch niemand von uns lesen konnte.

Bestimmt besassen die Schmucksteine und Tücher einiges an Wert, aber nur auf dem entsprechenden Marktplatz. Wir konnten hier und jetzt nichts damit anfangen. Es blieb uns nur, die Tücher möglichst trocken aufzubewahren, damit sie nicht schimmeln würden. Die Schmucksteine waren natürlich weniger anfällig. Ich legte sie in ein Säckchen und das wiederum legte ich zu den Bruchteilen von Annelises Kette. Damit schlossen wir ernüchternd unseren glücklosen, zweiten Überfall ab.

Das nächste Mal, als Felis von Vitznau zurückkehrte, brachte er unvermittelt Elisabeth mit. Natürlich hatte ich oft an Sie gedacht und inzwischen waren etwa zwei Wochen vergangen, seit wir Joss beauftragt hatten. Trotzdem war ich völlig überrumpelt, als Sie plötzlich vor mir stand.

Sie war dreckig und verschwitzt, und doch sah sie wunderschön aus. Wir mussten sie allesamt dümmlich angestiert haben, denn Felis räusperte sich und sagte zu ihr: «Das ist Tus. – Veit kennst du ja. Und der besonders Hässliche da ist Prato. Du magst ihn als den Höhlenbewohner, der er jetzt ist, vielleicht nicht mehr erkannt haben. Ich hoffe, du bist nicht allzu enttäuscht, dass du für diesen hässlichen Kerl deine warme Stube verlassen hast.»

Mit diesem Spruch löste er die angespannte Stimmung und ich ging auf Elisabeth zu und umarmte sie.

«Wie ist es dir ergangen?», wollte ich von ihr wissen.

Sie sah mich mit einem breiten Lächeln an und sagte: «Wichtiger wäre wohl zu wissen, wie es dir ergangen ist. Was macht ihr hier oben, versteckt in dieser Höhle?»

Erst jetzt wurde mir bewusst, dass sie ja gar nicht hatte wissen können, in welches neue Leben sie Joss folgen würde. Natürlich kannte er auch unser Versteck nicht. Er hatte sie lediglich freigekauft und an Felis übergeben. So erfuhr ich, dass sie sich bereits seit vier Tagen in Vitznau aufgehalten und auf Felis gewartet hatte. Sie hatte die Zeit in Joss' Haus wohnen dürfen.

Ich führte sie tiefer in die Höhle hinein, etwas weg von den anderen.

«Wir leben nun seit fast zwei Monaten hier oben», erklärte ich ihr, nachdem wir uns auf einen Baumstamm gesetzt hatten, und dann begann ich – erst etwas zögerlich – unsere ganze Geschichte zu erzählen. Ich berichtete, was wir in Grinau getan hatten, wie wir gegen die Zürcher Soldaten gekämpft und die Mönche überfallen hatten, wie wir von Grinau geflohen und auf der Treib gelandet waren. Wie Tus sich uns angeschlossen hatte, wie wir in diese Höhle gekommen waren und was wir nun taten.

Als ich ihr von alledem erzählte, fragte ich mich, ob sie überhaupt bei einem Verbrecher wie mir sein wollte. Sie kannte mich doch nur als mehr oder weniger gesetzestreuen Soldaten, der seinen bescheidenen Sold von Hauptmann Arnold Schick erhielt! Ich stellte ihr diese Frage geradeheraus. «Ein Leben an der Seite eines Verbrechers, ein Leben im Verborgenen, immer der Gefahr ausgesetzt, erwischt zu werden … kannst du dir das vorstellen?«

«Ich wusste, dass du Grinau ausgeraubt hast und dass ihr geflohen seid.» Sie legte eine Pause ein. «Ich wusste es und bin dennoch gekommen.»

«Du wusstest es?»

«Ja», antwortete sie. «Wir sind in deiner Abwesenheit natürlich weiterhin nach Flüelen gegangen, um dort das Wort Gottes zu verbreiten. So konnte ich die Männer des Hauptmanns ausfragen.»

«Was haben sie gesagt?», wollte ich wissen.

Sie lachte. «Das kannst du dir bestimmt denken. Sie haben geschimpft und dich einen Verräter genannt. Der Hauptmann tobte, als die Boten des Pannerherrs Heinrich Püntiner mit der Nachricht von Grinau bei ihm eintrafen. Ich glaube, du solltest ihm besser aus dem Weg gehen.» Sie zwinkerte mir zu.

«Das denke ich auch», antwortete ich.

«Also wusste ich, auf was ich mich einlasse, wenn ich mit Joss mitgehe. Denn mir war klar, dass nur du es sein konntest, der mich freikaufen möchte.» Sie sah mich eindringlich an. «Du hast es mir schliesslich versprochen, Prato.»

Die anderen Männer hielten sich abseits. Doch da sie nicht miteinander sprachen, wusste ich ganz genau, dass sie lauschten. Dennoch liess ich mich nicht beirren und fragte Elisabeth: «Du wusstest also, dass ich dahinterstecke ... Und du wusstest auch, dass ich ein gesuchter Verbrecher bin. Und trotzdem bist du gekommen?»

«Natürlich», antwortete sie, «du weisst doch, dass ich das Kloster hasse. Ich will nicht mein ganzes Leben dort verbringen müssen und als alte Frau immer noch dasselbe trostlose Gewand tragen. Ich will nicht jeden Tag beten. Tagein, tagaus. Ich verabscheue das Leben im Kloster!»

Die nächste Zeit verbrachten wir ausschliesslich zusammen. Wir mussten uns wieder ganz neu kennenlernen, da wir uns so lange nicht gesehen hatten. Wir hatten bis anhin überhaupt noch nie uneingeschränkt Zeit miteinander verbringen können. In Flüelen waren unsere gemeinsamen Ausflüge immer begrenzt gewesen.

Nun konnten wir das erste Mal die Nacht zusammen verbringen. Elisabeth schlief an meiner Seite auf meiner provisorischen Schlafstelle.

Am nächsten Morgen bereitete sie aus den verbliebenen Essensresten eine Suppe zu. Sie ging in den Wald, sammelte Kräuter und gab sie der Suppe bei. Das war das erste Mal seit Langem, dass wir richtig gut speisten.

Sie war aufmerksam und sorgte dafür, unser Leben in der Höhle so angenehm wie möglich zu gestalten. Sie räumte auf, sorgte sich um eine saubere Feuerstelle, sammelte Pilze, flickte unsere Kleider und schnitt uns die Haare. Die anderen akzeptierten sie somit rasch.

Eines Abends erkundigte sich Elisabeth danach, wie wir denn bei den Überfällen auf die Nauen vorgehen würden. Wir sassen alle am Feuer und schilderten ihr mit gewaltigen Worten unsere

Heldentaten. Wir übertrieben hier und da, doch es wurde eine gute Geschichte und sie strahlte uns die ganze Zeit über gewissenhaft an. Zweifelsfrei trug sie dazu bei, dass wir vier uns wie die grössten Krieger fühlten.

«Was stand denn auf dem Pergament?», wollte sie schliesslich wissen, als ich ihr von der letzten Ausbeute erzählte.

«Das wissen wir nicht; keiner von uns kann lesen», antwortete ich.

«Ich kann lesen», sagte sie.

«Du kannst lesen?», fragte Veit verwundert.

«Ja, das musste ich im Kloster lernen. Schliesslich mussten wir regelmässig Schriften vervielfältigen. Das war eine meiner Aufgaben.»

Also holte ich das Pergament hervor und gab es ihr. Ihre Augen folgten den Zeichen auf dem Pergament wie damals die des Pannerherrs Heinrich Püntiner, als er den Brief des Mönches Willibert gelesen hatte.

«Es handelt sich um einen Brief vom Statthalter Ulrich Walker von Luzern an Landammann Johannes Rot von Uri.»

Der höchste Mann des Landes Luzern schrieb einen Brief an den höchsten Mann des Landes Uri. Hatten wir mit diesem Brief doch noch eine wertvolle Beute ergattert?

«Und was schreibt er?», wollte ich aufgeregt wissen.

«Er bittet Landammann Rot, seine Truppen von Grinau abzuziehen», sagte Elisabeth.

«Na, wir vier sind schon abgezogen», lachte Tus.

Elisabeth sagte weiter: «Der Zürcher Bürgermeister Jakob Glentner beschwerte sich bei Luzern, dass die beiden eidgenössischen Länder Uri und Schwyz die Grenzen von Zürich in der Linth-Ebene verletzen würden. Ulrich Walker bittet Uri, die Grenzen zu achten, um Streitigkeiten innerhalb der Eidgenossenschaft zu verhindern.»

«Das ist alles?», wollte ich wissen.

«Ja.»

«Zürich fühlt sich von Schwyz und Uri offenbar bedroht», sagte Felis.

Das passte ins Bild, denn ich erinnerte mich daran, dass damals in Grinau niemand so genau wusste, wo die Grenzen verliefen. Ich erinnerte mich, dass ich den Pannerherr Franz Richmut einst danach gefragt und er mir erklärt hatte, dass er es auch nicht sagen könne. Vielleicht kannte er den Grenzverlauf sehr wohl und wir befanden uns mit unserem Posten bereits auf Zürcher Hoheitsgebiet. Ich konnte verstehen, dass die Züricher darauf ungehalten reagierten.

Weitere Informationen konnten wir dem Pergament nicht entnehmen. Ich überlegte, wie wir die Erkenntnis, dass Zürich und Schwyz im Clinch lagen, für uns nutzen konnten.

Nachdem wir uns lange genug bedeckt gehalten hatten, entdeckten wir eine weitere Naue, die unseren Vorstellungen entsprach. Es war später Nachmittag und sie kam von Luzern her. Also stiegen wir zum See hinunter und ruderten in unserer Kampfausrüstung auf die Naue zu.

Der Überfall verlief nach Plan und wir konnten wie beim ersten Mal von einem Kaufmann zwei Säcklein voller Gulden erbeuten. Der Schiffsmeister aber warnte uns: «Ich habe von euch gehört, ihr Narren. Ganz Luzern weiss von euch.»

«Ach ja, was weisst du denn?», fragte ich unbeeindruckt.

«Dass ihr stets an dieser Stelle Nauen überfallt, und zwar alle paar Wochen. Der Schultheiss von Luzern, Ulrich Walker, ist gar nicht erfreut darüber. Die Eigenossenschaft hat den Händlern sicheres Reisen zugesichert.»

«Und das soll was heissen?»

«Das soll heissen, dass die Eidgenossenschaft die beraubten Händler entschädigen muss. Jeder Gulden, den ihr erbeutet, muss den Händlern durch die Steuern der Leute erstattet werden. Und zwar nicht nur durch Luzern, nein auch durch Uri, Schwyz und Unterwalden. Ihr könnt euch also vorstellen, wie beliebt ihr in der ganzen Eidgenossenschaft seid.»

Das wusste ich nicht. Wir wollten ja nur ausländische Händler überfallen, da wir dachten, so den einheimischen Eidgenossen keinen Schaden zuzufügen. Nun aber erfuhr ich, dass wir genau das taten.

Der Schiffsmeister bemerkte, dass ich grübelte, und ergänzte: «Ganz recht, ihr dreckigen Hunde. Ihr werdet von allen gesucht, von jedem Landjäger, von allen eidgenössischen Orten. Und wir wissen, dass ihr nach den Überfällen nicht weit rudert. Ihr habt also ein Versteck in der Nähe. Wir werden euch ...»

Er konnte den Satz nicht mehr vollenden, da ich in diesem Moment meine Hellebarde drehte und ihm den Stiel in den Magen rammte. Er sackte vor mir auf die Knie und hielt sich mit beiden Händen den Bauch.

«Du verdammter Bastard!», stiess er wütend hervor, bevor ich ihm als Nächstes mit der Faust auf den Kopf schlug, sodass er nun benommen auf den Boden sank. Ich wollte verhindern, dass er weitersprach und meine Kameraden mit seinen Drohungen verunsicherte. Also hatte ich ihn zum Schweigen gebracht.

«Felis, schlag das Loch in den Boden.» Als er nicht reagierte und mich nur ausdruckslos anstarrte, drängte ich: «Los!»

Also schlug er ein Loch in die Naue, so wie wir es immer taten. Danach verschwanden wir so schnell wir konnten.

In der Höhle wartete Elisabeth bereits auf uns. Sofort wollte sie wissen, ob wir erfolgreich gewesen seien. Ich nickte und zeigte ihr die beiden Säcklein voller Gulden. Sie konnte es kaum fassen, denn ich hielt ein kleines Vermögen in Händen. Trotz dieses Erfolges merkte sie uns aber an, dass etwas nicht stimmte, und hakte sogleich nach, bis ich ihr von den Worten des Schiffsmeisters erzählte.

«Ihr könnt keine Nauen mehr überfallen, Prato», sagte sie.

«Und was sollen wir stattdessen tun?»

Laut verkündete ich, dass mich auch die anderen hörten: «Der Schiffsmeister hat gelogen. Sie wissen nicht, wo wir uns aufhalten, sonst hätten sie uns längst aufgegriffen.»

«Aber sie werden uns mit Nachdruck suchen, wenn sie demnach einen weiteren Händler entschädigen müssen», sagte Tus.

«Dann warten wir halt dieses Mal länger ab. Wir verlassen die Höhle nur noch, wenn es wirklich sein muss. Wir halten vorne beim Eingang zum Tobel Wache. Wir können von oben hinabblicken und sehen, wenn die Bastarde kommen. Die Lage wird sich ohnehin wieder beruhigen.»

Also verbrachten wir eine Woche in der Höhle, ohne sie zu verlassen, ausser um Wache zu halten oder die Notdurft zu verrichten.

Wir waren aufs Äusserste angespannt. Trotz meiner ermutigenden Rede fürchtete ich insgeheim, dass der Schiffsmeister recht behalten sollte. Weil wir immer an derselben Stelle die Nauen überfielen, mussten sie unser Versteck tatsächlich in einem überschaubaren Radius vermuten.

Eines Tages, als wir zuhinterst in der Höhle sassen, kam Felis herbeigerannt und, sobald er den Höhleneingang erreicht hatte, rief er: «Sie kommen.»

Ich erstarrte zunächst, weil mich die nackte Angst packte. Ich realisierte sofort, dass wir schnellstmöglich verschwinden mussten.

«Nehmt alles mit. Was wir nicht mitnehmen können, schieben wir ganz nach hinten in die Höhle. Wie viel Zeit haben wir noch?» Ich flüsterte, weil ich es nicht wagte, laut zu sprechen.

«Ich weiss nicht. Ich konnte Stimmen aus dem Wald hören. Sie werden wohl jeden Augenblick hier oben auf dem Tobel sein. Ob sie von unserem Versteck wissen oder nicht, kann ich nicht sagen.» Auch Felis flüsterte.

«Wahrscheinlich sind sie mit einer Jasse nach Vitznau gekommen und haben einen Dörfler als Begleitung mitgenommen. Der wird das Gelände kennen», mutmasste Elisabeth. Oh, meine schlaue Elisabeth. Sie hatte natürlich recht, wir mussten davon ausgehen, dass sie die Höhle finden würden. Also packten wir, was wir tragen konnten, und verliessen unser Versteck.

Ich warf noch einen Blick zurück in das, was für eine ganze Zeit unser Zuhause gewesen war. Wir hatten uns in der Höhle wahrlich eingerichtet. Es gab die Mauer im Eingangsbereich, jeder hatte seinen Schlafplatz so gemütlich wie möglich hergerichtet. Es gab eine Feuerstelle und vor der Höhle eine behelfsmässige Latrine. Jeder Idiot würde sofort erkennen, dass hier kürzlich mehrere Menschen gelebt hatten.

Ich fluchte still in mich hinein.

«Sie kommen», sagte Elisabeth, «ich kann ihre Stimmen hören.»

Verzweifelt versuchte ich mit meinen Füssen den Boden aufzuwühlen, damit man unsere Spuren nicht erkennen würde. Doch es half wenig.

«Prato, los!», zischte Veit. Also eilte ich den anderen nach. Die Stimmen drangen von rechts herbei, von jenem steilen Hang her, der direkt zur Höhle führte. Linker Hand führte kein Weg fort. Dennoch blieb uns keine Wahl. Also kämpften wir uns einen steilen, mit dichtem Gebüsch bewachsenen Hang hinauf, bis es nicht mehr weiterging. Wir hockten uns zwischen die Büsche und versuchten uns so klein wie möglich zu machen.

«... glaube nicht, dass die hier sind», hörten wir eine Stimme sagen, konnten jedoch noch niemanden sehen.

«Wer sollte schon freiwillig hier oben leben. Nur Kälte und Wind gibt es hier.»

«Die müssten sich eine Hütte im Wald gebaut haben, sonst gibt es hier oben nichts», antwortete ein anderer Mann.

«Gibt es hier oben vielleicht eine alte Hütte?», wollte wieder ein anderer wissen. Es waren also mindestens drei Männer.

«Nein, hier gibt es nichts.» Eine vierte Stimme. *Verdammt!*

Nach einer Weile sagte Elisabeth: «Das ist Joss, ich erkenne seine Stimme.»

Ich sah sie an und dann Felis. «Erkennst Du die Stimme auch?»

Er konzentrierte sich und versuchte genau hinzuhören. «Ich weiss es nicht genau ... Sie sprechen zu undeutlich.»

«Was befindet sich dort hinten?», wollte einer der Männer wissen.

«Da ist ein Tobel, er ist nicht begehbar», antwortete der Mann, den Elisabeth als Joss vermutete.

«Was soll das heissen?», wollte ein anderer wissen.

«Ich verliere jedes Jahr mindestens eine Ziege in diesem Tobel. Es geht dort über 100 Fuss eine steile Felswand hinab. Wenn die Diebe, die Ihr sucht, hier wären, wären sie eher dort oben», sagte Joss und ergänzte: «Das Gelände dort ist einfach und gut begehbar. Und es gibt einen dichten Wald.»

«Na gut, dann suchen wir dort weiter.»

Dann wurden die Stimmen wieder leiser und entfernten sich von uns. Trotzdem verharrten wir noch eine ganze Weile an Ort und Stelle.

«Hast du Joss je erzählt, wo wir uns aufhalten?», fragte ich Felis.

«Nein, er muss sich seinen eigenen Reim darauf gemacht haben.»

«Joss ist nicht dumm», sagte Elisabeth. Ich sah sie erwartungsvoll an.

«Wir haben geredet, als er mich von Seedorf holte. Bestimmt konnte er sich denken, dass Felis oben in der Höhle haust», sagte sie.

«Warum?», wollte jetzt Felis wissen.

«Habt ihr euch mal angeschaut? Als ich hier ankam und euch das erste Mal gesehen habe, saht ihr aus wie echte Höhlenbewohner. Ausserdem kommt Felis alle paar Wochen und holt Lebensmittel? Er kommt aus dem Wald und verschwindet in den Wald ... obgleich Vitznau einfach mit einer Jasse über den See zu erreichen ist?» Sie sah uns fragend an.

«Und dann lasst ihr ihn noch eine Nonne aus einem Kloster holen. Der mysteriöse Felis steigt wieder aus dem Wald und verschwindet mit der Frau in ebenjenem Wald? Woher hatte Felis die Münzen, um mich freizukaufen?»

Sie legte eine Pause ein, in der ich mir ausserordentlich dumm vorkam. Dann sprach sie weiter: «Ich denke Joss weiss ganz genau, was ihr hier macht und wo wir uns verstecken. Und bestimmt erhofft er sich jetzt eine saftige Belohnung dafür, dass er die Landjäger weggeführt hat.»

Ich nickte. Diese saftige Belohnung würde Joss erhalten.

Als wir es endlich wieder wagten, zurück in die Höhle zu gehen, dachten wir über unsere Situation nach. Wir waren alle bedrückt und besorgt, so knapp unserer Festnahme entgangen zu sein. Doch was sollten wir tun, wenn nicht Nauen überfallen?

Diese Frage beschäftigte mich die nächsten Tage über, während wir uns in unserer Höhle versteckten. Eine mögliche Antwort auf diese Frage erhielt ich eines Tages – es war bereits Mitte März – als Felis von Vitznau zurückkehrte. Er suchte mich ausser Atem auf und versuchte hektisch zu sprechen. Doch er musste sich erst beruhigen, ehe er zumindest abgehackte Satzfetzen hervorbrachte.

«... Eschental eingenommen ...» Er keuchte. «Mailand ... Eschental eingenommen ...»

«Wann?» Ich spürte eine Aufregung in mir aufsteigen.

«Die Leute unten in Vitznau meinten, vor vier Tagen.» Allmählich kam er wieder zu Atem. «Ein gewisser Jörg von Zuben hat in einem Brief an Ulrich Walker geschrieben ...» Er holte nochmals Luft. «... dass die Mailänder das Eschental eingenommen hätten!»

«Bist du dir sicher?», fragte ich. Die Aufregung in mir steigerte sich zum Entsetzen.

«Ja. Und er soll auch geschrieben haben, dass die Mailänder jetzt über den Berg in das Land Uri steigen wollten, um zu plündern und brandschatzen.»

«Jörg von Zuben schreibt am 29. April 1422 in einem Brief an den Schultheiss Ulrich Walker, er habe von einem ruchlosen Plan des Herzogs von Mailand Kundschaft erhalten. Darnach wollte der Visconti in Städte und Länder der Eidgenossenschaft Kriegsknechte entsenden, um zu plündern und zu brennen.»[2]

Ich wollte Felix zunächst nicht glauben. Das konnte nicht sein. Die Mailänder würden sich niemals über den Gotthard wagen. Oder doch? Würden sie einen Krieg in unserem Land anzetteln?

«Woher wollen die das Leute wissen?», fragte ich auf der Suche nach einer Bestätigung für meinen Unwillen, Felis Glauben zu schenken.

«Sie sagten, sie hätten das am Markt in Luzern erfahren. Die ganze Eidgenossenschaft spricht davon!»

Ich wusste, wo sich das Eschental befand. Ich war nie selbst dort gewesen, wusste aber aus meiner Zeit in Bellinzona, dass es südlich von Bellinzona lag. Mit anderen Worten: Die Mailänder standen vor der Talsperre, die wir damals errichtet hatten.

---

[2] Der Geschichtsfreund, 1950

Es gab aus südlicher Richtung zwei Zugänge nach Bellinzona: zum einen über den Seeweg des Lago Maggiore, ferner über den Monte Ceneri. Beide Zugänge hatten wir in Bellinzona durch Sperren gesichert. Der Monte Ceneri-Pass konnte leicht verbarrikadiert werden, da der Zugang in einem engen Tal lag. Der Zugang über den See jedoch musste mittels einer Sperre über die ganze Breite der Talsohle gesichert werden. Das war eine Heidenarbeit gewesen.

Wir hatten einen hölzernen Palisadenwall errichten, der allerdings Lücken aufwies, da wir nicht ausreichend Holz zur Verfügung gehabt hatten. Stellenweise hatten wir angespitzte Pfähle nebeneinander in den Boden gerammt. Und die stationierten Männer in Bellinzona reichten niemals aus, die gesamte Länge dieser Sperre zu sichern. Es waren damals schon zu wenige gewesen, als ich noch in Bellinzona gewesen war. Und so viel ich gehört hatte, wurden laufend Männer von dort zurück in ihre Heimat beordert.

Die Sperre konnte also kein ernsthaftes Hindernis für eine Armee der Mailänder darstellen. Sie würden die Sperre sehen und darüber lachen, sie dann niederreissen und weiterziehen. Hatten sie das vielleicht schon getan?

Meine Gedanken entsponnen sich weiter und ich überlegte, dass die Mailänder nicht nur für das Eschental gekommen sein mussten. Das Tal stellte keinen Handelsplatz dar. Es war nicht mehr als ein Stück Land, welches die Urner vor Jahren von den Mailändern erobert hatten. Nein, die Mailänder konnten es nicht nur auf das Eschental abgesehen haben. Vielmehr wollten sie sicherlich ihre verlorenen Gebiete zurückerobern, und dann wäre Bellinzona ihr nächstes Ziel. Ob sie danach noch weiterziehen würden, vermochte ich nicht einzuschätzen. Von Bellinzona aus könnten sie direkt in den Norden in das Tal Livinien zum Gotthard marschieren oder zu den Freiherren von Sax in Mesocco.

Doch die eigentliche Frage lautete, wie die Eidgenossenschaft nun auf diese Bedrohung reagieren würde.

«Hast du auch gehört, was als Nächstes passieren soll?», fragte ich Felis.

«Einer glaubte zu wissen, die Acht Orte würden bereits zum Krieg rüsten. Ein anderer meinte, wir müssten zuerst das Urteil des Königs abwarten. Einer sagte, er wisse von einem Händler, dass die Mailänder wieder abziehen würden.»

Ich überlegte angestrengt, was nun passieren könnte. Dazu fasste ich innerlich zusammen, was ich überhaupt wusste:

Die Orte Uri und Unterwalden hatten das Eschental vor Jahren von Mailand widerrechtlich erobert. Bellinzona hingegen hatten sie von den Freiherren von Sax rechtsgültig erworben, auch wenn sie für die Besiegelung dieses Handels die Freiherren hatten unter Druck setzen müssen. Beide Besitzungen bedeuteten Steuereinnahmen. Doch Bellinzona bildete zudem einen zentralen Punkt im Geflecht der Handelswege. Die Lage der Stadt war so bedeutsam wie die Luzerns im Norden. Nein, mehr noch. Man konnte viele Wege über die Berge nehmen, doch eine Vielzahl von ihnen führten unweigerlich durch Bellinzona.

Ich konnte mir also nicht vorstellen, dass Uri und Unterwalden diese Stadt aufgeben würden.

Das Eschental? Vielleicht. Aber nicht Bellinzona!

Wie würde König Sigismund auf das Vorgehen der Mailänder reagieren? Ich wusste nur, dass er den Erwerb Bellinzonas gutgeheissen hatte. So viel hatte ich damals auf der Landsgemeinde in Uri erfahren. Es hiess, der König sei kein Freund der Mailänder. Ich konnte mir dessen nicht sicher sein, ging aber davon aus.

Also nahm ich an, dass, sollten die Mailänder tatsächlich Bellinzona einnehmen, die Eidgenossen dies nicht auf sich sitzen lassen würden. Sie würden zur Rückeroberung Bellinzonas antreten. Dann wäre Krieg unausweichlich.

Natürlich fragte ich mich, wie ich diese Lage zu meinen Gunsten ausnutzen konnte. Wir lebten jetzt schon seit über zwei Monaten in der Höhle Gruebisbalm und hatten ein paar Nauen überfallen. Auf diese Weise konnten wir ein kleines Vermögen zusammengetragen. Doch es würde nicht für den Rest unseres Lebens reichen, wenn keine anderen Einnahmen hinzukommen würden.

Wir sassen schweigend am Feuer. Ich sah in die Gesichter meiner Gefährten und überlegte, wie Gott uns alle in dieser Höhle an diesem Abend zusammengeführt hatte. Wir alle taten das, was wir am besten konnten: wir kämpften. Wir alle waren irgendwann in die Dienste fremder Herren eingetreten und hatten für sie gekämpft. Und jetzt kämpften wir unseren eigenen Kampf. Ich hatte uns von Grinau weggeführt. Ich hatte die Männer hierher nach Gruebisbalm gebracht. Obwohl ich der jüngste von ihnen war, waren sie mir gefolgt. Erst jetzt fiel mir auf, dass es allein meine Entscheidungen gewesen waren, die uns hierhergeführt hatten.

Ich wusste von anderen Männern, die als Söldnerherren reich geworden waren. Sie befehligten ein eigenes Panner von Kämpfern und zogen in die Kriege wohlhabender Männer, die zu fett geworden waren, um selbst zu kämpfen. Oder sie kämpften für Eroberungen, für Land und Reichtum und Ruhm.

Konnte auch ich ein eigenes Panner befehligen? Die Männer folgten mir und eine Schlacht stand uns wahrscheinlich bevor. Wenn ich weitere Männer rekrutieren würde, könnten wir im drohenden Krieg vielleicht mitmischen. Und falls nicht, gab es genügend andere Herren, die Streitereien untereinander auszufechten hatten und dazu Krieger benötigten.

Langsam entfaltete sich meine Zukunft vor meinem geistigen Auge. Wir konnten nicht länger Nauen überfallen. Denn mit jeder weiteren Naue würden die Berichte der Überfallenen mehr Details über unser Vorgehen preisgeben. Irgendwann würde man uns aufspüren. Irgendwann wäre ein so grosses Kopfgeld auf uns ausgesetzt, dass jeder freie Mann nach uns suchen würde.

Doch für ein eigenes Panner benötigte ich Männer. Ich brauchte wilde Männer, gierige Männer, hungrige Männer. Und schliesslich gab es genügend Bettler und Bauernsöhne, die nur auf eine neue Aufgabe warteten. Doch ich durfte nicht irgendwelche Männer rekrutieren. Ich wollte Männer unter meinem Banner versammeln, die mir loyal folgen würden.

Ich erinnerte mich an den jungen Ruderer aus meiner Heimat. Er sagte, dass viele Livinier in Luzern seien und ihr Glück dort als Knechte suchen würden. Das waren meine Landsleute, die wie ich die eigene Heimat verlassen hatten, um Arbeit zu finden. Sie könnten meine Gefolgsleute werden.

In den nächsten Tagen grübelte ich intensiv. Ein Plan begann sich zu formen. Ich musste unsere Beute einsetzen. Wenn ich die

Münzen nur für Essen, Bier und Weiber ausgeben würde, wäre spätestens in ein paar Jahren alles aufgebraucht und ich würde wieder vor dem Nichts stehen. Nein, ich musste mir jetzt etwas aufbauen. Und da passte es mir ganz gut, dass Mailand einen Krieg anzettelte. Diese finstere Bedrohung aus dem Süden lenkte die Aufmerksamkeit der Eidgenossenschaft weg von uns. Bestimmt dachte im Moment kein Schiffsmeister und keiner der Landammänner über die Wegelagerer vom Wispelenegg nach. Wohl auch nicht Hauptmann Arnold Schick, der jetzt vielleicht bereits seine Männer für die Landesverteidigung rüstete.

Es dauerte noch eine Zeit, ehe ich es wagte, die anderen in meine Pläne einzuweihen.

«Ein Panner zu ernähren, braucht viele Gulden. Bist du sicher, dass wir ausreichend bezahlt werden?», wollte Tus wissen.

«Ein Krieg steht vor der Tür. Die Mailänder haben sicher genügend Männer zusammengezogen. Die Eidgenossen werden keine zusätzlichen Kämpfer ablehnen», entgegnete ich.

«Aber wieso sollten sie uns bezahlen? Wenn Krieg herrscht, können uns die Landammänner auch einfach einziehen lassen. Die Livinier gehören zum Ort Uri. Uri kann sie ebenfalls zum Kämpfen zwingen», sagte Veit.

«Aber wenn es so weit ist, kämpfen die Livinier für mich. Und wenn wir auf dem Höhepunkt des Krieges aus dem Nichts auftauchen und unsere Hilfe anbieten, wird man es uns nicht verübeln», hielt ich dagegen. Ob meine Ansichten zutreffen würden, dessen war ich mir nicht sicher. Ich fügte daher rasch hinzu: «Notfalls gehen wir in den Norden oder in den Süden und kämpfen für andere reiche Herren.»

«Und du denkst, dass die Livinier in Luzern sind?», fragte Felis.

«So sagte es der Junge auf der Naue. Aber natürlich müssen wir nach Luzern, um uns das anzusehen», antwortete ich.

«Ob die überhaupt in den Kampf ziehen wollen?», fragte Felis.

«Wenn sie aus demselben Holz geschnitzt sind wie unser Prato, wollen sie kämpfen», sagte Veit lachend.

Von da an träumte ich von meinem eigenen Söldnerheer. Ich sah mich als glänzender Anführer von harten, gnadenlosen Kriegern.

Ich stellte mir vor, dass die ganze Eidgenossenschaft ehrfürchtig von den gefürchteten Liviniern sprechen würde.

Doch was sollten wir als Nächstes unternehmen? Wir wussten nichts über die Pläne der Eidgenossenschaft und die aktuellen Ereignisse in der Auseinandersetzung mit Mailand.

Es stellte sich also die Frage, ob wir noch eine Naue überfallen sollten oder ob wir uns direkt nach Luzern begeben sollten, um die Livinier anzuwerben.

Ich versuchte gedanklich die erwartbaren Kosten abzuschätzen. Wie viel brauchte ich für wie viele Männer? Als Grundlage nahm ich die Lebenserhaltungskosten für uns vier und schätzte dann den entsprechenden Betrag für 40 bis 50 Krieger. Ausserdem musste ich die Männer noch ausrüsten. Sie konnten ja nicht mit leeren Händen kämpfen. Schnell erkannte ich, dass meine Mittel wohl für die Ausrüstung reichen würden, uns aber die Verpflegung bereits nach wenigen Wochen ausgehen würde. Wir mussten also noch einen vierten Überfall auf eine Naue wagen.

Doch Elisabeth befand, dass ein weiterer Raubüberfall auf eine Naue keine gute Idee sei. Und mit der Zeit säte sie Zweifel bei den anderen. Und auch mir kamen Zweifel. Hatten sich die Überfälle in der Stadt Luzern herumgesprochen? Wahrscheinlich ja.

Aber konnten es sich die Schiffsmeister leisten, Begleitschutz mit auf die Naue zu nehmen? Jeder zusätzliche Mann kostete Geld und nahm Platz auf dem Boot ein, der dann für Waren und zahlende Kundschaft fehlte.

«Sie waren bereits hier und haben uns nicht gefunden. Sie werden also nicht noch einmal hier nach uns suchen. Diese Stelle haben sie bereits abgehakt», versuchte ich die anderen und mich selbst zu beruhigen.

Wir entschieden uns mit mulmigem Gefühl, den vierten Überfall zu wagen. Aber wir einigten uns darauf, eine kleinere Jasse zu überfallen. Damit sank die Aussicht auf reiche Beute, gleichzeitig stiegen aber unsere Chancen, heil davonzukommen.

Ausserdem diskutierten wir darüber, ob wir den Überfall an einer anderen Stelle durchführen sollten oder einmal mehr am Wispelenegg. Dabei mussten wir feststellen, dass ein anderer Ort keine Vorteile bot, da sich das Boot ohnehin auf dem See befand. Also blieben wir beim Wispelenegg.

Uns so kam es, dass wir Ende März das passende Opfer auf dem See erblickten. Wir begaben uns auf den Weg, zogen unsere Jasse ins kalte Wasser und ruderten auf den See hinaus. Als wir unser Ziel erreichten, fiel uns nichts Ungewöhnliches auf. Wir erkannten vier Ruderer und den Schiffsmeister.

«Wer seid ihr? Und was wollt ihr?», rief er uns zu. Ich befürchtete bereits, wir würden dieselben Männer antreffen, die wir bereits einmal überfallen hatten. Doch ich erkannte keines der Gesichter wieder.

Weil es sich um eine kleinere Jasse handelte und sie augenscheinlich prall gefüllt war, setzte ich allein auf das Boot über. Tus und Felis vertäuten unsere Jasse mit der ihren, danach richteten sie ihre Hellebarden auf die Ruderer.

Kaum war ich an Bord, sagte der Schiffsmeister: «Ihr seid also das Diebesgesindel!»

Unsere Befürchtungen hatten sich bewahrheitet; die Raubzüge hatten sich herumgesprochen. Wie hätte es auch anders sein sollen?

«Wir haben euch erwartet», sagte der Schiffsmeister unheilvoll und liess ein selbstsicheres Grinsen erkennen, das mich erschrecken liess. «Wie kann man nur so dämlich sein und immer an derselben Stelle zuschlagen? Ihr könnt von Glück reden, dass der Schultheiss Ulrich Walker euch lebend haben will. Denn es wäre ein Leichtes, euch ins Wasser zu werfen und zuzusehen, wie ihr langsam in die Tiefe gezogen werdet. Obwohl …» Wieder zeigte er seine fauligen Zähne. «… das wahrscheinlich gnädiger wäre, als dem Scharfrichter vorgeführt zu werden.»

Veit zielte mit der Armbrust auf den Schiffsmeister, doch der schien davon unbeeindruckt. Ein paar Atemzüge lang herrschte eine erdrückende Stille vor. Es amüsierte den Schiffsmeister sichtlich, dass er uns zum Schweigen gebracht hatte. Mit einem Mal aber brüllte er: «Los, schnappt sie!» Sofort schnellten drei der vermeintlichen Ruderknechte in die Höhe, warfen ihre Umhänge zurück und entblössten polierte Brustharnische und scharfe Schwerter.

Einer stürzte sich unvermittelt auf mich, während ich aus dem Augenwinkel beobachtete, wie zwei der Soldaten auf unsere Jasse sprangen.

Ich gebe zu: Sie überraschten uns. Der Soldat, der mir gegenübertrag, führte mit seinem kräftigen Arm einen Faustschlag aus, ohne Schwung zu holen aus, erreichte aber eine solche Kraft, dass alle Luft aus meinem Körper wich. Ich versuchte mich wieder aufzurichten, da hieb mein Gegner mir mit urgewaltiger Wucht gegen das Kinn. Ich taumelte, dann verlor ich das Gleichgewicht und fiel hintenüber, rein ins eiskalte Wasser. Sofort zog mich meine Kleidung und mein Harnisch in die Tiefe. In Panik strampelte ich wie verrückt, um meinen Kopf oberhalb des Wassers zu halten, und schnappte sofort nach Luft gleich einem Fisch auf dem Trockenen, wenn ich es vermochte die Wasseroberfläche zu durchbrechen. Als ich das nächste Mal meinen Kopf aus dem Wasser strecken konnte, sah ich, dass der Schiffsmeister taumelte. Wieder tauchte mein Kopf unter Wasser.

Ich versuchte verzweifelt zu unserem Boot zu gelangen, doch bald schon verliessen mich die Kräfte. Ich strampelte und ruderte mit den Armen wie irre. Dennoch wurde mir gewahr, dass der Schiffsmeister vom dunklen Wasser verschluckt wurde. Felis und Tus kämpften auf unserer Jasse gegen einen Angreifer. Vom zweiten war nichts zu sehen. Währenddessen beugte sich Veit zu mir vor und streckte mir die Hand entgegen.

Verzweifelt versuchte ich danach zu greifen. Doch ich konnte nicht mehr. Noch einmal, mit letzter Kraft strampelte ich. Aber ich kam nicht mehr nach oben. Langsam sank ich in die kalte, dunkle Tiefe des Sees.

Plötzlich spürte ich, wie jemand meine Hand packte. Mir schien es, als ob überirdische Kräfte an mir zerrten und mich wieder in das Reich der Lebenden zurückholten. An der Oberfläche angekommen, klammerte ich mich an unserer Jasse fest und rang ich um Luft. Ich sah, dass unser Boot von der gegnerischen Jasse losgemacht worden war; es befanden sich etwa zwölf Fuss zwischen den beiden Schiffen. Erst jetzt bemerkte ich, dass Veit mich nach oben gezogen hatte.

Später erfuhr ich, dass Veit mit einem Tau in der Hand ins kalte Wasser gesprungen war, als er erkannt hatte, dass ich langsam, aber unaufhaltsam tiefer sank. In letzter Sekunde erreichte er mich und rettete mir auf diese Weise das Leben.

Tus und Felis ruderten bereits, denn die restlichen Soldaten auf der Jasse hatte sich inzwischen gefangen und waren drauf und dran, ihr Boot in unsere Richtung einzudrehen. Sie wollten offenkundig die Verfolgung aufnehmen.

«Schnell, ins Boot mit euch! Ihr seid wie ein Anker, wir kommen so nicht vorwärts!», rief Felis uns zu. Tus zerrte zuerst mich ins Trockene und danach Veit. Ich benötigte ein paar Minuten, um mich zu erholen und alles Wasser auszuspucken. Noch immer schnaufte ich schwer, ausserdem hatte ich viel Wasser geschluckt. Veit war schneller auf den Beinen und schnappte sich ein Ruder.

«Ober Nas … schnell», versuchte ich meinen Männern zuzurufen, aber es kam nur ein leises Krächzen aus meinem Hals. Doch sie wussten auch so, dass wir jetzt sehr schnell verschwinden mussten.

Felis hatte kein Loch in die gegnerische Jasse schlagen können. Das heisst, sie konnten uns folgen.

Wir mussten schnellstmöglich durch die Engstelle am See hindurchrudern und uns dann links halten, dem Ufer entgegen, um unsere Jasse eilig im Gestrüpp verschwinden zu lassen. Wir mussten uns mächtig ins Zeug legen, denn wir mussten verschwunden sein, ehe unsere Verfolger die Engstelle passiert haben würden. Sie durften uns auf keinen Fall an Land gehen sehen.

Das Problem war, dass auf unserer Jasse derzeit nur drei Mann ruderten, weil ich noch immer Wasser hustete. Zwei ruderten auf der Steuerbord-, einer auf der Backbordseite. Auf diese Weise war es schwierig, den Kurs beizubehalten.

«Prato, du musst rudern, sonst sind wir erledigt.» Das war mir nicht neu. Ich kämpfte mich gegen den Wunsch, einfach liegenzubleiben, also hoch. Ich setzte mich auf die Ruderbank und fing langsam an zu rudern, anfangs noch schwächlich, doch mit jedem Zug kehrte meine Kraft langsam zurück.

Zu viert schafften wir es, langsam Distanz zwischen uns und die andere Jasse zu bringen. Doch es war nicht nur die zusätzliche

Ruderkraft, welche die Distanz zwischen uns vergrösserte, ich hatte den Eindruck, dass die Soldaten auf der Jasse uns nur halbherzig verfolgten.

«Was ist mit dem Schiffsmeister passiert?», fragte ich keuchend zwischen zwei Ruderzügen.

«Habe ich mit», begann Veit und stoppte kurz, als er den nächsten Zug tat, «der Armbrust getroffen.» Wieder eine Pause. «Genau in die Brust.»

Aha, dachte ich. Das war vielleicht der Grund für die Ruderer, uns nur zögerlich zu verfolgen. Denn sonst müssten sie uns eigentlich schon eingeholt haben. Vielleicht fürchteten sie sich vor den Armbrustbolzen. Ich stoppte meine Bewegungen und drehte mich zu Veit um: «Schiess noch einen Bolzen auf sie!»

«Aber auf diese Distanz und im schaukelnden Boot werde ich niemals treffen», entgegnete Veit.

«Das spielt keine Rolle», antwortet ich, «sie müssen sich nur um die herumschwirrenden Bolzen sorgen.»

Veit verstand und nickte. Er griff seine Armbrust und kniete sich hin, sodass er die Waffe auf unsere Planke auflegen konnte. «Steh auf, sie müssen dich sehen», sagte ich.

Das passte ihm nicht, aber er tat, wie ihm geheissen. Er hielt seine Armbrust gut sichtbar in die Höhe und zielte. In der Jasse hatte man ihn entdeckt, denn alle kauerten sich auf den Boden und versuchten sich so klein wie möglich zu machen.

Wie erwarten surrte der Bolzen neben dem Schiff ins Wasser. Aber es genügte als Warnung.

Veit feuerte ein paar weitere Bolzen ab, während wir anderen so kräftig wie nur möglich die Riemen durchzogen. Schliesslich schien es, dass wir die Soldaten abhängt hatten, und konnten so ausserhalb ihres Sichtbereichs das Boot an Land ziehen. Wir trugen die Jasse so weit in den Wald hinein wie möglich und verdeckten sie fahrig mit Zweigen und Blättern. Wir kauerten uns alle tief ins Unterholz, um für Blicke vom See aus möglichst unsichtbar zu sein, und starrten gebannt auf das Wasser hinaus.

Doch es kam keine Naue. Es schien, als ob die Ruderknechte nach Luzern zurückruderten. Vielleicht, weil der Schiffsmeister tot war und niemand sie anwies, die Verfolgung fortzusetzen.

Ausserdem fürchteten sie sich bestimmt vor den Armbrustbolzen. Auf jeden Fall konnten wir sie weder sehen noch hören.

«Wir müssen die Jasse weiter hinaufziehen», sagte Veit. «Sie werden morgen vielleicht am Ufer danach suchen.» Er hatte recht und so zogen wir die Jasse mühsam weiter den Berg hinauf, immer darauf bedacht, das schützende Blätterdach des Waldes nicht zu verlassen. Danach deckten wir sie mit Gestrüpp ab und begaben uns zurück zur Höhle.

In unserer Höhle angekommen, liessen wir uns kollektiv zu Boden fallen und verschnauften. Elisabeth stürmte aufgeregt auf mich zu. Sie spürte sofort, dass etwas nicht stimmte. Zudem zitterten Veit und ich in unseren durchnässten Kleidern erbärmlich. Elisabeth beeilte sich, Decken für uns zu holen. Kurze Zeit später sassen wir am Feuer und berichteten, was geschehen war.

«Das war knapp», sagte Felis schliesslich und sprach damit aus, was wir alle dachten.

Ich spürte eine erschütternde Unruhe in mir. So knapp war ich dem Tod noch nie entronnen. Hätte Veit nicht so schnell reagiert, würde ich jetzt einsam auf dem unendlich tiefen Seegrund verrotten.

Die nächsten Tage über beobachteten wir intensiv den See, um Auffälligkeiten feststellen zu können. Ich war mir sicher, dass der zurückliegende Raubzug der letzte für uns gewesen war. Wir konnten es nicht noch ein weiteres Mal riskieren.

Aber was nun? Hatte ich genügend Geld zusammen, um die Livinier zu bezahlen? Ich beschloss, vorerst abzuwarten. Entgegen unseren Befürchtungen konnten wir keine Suchtrupps oder Landjäger ausmachen. Es blieb bedrohlich ruhig um den See.

Am 4. April im Jahre des Herrn 1422, etwa drei Wochen nach dem misslungenen Raubzug, erfuhr ich den Grund für die Ruhe, die uns so sehr quälte. Von Joss erfuhren wir, dass die Mailänder Bellinzona eingenommen hatten!

«Nachdem der Herzog von Mailand im Beginn des Frühlings 1422 das Eschental eingenommen hatte, verbreitete sich das Gerücht, er wolle in der Eidgenossenschaft Städte und Länder verbrennen. Zu Anfang April 1422 mahnten die Länder Uri und Unterwalden die restlichen

Eidgenossen zur Hilfe; Sie selbst aber taten nicht das Notwendigste zur Verteidigung der zunächst bedrohten Stadt Bellinzona, wo eine ganz minimale Besatzung lag. So gelang es dem Herzog leicht, am 04.04.1422 die Stadt Bellinzona durch einen Handstreich einzunehmen. Die kleine Besatzung erhielt freien Abzug.»[3]

Bellinzona war gefallen; ich konnte es nicht glauben. Bellinzona, das Urner Bollwerk im Süden! Die Mailänder hatten die kleine Besatzung von Eidgenossen ohne Schaden abziehen liessen. Diese Männer waren natürlich sofort in ihre Heimat geflohen und hatten von dem Überfall berichtet.

Ich war mir sicher, dass die Eigenossenschaft dies nicht auf sich beruhen lassen würde. Eine eidgenössische Stadt war überfallen worden. Die Logik der Macht diktierte, dass sie zurückerobert werden musste. Und dafür waren Krieger nötig. Wenn ich je ein eigenes Panner aufstellen wollte, war der ideale Zeitpunkt dazu nun gekommen.

Ich musste also in die Stadt Luzern reisen, um die Livinier zu suchen. Ich musste meine Landsleute davon überzeugen, mir zu folgen, denn ein Panner, bestehend aus livinischen Kriegern, war mein unverrückbares Ziel. Also bereitete ich mich zusammen mit Veit auf die bevorstehende Reise vor.

Einige Tage später erfuhren wir, dass die Eidgenossenschaft eine Tagsatzung in Zug einberufen hatte, um zu bestimmen, wie gegen die Mailänder vorgegangen werden sollte. Also würden alle wichtigen Herren, alle Landammänner, alle Hauptmänner, Schultheisse und wohl auch viele Büttel nach Zug aufbrechen, um an besagter Tagsatzung teilzunehmen.

«… Auf der am 15.04.1422 in Zug gehaltenen Tagsatzung wurde dieser Beschluss nochmals aufrecht gehalten …»[4]

---

[3] Von Liebenau, 1886

[4] Von Liebenau, 1886

Ich spürte, dass meine Zeit gekommen war. Alle wichtigen Entscheidungsträger würden nach Zug reisen, und sie würden viele Soldaten mitnehmen. Damit stand mir Luzern offen …

Kapitel 2: Luzern

Veit und ich würden also nach Luzern aufbrechen. Wir waren beide noch nie in einer so grossen Stadt gewesen und wussten nicht, was uns dort erwarten würde.

Elisabeth hatte unsere Gewänder in aufwändiger Handarbeit stundenlang geschrubbt und jegliche Schmutzstellen beseitigt, jedes Loch gestopft und sämtliche Nähte kontrolliert. Sie schnitt uns die Haare und stutzte die Bärte. Tus und Felis befreiten unsere Waffen und Panzerhemden vom Rost, reinigten sie und polierten sie auf Hochglanz. Auch unsere Stiefel wurden gründlich geflickt und poliert. Wir wollten als Herren in diese Stadt reisen und nicht als Halunken.

Schliesslich standen zwei vollkommen neue Männer in der Räuberhöhle. So machten wir uns an den Abstieg hinunter zum Seeufer und zu unserer Jasse, sorgsam darauf bedacht, unser aufwändig herausgeputztes Äusseres nicht zu beschmutzen.

Veit und ich beobachteten den See und vergewisserten uns, dass sich niemand auf dem Gewässer oder in unmittelbarer Nähe aufhielt, der uns hätte beobachten können. *Vielleicht aber*, so dachte ich nach einer Weile, leide ich allmählich an Verfolgungswahn.

Wir konnten niemanden entdecken und so begaben wir uns auf den Weg in Richtung Stadt. Wir liessen uns Zeit mit dem Rudern, denn wir wollten nicht schon auf dem Hinweg unsere Kleidung in Schweiss tränken.

Nach ungefähr vier Stunden erspähten wir am Horizont die Brücken Luzerns, von denen wir schon viel gehört hatten, als auch zahlreiche Türme. Die beiden Brücken, eine links und eine rechts, waren mit Palisaden gesichert, welche in den schlammigen Boden des Sees gerammt worden waren. Sie verhinderten, dass Boote unter den Brücken hindurchfahren konnten.

«Landen wir dort?», fragte Veit und zeigte auf eine Stelle, die wie die Sust in Flüelen aussah. Es waren verschiedene Jassen, kleine Fischerboote und grosse Nauen vertäut. Ich nickte. Da wir uns als Händler ausgeben wollten, war das sicher die richtige Stelle zum Landen.

Als unsere Jasse über den Kies des Ufers kratzte, eilte ein kleiner Mann uns entgegen, der uns freundlich begrüsste. Es war ihm anzusehen, dass er uns nicht sogleich zuordnen konnte. Einerseits waren wir wie edle Herren gekleidet, andererseits reisten wir auf einem bemitleidenswerten Boot, und ruderten auch noch selbst.

Ich liess den Mann im Ungewissen und gab ihm keine Erklärung dazu ab. «Wie heisst dieser Platz? Können wir unsere Jasse hier für ein paar Tage lassen?», wollte ich stattdessen von ihm wissen.

«Sie befinden sich hier an der Sust von Luzern, mein Herr. Natürlich können sie das Boot hierlassen. Wenn sie wollen, kann ich es unter meine Obhut nehmen und sicherstellen, dass es unbeschadet bleibt», antwortete er.

Ich verstand. Wenn wir ihn nicht bezahlen würden, würden wir die Jasse bei unserer Rückkehr nicht mehr vorfinden.

Natürlich liess ich es nicht darauf ankommen, drückte ihm fünf Pfund Pfennige in die Hand und sagte: «Wenn wir wiederkommen und das Boot unbeschadet ist, gebe ich dir weitere fünf.»

Das Funkeln in seinen Augen verriet mir, dass ich mir keine Sorgen machen brauchte. Trotzdem ergänzte ich: «Und wenn der Kutter nicht einwandfrei ist, wenn wir zurückkommen, versenke ich dich im See.»

Er nickte und ich fragte ihn: «Kennst du ein einfaches Gasthaus, in dem wir nächtigen können?»

«Es gibt viele gute Gasthäuser hier», antwortete er. «Am besten geht ihr zum Gasthaus *Zur Metzg*. Dort gibt es das beste Bier. Geht hinauf, zum Hoftor. Dort lauern überall junge Burschen, die euch den Weg zeigen können.»

Und so begaben wir uns vom Seeufer aus auf den Weg hinauf in die Stadt. Wir erklommen einige Stufen, schritten durch einen Torbogen und erreichten den Hofplatz.

Was für ein Ort! Allein der Torbogen zeugte von exzellenter Handwerkskunst. Vergleichbares hatte ich bisher nur im Schloss Grinau gesehen, und doch erreichte nichts dort die Präzision, mit der dieses Gemäuer errichtet und der Stein geschliffen worden war. Ich liess meine Hand über das Mauerwerk gleiten und spürte winzige Spalte.

Schliesslich wurden wir von einem Stadtbüttel empfangen, der uns freundlich, aber bestimmt fragte, woher wir kämen und welche Geschäfte uns nach Luzern führen würden.

«Wir sind Händler aus dem Süden und wollen Waren einkaufen.» Mein südländischer Akzent und unser Erscheinen liessen wohl jeden Zweifel verblassen. Er nickte und wandte sich ab.

Wir schauten uns auf dem Hofplatz um: Unglaublich viele Häuser drängten sich Wand an Wand aneinander, lediglich einige enge Gassen lagen zwischen ihnen. Die Häuser ragten mehrere Stockwerke in die Höhe und ihre Mauern waren aus massivem Stein. Ich versuchte mir nichts anmerken zu lassen, aber ich war tief beeindruckt.

Es fühlte sich an, als wäre ich in einem anderen, mir völlig unbekannten Land gestrandet, dabei lagen unsere Höhle, aber auch Flüelen oder Brunnen und all die anderen kleinen Orte, die ich kannte, gar nicht so weit von Luzern entfernt. Und doch bewegten wir uns ehrfurchtsvoll über den Platz.

Zu unseren Linken befand sich jene Brücke, die wir schon vom See aus gesehen hatten. Sie war überdacht. Zu unserer Rechten spannte sich die andere Brücke über das Wasser. Voraus eröffneten uns mehrere der engen Gassen einen Weg durch das Häusergeflecht namens Luzern. Sie schienen sich weitläufig zu verästeln und in alle Himmelsrichtungen zu führen. Jenseits der Stadt erhoben sich Hügel über das Land, über die sich eine gewaltige Mauer zog, aus der hie und da Türme emporragten. Mit der Palisade im See, den beiden Brücken und der Verteidigungsmauer gegen die Landseite war diese Stadt vorzüglich gegen feindliche Übergriffe geschützt.

Es befanden sich viele Menschen auf den Strassen, viel mehr Menschen, als ich in Brunnen oder Flüelen je gesehen hatte. Wie vom Sustmeister vorausgesagt, trieben sich Strassenjungen auf dem Platz herum. Einer von ihnen erwiderte meinen Blick. Ich winkte den Bengel zu mir und sofort sprang er auf und rannte auf mich zu.

«Kann ich Euch helfen, meine Herren?», fragte er uns höflich.

«Das kannst du. Kennst du dich in der Stadt aus?», fragte ich.

«Jawohl, mein Herr. Ich bin hier geboren», antwortete er selbstsicher.

«Wo sind deine Eltern? Hast du daheim keine Arbeiten zu erledigen?»

«Nein, mein Herr. Ich habe keine Eltern. – Ich lebe auf der Strasse, so wie die meisten der Jungen, die ihr hier seht.»

«Willst du dir etwas verdienen?»

Er nickte, worauf ich weiter sagte: «Wir werden einige Tage in der Stadt verweilen. Führ uns, wohin wir wollen, und ich werde dich bezahlen.»

Der Junge nickte eifrig und ich gab ihm seine erste Aufgabe: «Führ uns zum Gasthaus *Zur Metzg*.» Der Junge nickte, zögerte aber.

«Was denn?»

«Mein Herr, hat Euch der Sustmeister dieses Gasthaus empfohlen?»

«Ja, wieso?»

«Das Lokal gehört einem Bruder des Sustmeisters. Es heisst, dass dort falsch gespielt wird. Fremde werden oft dorthin geschickt und dann ausgenommen, mein Herr.» Er senkte den Blick.

Ich aber grinste. «Denkst du, wir lassen uns so einfach übers Ohr hauen?»

«Natürlich nicht, mein Herr. Ich führe Euch dorthin.» Und damit lief er los. Ich aber blieb stehen und dachte nochmal über die Konversation nach.

«Komm zurück!», pfiff ich den Jungen schliesslich zurück. «Wohin sollen wir dann gehen?»

«Zum Gasthaus *Schlüssel beim Krienbach*.», sagte er, ohne nachdenken zu müssen. «Dort gehen viele Männer hin, mein Herr. Es gibt gutes Bier und Frauen.»

«Ha!», lachte Veit. «Was willst du denn schon von Frauen verstehen, Junge?»

Der Junge blickte verlegen zu Boden. «Das habe ich so gehört, mein Herr», flüsterte er.

«Schon gut», beruhigte ich ihn. «Bring uns dorthin.» Und damit lief er eilig los.

«Warte, nicht so schnell. Wir haben doch Zeit.» Ich wollte nicht überstürzt durch diese unbekannten, engen Gassen hasten, vielleicht würden wir einem Schiffsmeister begegnen, den wir auf seiner Naue überfallen hatten. Wenn dem so wäre, wollte ich genug Zeit haben, um mein Gesicht wegzudrehen.

Der Junge wartete auf uns und lief dann neben uns her. Er führte uns nach links über die überdachte Brücke. Während wir das imposante Bauwerk mit unseren Schritten vermassen, kam mir in den Sinn, dass ich noch nie eine Brücke dieser Grösse gesehen hatte. Sie führte fast über den halben See und war etwa zehn oder zwölf Fuss breit. Wir konnten sie daher bequem nebeneinandergehend passieren. Und es wimmelt auf ihr von Menschen. Es war ungewöhnlich für mich, so viele Unbekannte auf einem Haufen zu sehen. In den kleinen Gesellschaften und Dörfern, in denen ich bisher verkehrt hatte, kannte ich stets jede Person – zumindest vom Sehen.

«Wie heisst du, Junge?», fragte ich unseren Fremdenführer.

«Meine Freunde nennen mich Leon. Ich weiss allerdings nicht, ob das auch der Name ist, den mir meine Mutter gegeben hat, mein Herr.»

Wir bewegten uns auf einen Turm zu, der auf der Hälfte der Brücke emporwuchs. Dumpfe Schreie drangen aus seinem Gemäuer, die wir mit jedem Schritt besser hören konnten. Die Schreie waren grässlich und gingen mir unter die Haut.

«Was ist in dem Turm?», fragten wir Leon, nicht ohne Sorge.

«Der Turm heisst *Wasserturm*. Darin werden Gefangene gehalten. Es heisst, dass in den oberen Stockwerken die Kerkermeister sind, darunter befindet sich das Verliess.»

Wir näherten uns dem gut 100 Fuss in die Höhe ragenden Turm und blieben stehen. Gänsehaut suchte mich heim, als mein Blick das gewaltige Bauwerk entlangwanderte, dem derart fürchterliche Schreie entsprangen. Verwundert stellte ich fest, dass der Turm direkt im Wasser des Sees mündete. Er war in den See hineingebaut worden. Wie war so etwas nur möglich? Ich konnte den Grund des Sees nicht erkennen.

Von der überdachten Brücke aus führte ein kleiner Steg zur Tür des Turms. Wir blickten auf jene massive Tür, durch welche die Schreie dumpf nach draussen drangen.

Dann plötzlich verstummten sie. Eine bedenkliche Stille ergriff Besitz von uns und liess uns erschaudern, untermalt nur mit dem Rauschen der Stadt. Gerade, als wir uns zum Weitergehen umdrehen wollten, drang erneut ein markerschütternder Schrei aus dem Gemäuer.

«Was passiert in dem Turm?», fragte Veit. Ich konnte ein Vibrieren in seiner Stimme wahrnehmen.

«Wahrscheinlich ist der Scharfrichter bei einem Gefangenen», antwortete Leon.

Ich wunderte mich, dass der Gefangenenturm mitten in der Stadt lag. Wahrscheinlich sollte es den Bürgern als Warnung und Abschreckung dienen.

Wir setzten unseren Weg fort und als wir das andere Ende der Brücke erreichten, sah ich linker Hand einen Platz mit Jassen und Nauen.

«Das ist das Schiffshaus der Stadt. Dort werden die Nauen und Jassen gebaut», sagte Leon. Er bemerkte bald, dass wir uns für die Stadt interessierten, und so begann er ausführlicher zu erklären, wo wir uns befanden. So erfuhren wir, dass wir nun die Kropfgasse in der Kleinstadt betreten würden. Zu unseren Linken kam bereits der nächste Turm in Sicht.

«Für was ist dieser Turm?», wollte Veit wissen und zeigte auf ihn.

«Er wird *Frauenturm* genannt. Männer und Frauen werden bei uns in getrennten Türmen eingesperrt. Auch hier hört man manchmal Schreie. Aber das sind dann Schreie anderer Natur», sagte Leon und grinste.

Kurz darauf zeigte er auf ein Gebäude und sagte: «Das da vorne ist unser Ziel, das Gasthaus *Schlüssel zum Krienbach*, mein Herr.»

Vor uns sahen wir wieder einen offenen Platz mit einem Brunnen in seinem Zentrum. Gleich dahinter erkannten wir ein reich verziertes Gebäude, das Wand an Wand mit weiteren Häusern errichtet worden war.

Ich sah den Jungen an und sagte: «Wir werden dich morgen wieder brauchen. Finde dich in der Früh wieder hier vor dem Gasthaus ein. Dann kannst du uns einen weiteren Tag lang behilflich sein.»

«Ja, mein Herr», antwortete er. Ich gab ihm zwei Schilling in die Hand und damit verschwand er.

Veit und ich begaben uns geradewegs ins Gasthaus. Wir setzten uns an einen freien Tisch und bestellten etwas zu essen. Leon hatte recht, es wurde gutes Bier serviert. Trotzdem hielten wir uns zurück. Wir kannten die Männer hier nicht und konnten niemandem trauen. Nach dem Essen fragen wir beim Wirt nach einem Zimmer. Es hielten sich hübsche Frauen im Wirtshaus auf, dennoch gingen wir allein ins Obergeschoss und ruhten uns aus.

Am nächsten Tag frühstückten wir und bewegten uns dann auf den grossen Platz. Dort sahen wir Leon bereits am Brunnen des Krienbachs auf uns warten. Als ich ihn so von Weitem beobachtete, schätzte ich sein Alter auf etwa 13 Jahre. Aber ich liess mich nicht von seiner Kindlichkeit und dem höflichen Auftreten blenden. Um allein auf den Strassen in einer so grossen Stadt zu überleben, musste er schon früh gelernt haben, ein Schlitzohr zu sein.

Ich liess von Leon ab und sah mich stattdessen ausgiebig um. Wieder staunte ich über das geschäftige Treiben in dieser Stadt. Bereits am frühen Morgen trieben sich zahlreiche Händler, Handwerker, Bettler und sonstiges Gesindel in den Gassen herum.

Leon entdeckte Veit und mich, wie wir vor dem Eingang des Gasthauses standen, und kam auf uns zu.

«Guten Morgen, meine Herren», begrüsste er uns mit einem breiten Lächeln.

Veit und ich erwiderten die Begrüssung mit einem Nicken. Ohne Umschweife wollte ich von ihm wissen: «Weisst du, wo sich die Livinier hier in der Stadt befinden?»

Er sah mich verständnislos an und fragte nach einigem Zögern: «Was meint Ihr mit Livinier, Herr?»

«Wo sind die Tagelöhner, die Italienisch sprechen? Gibt es hier solche Leute?», erklärte ich meine Frage.

Sein Gesicht erstrahlte, da er nun wusste, wen wir suchten. Also antwortete er aufgeregt: «Oh ja, Herr, die gibt es. Die Tagelöhner halten sich in der Kleinstadt unter dem Gütsch auf.» Er zeigte in die entsprechende Richtung.

«Dann führ uns zu ihnen.»

Also geleitete er uns von unserer Herberge aus zu einem nahen Turm, der direkt neben einer Brücke über den Krienbach stand. Passend dazu wurde der Turm *Krienturm* genannt. Veit und ich folgten Leon und gemeinsam überquerten wir die Brücke, um uns auf der anderen Seite in einer weiteren, engen Gasse wiederzufinden. Sie wurde *Pfistergasse* genannt und endete bei einem weiteren Turm, der *Baslerturm* hiess. Wir schritten unter dem Tor durch und befanden uns schliesslich ausserhalb der Stadtmauern. Zum ersten Mal konnten wir den weitläufigen Wald sehen, der Luzern landseitig einhegte.

Im Gegensatz zu den mehrstöckigen Gebäuden innerhalb der Stadtmauern fanden wir hier einfache, aus Holz angefertigte Häuser vor, wie sie auch im Land Uri zu sehen waren. Jene Häuser waren mit eingezäunten Gärten ausgestattet und allerhand Kleinvieh graste friedlich auf den Wiesen.

«Die Tagelöhner haben sich an diesem Ort niedergelassen, Herr», sagte Leon.

«Gibt es hier ein Wirtshaus?», fragte ich, worauf er auf ein grösseres Gebäude zeigte.

Wir gingen also auf jenes Gebäude zu und ich wies Leon an, draussen zu warten, während Veit und ich den Schankraum betraten. Dieses war nahezu menschenleer. Es war noch früh am Tag, die meisten Tagelöhner wären wohl mit Arbeiten beschäftigt. Die wenigen Menschen, die den Schankraum bevölkerten, starrten uns augenblicklich wie die Fremden an, die wir in diesem Gasthaus auch waren.

Ich liess mir nichts anmerken, setzte ein breites Lächeln auf und begrüsste die Leute in meiner Muttersprache: «Seid gegrüsst, meine Freunde, dürfen wir eintreten und ein Bier trinken?»

Sofort löste sich die Anspannung ein wenig, als sie den vertrauten Klang ihrer Sprache hörten, und ein Mann nickte uns zu.

«Natürlich, tretet ein und setzt euch», antwortete er auf Italienisch.

Wir gingen beide auf den Mann zu und setzten uns zu ihm an seinen Tisch. Eine hübsche Frau brachte uns daraufhin zwei Bier.

«Wie heisst du, mein Freund?», fragte ich meinen Sitznachbarn.

«Luigo», antwortete er knapp.

«Luigo», wiederholte ich seinen Namen und wollte dann wissen: «Woher kommst du?»

«Aus Chironico», entgegnete er.

Das lag südlich meines Heimatdorfes Prato, vielleicht zehn Meilen entfernt. Zu Pferde war diese Distanz in einer halben Stunde zu bewältigen.

Ich liess meinen Blick durch die Schenke wandern und erkannte, dass neben Luigo nur Greise hier herumlungerten. Ihn selbst schätzte ich auf etwa 45 Jahre. Jüngere, die ich als Krieger hätte rekrutieren können, waren offensichtlich nicht vor Ort. Dennoch war ich mir sicher, dass ich sie in der Stadt finden würde. Jemand musste schliesslich die Alten, die Frauen und die Kinder ernähren.

Ich merkte, wie Luigo mich musterte und nicht recht wusste, wie er mich einzuordnen hatte. Veit und ich waren gekleidet wie edle Herren, sprachen aber Italienisch. Zudem schien mir, dass Männer mit Geld diesen Ort eher selten besuchten. Ganz offensichtlich kamen nicht viele Fremde in diese Schenke. Also erklärte ich: «Ich komme aus Prato, mein Freund. Warst du schon einmal dort?»

«Ja!» Luigo strahlte mich an. «Als ich jung war, gab es dort manchmal Arbeit. Dort in der Nähe ist doch ein vorzügliches Hurenhaus, nicht? Ich meine, ich konnte mir das nie leisten, aber die Gaststätte vom alten Devis war wahrlich ein Treffpunkt für alle Reisenden.»

Natürlich kannte er Devis. Wer im Tal Livinien kannte Devis nicht?

«Hast du in letzter Zeit etwas Neues von Prato gehört?», fragte ich den Mann.

«Nein, schon lange nicht mehr. Es erreichen uns nur spärlich Neuigkeiten aus der alten Heimat. Zu lange und zu steinig ist der Weg über den Berg hierher.» Er schüttelte den Kopf.

«Und was hast du zuletzt über Devis gehört?»

«Hmm ...» Er überlegte und antwortete dann schulterzuckend: «Wohl, dass er wieder neue Mädchen aus dem Süden bekommen hat. Aber kann auch sein, dass sich das die Männer einfach so erzählen, damit sie etwas zum Träumen haben. Aber Devis soll stets neue Weiber anbieten.»

«Kennst du Emma Capa, die bei Devis arbeitet?» Jetzt wollte ich es genau wissen und fragte direkt nach meiner Mutter.

«Emma Capa ...» Wieder überlegte er und sagte dann entschlossen: «Nein, kenne ich nicht.»

«Gibt es sonst jemanden hier, der Neuigkeiten aus der alten Heimat hat und sie kennen könnte? Sie stammt aus Prato wie ich.»

Luigo winkte daraufhin das Schankmädchen zu uns und erklärte mir: «Theres kam vor einem Jahr nach Luzern.»

Als das Mädchen an unserem Tisch stand, fragte er sie: «Kennst du eine Emma Capa? Aus Prato?»

«Ja», antwortete Theres, «kannte ich.»

Kannte? Hatte ich richtig gehört? Wieso sagte sie *kannte*? Mein Bauch verkrampfte sich. Ich sah sie eindringlich an.

«Kannte? Was meinst du damit?»

Mein Mund war trocken und meine Zunge bewegte sich träge. Ich war nicht sicher, ob ich diese Worte gesprochen hatte oder jemand anders.

«Sie ist vor etwa zwei Jahren gestorben. Sie wurde krank und hat sich nicht mehr davon erholt», antwortete das Schankmädchen ausdrucklos.

Ich fühlte mich, als ob ich eine Klippe hinabstürzen würde. Sie war also tot. Meine Mutter war tot. Die Frau, der ich in Gedanken geschworen hatte, sie zu retten, war tot. Ich sass wohl wie versteinert am Tisch, denn ich spürte, wie Veit mich in die Seite stiess.

«Prato, was ist los? Was ist mit Emma?», wollte er wissen.

Als einer der wenigen Menschen auf dieser Welt kannte er meine Geschichte und wusste, wer Emma war. Er verstand eben kein Wort Italienisch, doch er hatte den Namen meiner Mutter aufgeschnappt und bemerkte meine veränderte Stimmung. Ich antwortete ihm nicht, sondern starrte ins Leere.

Ich hatte meine Zeit hier im Norden verplempert! Verplempert mit sinnlosen Befehlen. Während ich mit Elisabeth am Seeufer spazieren gegangen war und das schöne Leben genossen hatte, war meine Mutter gestorben. Allein. Ich verfluchte mich und mein Leben.

«Was ist mit Emma?» Veit zerrte an meinem Arm.

«Sie ist tot», murmelte ich abwesend.

Auch der alte Luigo und Theres sahen mich fragend an. Doch sie ahnten wohl schon, dass ich der Frau nahestand.

Veit klopfte mir auf die Schultern und sagte zu Luigo: «Mama.» Dabei zeigte er auf mich.

Luigo und Theres sahen mich nun mitleidig an.

«Tut mir leid», sagte Theres, während Luigo schwieg. Mit Sicherheit war es nicht das erste Mal, dass er erlebte, wie jemand vom Tod seiner Mutter erfuhr. Er sah wie ein Mann aus, der schon so manches erlebt hatte. Sein furchiges Gesicht zeugte von einem arbeitsamen, leidgeplagten Leben.

«An was ist sie gestorben?», wollte ich von Theres wissen.

«Das weiss ich nicht. Die Leute erzählten, dass es ihr einfach immer schlechter ging. Am Schluss war sie sehr dünn.»

Ich schüttelte den Kopf und wollte es nicht glauben. Hatte Devis alles in seiner Macht Stehende getan, um ihr eine Chance auf Genesung zu bieten? Oder war sie sowieso bereits zu alt gewesen, um sich als Hure in seinem Gasthaus zu verdingen? Ich ballte meine Hände zu Fäusten und verwünschte Devis. Bestimmt hatte er, als sie ihrem Ende entgegengegangen war, nur darauf gewartet, dass er endlich nicht mehr für sie sorgen brauchte.

Aber mehr noch verspürte ich eine irrsinnige Wut auf mich selbst. Ich wagte zunächst kaum, an meine Schwester zu denken, doch ich musste es wissen. Also fragte ich Theres: «Was ist mit Elss Capa?»

«Ihr ging es gut, als ich vor einem Jahr hierher aufbrach», sagte das Schankmädchen. Bestimmt konnte sie sich zusammenreimen, dass es sich bei ihr um meine Schwester handeln musste.

Erleichtert atmete ich aus. Wenigstens meiner Schwester schien es den Umständen entsprechend gut zu gehen. Ich schwor mir, dass es ab jetzt nur noch ein Ziel für mich geben würde. Ich würde alles dafür tun, meine Schwester aus Devis' Klauen zu befreien. Ich würde vor keiner Schandtat mehr zurückschrecken. Ich würde so viele Männer um mich scharen, dass niemand mehr mich aufhalten konnte. So viele Männer! Ich würde der Schrecken der Eidgenossenschaft werden und mir verflucht nochmal nehmen, was ich wollte. Ich würde über den verfluchten Berg steigen und dem verfluchten Devis den Kopf abschlagen.

Ich spürte, wie ich mich verkrampfte und die Zähne so fest aufeinanderbiss, dass sie zu bersten drohten. Irgendwann blickte ich wohl auf und sah in die Gesichter von Veit und Luigo. Ich versuchte mich zu beruhigen, redete mir ein, dass ich einen kühlen Kopf bewahren müsse. Ein Problem nach dem anderen. Zuerst musste ich meine Landsleute von mir überzeugen. Und dafür durfte ich vor Luigo keine Schwäche zeigen.

Irgendwie sammelte ich mich wieder, atmete tief ein und wieder aus. Dann sah ich Luigo ernst an und wollte von ihm wissen: «Was macht ihr Livinier hier in Luzern? Seit wann seid ihr hier?»

Er seufzte, nahm einen Schluck Bier und sagte: «Wie du weisst, hat das Land Uri vor etwa 20 Sommern Livinien von den Mailändern erobert. Seither gehören wir zur Eidgenossenschaft. Uri hat einen Vogt bei uns eingesetzt, der nach dem Rechten schauen sollte. Schon bald merkte der Vogt, dass es zu viele Kinder im Tal gibt. Zu viele Kinder und zu wenig zu essen. Also begann er, die Kinder über den Berg nach Uri zu senden. Dort gebe es Arbeit, meinte er.»

Er gönnte sich einen weiteren Schluck. «Und recht hatte er ja, es gab Arbeit. Vor allem hier in der Stadt Luzern. Bald sprach sich im Tal herum, dass es in Luzern etwas zu tun gebe, und ganze Familien wanderten in den Norden.»

Er atmete tief ein und wieder aus, bevor er fortfuhr: «Das war der Beginn. Seitdem sind viele nach Luzern gekommen. Die meisten Tagelöhner in Luzern kommen aus Livinien. Ich bin mit meiner Familie vor einigen Jahren hierhergekommen. Damals gab es noch gute Arbeit hier. Aber vor ein paar Jahren ist fast die Hälfte der Stadt den schwarzen Tod gestorben und seitdem gibt es nicht mehr so viel zu tun.»

Vieles von dem, was er uns berichtete, wusste ich bereits. Jedoch war mir nicht bewusst gewesen, dass so viele meiner Landsleute gab hier in Luzern verweilten.

«Wie ist das Leben hier für euch?», fragte ich.

Er schnaubte verächtlich und antworte: «Jetzt ist es ein Kampf. Es reicht kaum zum Leben. Aber wo ist das schon anders?»

«Mhm.» Ich nickte und versuchte, ihm mein Verständnis auszudrücken. Nach einem Augenblich beugte ich mich vor und flüsterte ihm zu: «Hör zu, Luigo. Ich suche kräftige, mutige, junge Männer, die für mich arbeiten wollen.»

Er zog fragend eine Augenbraue hoch und hörte gespannt zu.

«Ich verweile noch einige Tage in der Stadt. Ich sehe, dass nur wenige von euch heute hier sind. Also sag es den anderen und morgen Mittag werde ich wieder hierherkommen. Sorg dafür, dass Männer hier sind und hören, was ich zu sagen habe.»

Er nickte eindringlich. Damit er wusste, dass ich es ernst meinte, kramte ich einen Gulden aus meinem Säckel hervor und legte ihn auf den Tisch. Luigo starrte mit grossen Augen auf die Münze. Offensichtlich wagte er es nicht, sie anzufassen. Stattdessen sah er mich fragend an.

«Ich habe mehr davon», erklärte ich. «Nimm die Münze und sorg dafür, dass morgen die Jungen und Kräftigen da sind.»

Er liess die Münze immer noch unberührt. Nach einigem Zögern wagte er zu fragen: «Darf ich fragen, was das für eine Arbeit ist, Herr?»

«Ich suche Söldner, Luigo.»

Ich klopfte ihm auf die Schulter und erhob mich. Veit tat es mir gleich und wir verliessen das Gasthaus. Draussen wartete Leon auf uns.

«Leon, führ uns zurück zu unserer Unterkunft.»

Ich dachte an meine Mutter und wollte mich ordentlich betrinken.

Am nächsten Tag gingen wir nach dem Frühstück raus auf die Strasse, setzten uns auf eine Bank und beobachteten die Menschen dieser Stadt.

Nebel waberte über den Boden, der sich offenbar vom See kommend durch die engen Gassen schlängelte. Es stank. Die ganze Stadt stank. Ich rümpfte die Nase und fragte mich, ob es bereits gestern so gestunken hatte. Wahrscheinlich schon, doch die Aufregung hatte es mich nicht merken lassen.

Als wir so auf der Bank sassen und das Geschehen rund um uns herum beobachteten, war der Gestank nicht länger zu ignorieren. Dort, wo die Strassen und Gassen nicht gepflastert waren, versanken die Passanten unweigerlich bis zu den Knöcheln im Dreck. Die Frauen hoben ihren Rock und versuchten die Zipfel aus dem gröbsten Unrat herauszuhalten, während die Kinder unbekümmert hindurchwateten.

«Denkst du, dass die Livinier kommen werden?», wollte ich von Veit wissen.

«Ja. Ganz sicher.»

Ich sah ihn verwundert an. «Wieso bist du dir so sicher?»

«Na, hör mal, du hast dem Alten gestern einen Gulden auf den Tisch gelegt. Wenn das nicht reicht, weiss ich auch nicht», antwortete Veit.

Das mochte stimmen. Vielleicht war es zu viel gewesen, doch ich wollte keine Zeit mehr verplempern. Ich hatte einen Plan gefasst und musste diesen nun umsetzen. Meine Schwester wartete im zukunftslosen, finsteren Süden auf mich.

«Sie müssen kommen. Ich brauche die Männer», sagte ich dann, mehr zu mir selbst als zu Veit.

«Um Devis zu töten?»

Ich überlegte und sagte dann: «Ja. – Aber wir müssen auch einen anderen Weg finden, um an Münzen zu kommen. Du weisst so gut wie ich, dass wir nicht mehr länger in Gruebisbalm bleiben können.»

Veit nickte. «Ganz sicher können wir keine Nauen mehr überfallen.» Und nach ein paar Augenblicken des Schweigens ergänzte er: «Aber dein Plan hat funktioniert. Wir haben ein kleines Vermögen ergaunert. Es wird nicht für immer reichen, aber jeder von uns könnte sich auf kurze Sicht ein schönes Leben machen.»

Ich antwortete ihm nicht, woraufhin er grinste.

«Aber das reicht dir wohl nicht, oder?» Er lachte.

«Nein, das reicht mir nicht», sagte ich ernst.

Als die Sonne endlich ihren Zenit erreichte, begaben wir uns wieder zu den Liviniern. Dort angekommen, sah ich erleichtert, dass viele junge Männer vor dem Gasthaus warteten.

Als wir uns ihnen näherten, kam Luigo gleich auf uns zu und begrüsste uns.

«Es haben sich viele junge Männer eingefunden, wie Ihr es gewünscht habt, Herr. Auch einige Ältere sind gekommen, die aber immer noch kräftig sind und keine Mühen scheuen werden.»

«Danke, Luigo.» Ich drückte ihm für alle gut sichtbar einen Schilling in die Hand. Ich wollte, dass alle die Münze sahen.

Damit liess ich Luigo links liegen und trat vor die versammelten Männer. Ich sah in harte, wettergegerbte Gesichter. Einige hatten bereits zahlreiche Winter erlebt. Sie trugen geflickte Kleidung, hatten ungepflegte Bärte, muskelbepackte Arme, dreckige Fingernägel. Von ihnen ging ein ähnlicher Geruch aus wie von den dreckigen Gassen der Stadt. Die Männer waren direkt von ihrer Arbeit auf den umliegenden Feldern oder bei den örtlichen Handwerkern hergekommen. Niemand lächelte, sie sahen mich stattdessen nichtssagend an und hegten wohl wenige Erwartungen an dieses Treffen.

«Zur Unterschicht (der Stadt Luzern) gehörten aber auch alle jene Handwerker, die es nie auf einen grünen Zweig brachten. Es gab arme Metzger, die ihr Leben als Hausmetzger in der Stadt oder auf dem Lande fristeten (...) vor allem aber auch ungezählte Taglöhner, darunter schon damals überraschend viele Walchen, besonders Liviner, das heisst Tessiner aus der Leventina.»[5]

Ich holte Luft und sprach auf Italienisch: «Männer! Wie ihr stamme auch ich aus Livinien. Ich wuchs in Prato auf und darum nennen mich die einfältigen Nordmänner genauso: *Prato*.»

Ein Grinsen zeichnete sich auf einigen Gesichtern ab. Es war klar, dass sie die Nordmänner für dumme, eitle Pfaue hielten.

«Doch mir gefällt der Name, denn ich bin stolz auf meine Herkunft. Und so nenne ich mich selbst Prato. Jeder soll wissen, woher ich komme. Wie ihr sah auch ich mich eines Tages gezwungen, unser schönes Tal zu verlassen. Im Gegensatz zu euch führte mich

---

[5] Schnyder, 1967

mein Weg nicht nach Luzern, sondern zu den Söldnertruppen des Landes Uri.

Dort haben sie mir das Kämpfen beigebracht, das Saufen und das Herumhuren. Und das alles gefiel mir. Doch irgendwann erkannte ich, dass dieses Leben früher oder später nur in einen bedeutungslosen Tod münden konnte. Irgendwann würde ich in einem banalen Kampf für fremde Herren sterben.»

Ich legte eine Pause ein und sah die Männer an, die mir aufmerksam zuhörten. «Dasselbe Schicksal droht euch. Ihr arbeitet für fremde Herren, die euch nicht gerecht entlöhnen. Wieso tun wir uns also nicht zusammen? Wieso kämpfen wir nicht Seite an Seite für unser eigenes Glück?»

Niemand antwortete und nach einer kurzen Pause fuhr ich also fort: «Wie ihr bestimmt erfahren habt, hat Mailand kürzlich Bellinzona eingenommen. Die Zeit von Pflug und Meissel ist damit vorbei. Jetzt ist die Zeit der Hellebarde und des Harnischs gekommen. Ich sage, wir greifen zu den Waffen und ziehen in den Kampf, in dem uns Ruhm und Reichtum erwarten. Ich sage euch: Folgt mir und ich führe euch dorthin.»

Ich hatte sie noch nicht überzeugt, das spürte ich. Sie zögerten. Nach einigen Augenblicken trat ein Mann vor und sagte: «Wir haben keine Waffen.» Er sah mich unsicher an und ergänzte dann: «Herr.»

«Wie heisst du?», wollte ich von ihm wissen.

«Lupi, Herr.»

«Wenn ihr euch mir anschliesst, werde ich euch Waffen geben. Aber ihr müsst mir den Gefolgschaftseid leisten.»

Ich holte abermals tief Luft und fuhr fort: «Aber seid euch bewusst: Wer sich mir anschliesst, wird jeden Tag den Kampf üben. Denn das wird es sein, das uns von den anderen Söldnern unterscheidet … Es gibt viele Söldnertruppen, doch die meisten verbringen ihre Zeit in den Wirtshäusern. Sie kämpfen nicht, werden langsam und träge. Wenn es dann zu einem Kampf kommt, taugen sie nicht viel und sterben wie die Fliegen.

Aber wir, meine Freunde, wir werden den Kampf üben! Wir werden täglich mit der Hellebarde kämpfen, bis wir unbesiegbar sind. Wir werden zu den gefürchtetsten Kriegern der

Eidgenossenschaft werden. Man wird unsere Fahne auf den Strassen erkennen und uns ehrerbietend ausweichen. Die Männer werden uns fürchten und die Weiber uns nachlaufen.»

Das gefiel ihnen.

«Und Ihr bezahlt uns, Herr?», wollte Lupi wissen.

«Ja, ich werde euch einen Sold zahlen. Doch dieser Sold wird euch keinen Reichtum bringen. Der Reichtum liegt in der Schlacht. Wir werden in Bellinzona gegen die Mailänder kämpfen und uns unsere Beute holen. Was wir plündern, teilen wir auf.»

Noch sagte niemand etwas, alle standen verhalten da. Jeder wartete darauf, dass etwas geschah. Also stachelte ich sie an.

«Livinier, was sagt ihr?», fragte ich sie so laut ich konnte: «Folgt ihr mir?»

Ein junger Mann trat vor und rief: «Ja, Herr, ich werde Euch folgen.» Und sobald der Erste diesen Schritt getan hatte, folgten die anderen seinem Beispiel. Die jungen Männer dürstete es nach Abenteuer, Ehre und Ruhm. Sie hatten die Nase voll von langweiliger Feldarbeit oder schlechtbezahlter Knechtschaft bei einem Handwerker.

Die meisten der Anwesenden umringten mich nun, sogar einige der älteren Livinier. Auch Lupi, der zuerst gesprochen hatte, war unter ihnen. Insgesamt sammelten sich etwa 40 Männer um mich.

«Wer von euch spricht Deutsch?», fragte ich sie. Etwa zehn Männer hoben die Hand. Ich sprach einen kräftig aussehenden Jungen an: «Wie heisst du?»

«Emilio, mein Herr», antwortete er, ohne zu zögern.

Ich nickte ihm zu und wies die zehn Mann dann Veit zu.

Wir blieben noch bis zu den Abendstunden bei den Liviniern. Veit unterhielt sich mit jenen, die Deutsch beherrschten, während ich mir die vorknöpfte, die nur Italienisch verstanden. Ich wollte die Männer kennenlernen, bevor ich sie fest in meine Dienste aufnehmen würde.

Am Abend kehrten Veit und ich ins Gasthaus *Schlüssel beim Krienbach* zurück. Wir würden uns am nächsten Tag erneut mit den Liviniern treffen. Das gab ihnen Zeit, sich mit ihren Familien zu unterhalten. Nicht jeder Mann konnte einfach so verschwinden, wenn Frau und Kind daheim auf ihn warteten. Aber es gab bestimmt auch Männer, für die ihr Balg kein ausreichender Grund war, um sich uns nicht anzuschliessen.

Auch am zweiten Tag warteten die Männer wieder vor dem Gasthaus. Sie wollten mehr von meinen Plänen hören. Doch eigentlich hatte ich noch gar keinen genauen Plan. Also erzählte ich ihnen einfach von bevorstehenden Schlachten und unseren Erfolgen. Ich sprach oft von Gold und Reichtum, von Frauen und Ruhm.

Am dritten Tag liess ich die Männer, die immer noch in meinen Dienst treten wollten, Aufstellung nehmen. So standen vor mir wieder knapp 40 Mann. Ich liess sie mir folgen und wir marschierten von der Strasse weg und hinter die Hütten, wo wir ein offenes Feld zur Verfügung hatten und nicht direkt den neugierigen Blicken der Städter ausgesetzt waren.

«Wenn ihr in meinen Dienst eintreten wollt, so müsst ihr kämpfen können. Mit den Fäusten, mit dem Dolch, mit der Armbrust und vor allem mit der Hellebarde. Von allen Waffen ist mir die Hellebarde am liebsten. Sie vereint eine Hieb- und Stichwaffe in sich. Durch ihre Länge kann man einen Feind mit Schwert auf Distanz halten. Richtig geführt kann man damit berittene Soldaten vom Sattel holen und danach ihre Rüstung mit dem Schlagdorn durchbrechen.

Wenn ihr sie als Stichwaffe einsetzt und der Gegner die Hellebarde ablenkt, habt ihr den Haken der Hellebarde hinter ihm und könnt beim Zurückziehen immer noch einen tödlichen Stoss in seinen Rücken ausführen. Das Beil, wenn es mit Wucht geführt wird, kann einen gepanzerten Mann umwerfen und ihm tödliche Wunden zufügen.»

Ich machte eine Pause und setzte dann wieder an: «Ich will, dass ihr die besten Kämpfer der Waldstätte werdet. Dazu werdet ihr mit mir und Veit üben. Von Zeit zu Zeit werdet ihr gegen mich kämpfen müssen. Und wenn ich merke, dass einer für meine Truppe nicht gut genug ist, kann er seine Sachen packen.»

Wieder legte ich eine Pause ein und blickte die Männer an. Ihre Gesichter und ihre Hände offenbarten ein Leben in harter Arbeit. Ich sah ihnen an, dass sie als Tagelöhner keine Annehmlichkeiten genossen. Sie waren Männer, die solche Arbeiten verrichteten, für die sich die Luzerner selbst zu schade waren. Sie bildeten die unterste Schicht der Gesellschaft. Und wenn es keine Arbeit für sie gab, mussten sie sich mit betteln, stehlen oder dem Vertilgen von Abfällen durchschlagen. Ihr Leben war nicht viel wert.

«Wer von euch hat bereits Erfahrungen als Söldner gemacht?», fragte ich die Männer vor mir, worauf Lupi vortrat.

«Ich habe vor Jahren als Söldner gedient», antwortete er auf Italienisch.

«Lupi. Gut. Und wo? Warst du als Begleitschutz von Reisenden eingesetzt?»

«Nein, ich diente in der Haustruppe des Landvogtes Hans Schudier in Livinien», antwortete er.

Ich mass Lupi mit meinen Augen ab. Er war ein grosser, schlanker Mann mit sehnigen Muskeln. Nicht sonderlich breit gebaut, aber er strahlte Schnelligkeit und Kraft aus. Sein Blick hielt meinem Stand.

«Na schön. Hattet ihr eine Rangordnung beim Landvogt? Kennst du den Alltag in einer Truppe?»

«Ja, Herr.»

«Gut. Kennst du alle Männer hier?», wollte ich wissen.

«Ja», sagte er.

«Dann bist du ihr Anführer.» Ich richtete meine Worte nun an die anderen Männer: «Habt ihr das gehört? Lupi ist euer Anführer. Ihr befolgt seine Befehle, denn er erhält sie von mir oder Veit. – Emilio …» Ich blickte in die Richtung des Mannes, der gutes Deutsch sprach. «Du hilfst Lupi, wenn er sich auf Deutsch verständigen muss.»

Der Angesprochene nickte.

«Hat einer von euch Erfahrungen im Umgang mit Waffen?»

Gleich zwei Männer traten vor, ein jüngerer und ein älterer. Sofort erkannte ich, dass es sich um Vater und Sohn handeln musste.

«Wie heisst ihr?»

«Ivan, und das ist mein Sohn Carlo», antwortete der Ältere. «Wir haben oft dem Schmied in der Stadt geholfen», ergänzte er.

«Habt ihr an Waffen gearbeitet?», hakte ich nach.

«Ja.»

«Dann seid ihr zuständig für die Waffen. Ich werde später in der Stadt Hellebarden und Lentner kaufen. Ihr könnt sie dann abholen. Inspiziert und pflegt sie.»

Am Ende des Tages verlangte ich von jedem willigen Mann den Gefolgschaftseid. Ich musste wissen, ob sie sich auch vor Gott zu mir bekennen würden. Jeder, den ich für geeignet hielt, tat es. Also drückte ich meinen Schwurmännern – meinen Söldnern – jeweils einen Schilling in die Hand. Der beste Antrieb für Fleiss und Loyalität sei schon immer das Verlangen nach Reichtum gewesen, glaubte ich.

Am Abend begaben sich Veit und ich zurück in unser Wirtshaus *Schlüssel am Krienbach.*

Im Schankraum setzten wir uns an einen freien Tisch, bestellten Bier und etwas zu Essen. Wir sprachen über diese grosse Stadt, über die Livinier und über Bellinzona. Mit dem Verstreichen der Stunden wurde es an den anderen Tischen immer lauter, besonders an einem. Wir beachteten das hektische Treiben nicht weiter und tranken noch ein Bier.

Irgendwann kam ein Mann an unseren Tisch und stellte sich vor: «Meine Herren», grüsste er uns, «ich heisse Joseph. Darf ich mich zu euch setzen?»

Ich nickte und er setzte sich.

«Ihr seid nicht aus Luzern, oder? Ich bin viel in den Gaststätten unterwegs, kenne viele Leute, aber euch habe ich noch nie gesehen. Darf ich fragen, woher ihr kommt?»

Ich war misstrauisch. Unsicher, ob es klug war, sich mit den Einheimischen einlassen. Schliesslich hatten wir in den vergangenen Wochen die Nauen dieser Stadt ausgeraubt. War er vielleicht ein Ruderknecht auf einer der Nauen gewesen? Erinnerte sich vielleicht Veit an ihn? Ich warf ihm einen vorsichtigen Blick zu. Er schien meine Befürchtung zu erkennen, doch zeigte sich ebenfalls ratlos.

«Meine Güte», erwiderte Joseph, der offensichtlich unser Zögern bemerkte. «Schon diese einfache Frage bringt euch ins Grübeln? Habt ihr etwas zu verbergen?» Doch er endete mit einem freundlichen Lachen und klopfte mir auf die Schulter. Er lallte auch schon etwas. Ich war nun überzeugt, dass er wirklich nur freundlich sein wollte.

«Lasst mich euch auf ein Glas Musegger einladen, der wird uns helfen, eure Zungen zu lösen. Der Musegger ist unser saurer Stadtwein.» Er sah sich um und vergewisserte sich, dass ihn niemand hörte und flüsterte dann verschwörerisch: «Unter uns gesagt, es gibt viel bessere Weine als diesen. Aber wie das so ist, wird auch unser Musegger mit jedem Glas ein bisschen besser.» Er endete mit einem Augenzwinkern. Dann drehte er sich um und winkte dem Schankmädchen zu, die kurz darauf mit zwei Flaschen kam und unsere Becher füllte.

Es war ein wirklich saurer Wein. Ich merkte, wie mir die Wärme in die Glieder fuhr.

«Gut?», fragte Joseph

«Hmm … etwas …», begann Veit.

«Er ist gut», unterbrach ich ihn, bevor er weitersprechen konnte.

Joseph grinste und sagte: «Also, ich will euch nicht verhören. Ich habe mir nur gedacht, dass die beiden neuen Gesichter in meiner Stadt vielleicht auch etwas Neues aus Bellinzona zu berichten hätten.»

Ich konnte ein zufriedenes Grinsen kaum verbergen. Meine Annahme war also richtig gewesen: Niemand interessierte sich mehr für die kleinen Scharmützel am Wispelenegg, jetzt da die Stadt Bellinzona von den Mailändern überfallen worden war. Dieses Ereignis lieferte nun das Gesprächsthema. Der Zeitpunkt für unseren Besuch in der Stadt erwies sich als goldrichtig.

«Wir wissen nur, dass die Mailänder Bellinzona eingenommen haben und die Gerüchte besagen, dass sie noch weiter in den Norden, bis ins Land Uri, vordringen wollen», antwortete ich und blieb absichtlich vage.

Joseph nickte. «In diesem Moment beraten die Landammänner auf der Tagsatzung in Zug darüber, ob man angreifen solle oder nicht», sagte er.

«Gibt es denn Zweifel an der Notwendigkeit anzugreifen?», fragte ich. Ich hatte bisher nie in Frage gestellt, dass die Eidgenossen die Mailänder aus Bellinzona vertreiben mussten. Was sollte es da lange zu diskutieren geben? Also sagte ich: «Die Mailänder haben eidgenössisches Gebiet angegriffen. Wir müssen zurückschlagen und uns unsere Stadt zurückholen. Sonst glauben die Mailänder, sie können mit uns machen, was sie wollen.»

«Dessen wäre ich mir nicht so sicher», antwortete Joseph. Offensichtlich gefiel es ihm, dass er mehr wusste und uns belehren konnte. Aber sei es drum, wenn ich auf diese Weise an neue Informationen kam, wollte ich ihm die Freude gewähren. Also sah ich ihn neugierig an und forderte ihn damit zum Weitersprechen auf.

«Bellinzona gehört nur den Urnern und Unterwaldnern. Es ist nicht eidgenössisches Gebiet. Die Grenze der Eidgenossenschaft verläuft weiter oben, bei der Piottino-Schlucht.»

Damit hatte er natürlich recht. Schliesslich kannte ich den Zöllner bei der Schlucht im Süden nur zu gut. Ich hatte ihn an der Landsgemeinde in Altdorf fast getötet, als er schlecht über meine Mutter gesprochen hatte. Heinrich Püntiner hatte mich aber zurückgehalten, woraufhin Arnold Schick mich wiederum hart bestraft hatte.

«Trotzdem kann sich das die Eidgenossenschaft nicht gefallen lassen. Uri kann sich das nicht gefallen lassen. Schliesslich hat auch König Sigismund den Erwerb von Bellinzona für rechtmässig erklärt. Zweifellos begrüsst er es nicht, wenn die Stadt wieder den Mailändern in die Hände fällt», sagte Veit und zeigte mir einmal mehr, dass er die grossen Zusammenhänge in der Politik sehr wohl verstand.

«Natürlich, natürlich, da habt ihr recht», antwortete Joseph. «Tatsächlich sind einige Tage vor der Tagsatzung Reiter des Königs in die Stadt gekommen. Man sagt, der König hätte den Schultheiss von Luzern, Ulrich Walker, dazu aufgefordert, Bellinzona zurückzuerobern.»

«… Luzern musste ja als Handelsstadt ein eminentes Interesse an der Verbindungsstrasse nach der Lombardei haben. Dazu wusste man hierorts ganz genau, dass die Feindschaft zwischen König Sigismund und dem Herzog von Mailand neue Aussichten eröffnen dürfte. Der König drängte damals über Ulrich Walker Luzern zum Krieg, das sich aber

herausredete, es könne mit dem König nicht abschliessen ohne Wissen der anderen Länder.»[6]

Davon hatte ich keine Kenntnis gehabt. Und ich freute mich über diese Neuigkeit. Wenn sogar der König verlangte, dass die Eidgenossen Bellinzona von den Mailändern zurückerobern sollten, musste es zum Krieg kommen. Das bedeutete, dass nun die Zeit der Krieger angebrochen war, und ich sah mich bereits als erfolgreichen Pannerherr.

«Wisst ihr, mit wie vielen Männern die Mailänder in Bellinzona lagern?», fragte ich.

Joseph nickte. «Die eidgenössische Besatzung von Bellinzona, die unversehrt abziehen durfte, sprach allem Anschein nach von 2 000 Mann.»

2 000 Mann! Bestimmt ist jeder zusätzliche Krieger den Eidgenossen willkommen, dachte ich.

«Denkst du, dass der König uns unterstützen wird?», wollte Veit wissen.

«Ich denke nicht», antwortete Joseph. «Wie ich gehört habe, ist er im Moment mit den Hussiten weiter im Osten beschäftigt.»

«Kein Moment war ungünstiger zur Wiedererlangung von Bellinzona und dem Eschental als der damalige. Der Kaiser, von den Hussiten bedroht, konnte sich mit der mailändischen Frage nicht befassen.»[7]

Es entstand eine Pause. Offensichtlich hatte nun auch unser Gesprächspartner alles zu Bellinzona gesagt, was er wusste. Nach einer Weile bemerkte Veit, dass die Lautstärke am Tisch in unserem Rücken immer weiter anschwoll.

«Was ist dort los?», wollte Veit von Joseph wissen.

«Die spielen Kaisern. Kennt ihr das?»

Was für eine Frage! Anscheinend war Joseph noch nie in Flüelen gewesen. In diesem Sündenpfuhl wurden es alle möglichen

---

[6] Der Geschichtsfreund, 1950

[7] Von Liebenau, 1886

Glücksspiele, Hundekämpfe und Schlägereien ausgetragen. Ich glaubte mich zu erinnern, dass das Kaisern in den Städten verboten war. Joseph erklärte dazu: «Das stimmt. Vor kurzem war es noch verboten, aber die Stadt hat nun das Tarock, das Munteren, das Trentnen und das Kaisern erlaubt.»

Wir kannten das Spiel. Ich merkte, wie es Veit in den Fingern juckte, und mir erging es ähnlich. Sei es aufgrund des Weins oder aufgrund der Stadt. Joseph merkte, dass wir interessiert waren.

«Kommt, ich stelle euch vor. Ich kenne die Männer an dem Tisch.»

Also begaben wir uns zu besagtem Tisch. Gesetzt wurden kleine Beträge. Ich musste unweigerlich daran denken, dass dies das erste Mal sein könnte, dass ich der vermögendste Mann am Tisch war. Ich schätzte die anderen Spieler als einfache Mitglieder der Handwerksgilden ein.

Joseph selber spielte nicht mit. Das sei nichts für ihn, sagte er. Er würde nur immer verlieren. Er setzte sich dennoch in unsere Nähe und schaute zu.

«Ihr beiden kennt die Regeln des Spiels?», fragte uns ein finster dreinblickender Kerl. Wir nickten. Daraufhin gab er Karten aus und alle sahen sich die ihren an. Veit und ich setzten zu Beginn nur mickrige Beträge, gingen kein Risiko ein. Zuerst mussten wir unsere Gegner kennenlernen und ein Gefühl für das Spiel an diesem Tisch gewinnen. Vielleicht wurde es in Luzern anders gespielt, als wir es aus Flüelen kannten. So ein Spiel kann schon im nächsten Bauerndorf andere Regeln haben. Veit und ich hatten ganze Nächte an solchen Tischen in Flüelen verbracht.

So spielten wir eine Weile, verloren kleinere Einsätze. Nach einigen Runden erhöhten wir unsere Beträge langsam und gewannen ein Spiel, verloren eines. So ging es hin und her. Ich achtete darauf, nicht zu viel zu gewinnen. Ich verlor auch einige Male absichtlich, nur um unsere Gastgeber nicht zu erzürnen. Veit schien dies jedoch nicht zu bemerken. Er wurde immer kühner und setzte höhere Beträge.

Ich bemerkte, dass Veit sehr verwegen spielte. Wenn man geschickt war und seine Gegner einzuschätzen vermochte, konnte man ihnen Fallen stellen und sie zu höheren Einsätzen anstiften.

Leider lockerte sich auch seine Zunge mit jedem Sieg. Er wurde überheblich und ich erkannte, dass sich die Stimmung am Tisch gegen ihn zu richten begann. Zwei Kerle hatten inzwischen einige Pfund Pfennige verloren.

Jedes Mal, wenn Veit seine Karten auf den Tisch schmetterte, schleuderte er unseren Mitspielern Sprüche an den Kopf.

«Du hast heute aber auch verdammt gute Karten und ziemlich viel Glück», jammerte einer der Spieler.

«Das reicht nicht», antwortete Veit selbstbewusst und versetzte grinsend: «Man muss auch schlau sein.»

Ich versuchte Veit mit meinen Blicken zu warnen, aber er war nicht mehr empfänglich für solche Signale.

«Nun, meine Freunde, danke für das Spiel. Aber mein Freund und ich müssen nun gehen. Wir haben morgen noch viel Arbeit vor uns», sagte ich.

«Ich bleibe noch. Du siehst doch, wie gut ich spiele», lallte Veit zufrieden.

Er biss also nicht an. Ausserdem sagte einer der Verlierer: «So einfach kommt er uns nicht davon. Ich will meinen Verlust zurückgewinnen.»

«So schlecht, wie du spielst, kann das noch lange dauern», antwortete Veit spöttisch.

Sein Gegenüber, ein kräftiger Mann, stand auf und baute sich vor ihn auf. «Sagt das nochmal, du auswärtiger Bastard!»

Leider liess sich Veit auf diese Provokation ein und erhob sich ebenfalls. «Du spielst so schlecht wie ein kleines Kind!»

«Du verdammter Hurensohn. Du hast bestimmt beschissen. Ich will meine Münzen zurück», drohte der Kerl.

«Na, dann komm und hol sie dir.»

Schneller, als ich widersprechen konnte, stand ein zweiter Mann auf und beide stürzten sich auf Veit. Sie deckten ihn umgehend mit Schlägen ein. Veit versuchte sich so gut es ging zu wehren, aber er hatte keine Chance gegen zwei Gegner.

Das Handgemenge dauerte nicht lange. Ich warf mich dazwischen. Zusammen mit dem Wirt und Joseph konnten wir die Drei voneinander trennen.

«Wenn ich dich wiedersehe, wirst du Schwein das bereuen», schrie einer der Angreifer.

«Ja, dann komm doch», brüllte Veit aus seinem blutenden Mund, «du elender Feigling.»

«Sei still!», schnauzte ich ihn an. «Mach es nicht noch schlimmer. Sei verdammt nochmal still!»

Die beiden Männer verliessen die Schenke und sahen dabei mehrmals zu uns zurück. Ich befürchtete, dass wir die beiden nicht zum letzten Mal gesehen hatten.

«Du Idiot. Musstest du sie so vorführen?», fragte ich Veit.

«Was habe ich denn getan? Ich habe fair gespielt, habe nicht beschissen. Sie wussten einfach nicht, wann sie aufhören sollten.»

Ich wandte mich an Joseph, der immer noch neben uns stand.

«Wer waren die beiden? Sind sie angesehene Männer?»

«Es sind einfache Leute. Handwerker. Aber sie sind in einer Gilde und die Leute in der Gilde halten zusammen, falls du das wissen willst.»

Ich versuchte den Schaden einzuordnen. Mussten wir sofort aus der Stadt verschwinden? Ich glaubte nicht, aber ich konnte wegen des Weins sowieso nicht mehr klar denken. An diesem Abend würden wir nichts mehr machen können. Ich dankte Joseph für seine Hilfe. Dem Wirt steckte ich Münzen für die Umstände zu. Ich war froh, dass zu diesem Zeitpunkt nur noch wenige Leute in der Schenke anwesend waren. Ich nahm Veit und wir gingen hinauf auf unser Zimmer, wo wir uns sogleich hinlegten. Wir schliefen ohne den wärmenden Körper einer Frau ein. Mir war bereits warm genug.

Am nächsten Tag assen wir etwas Brot und Käse in der Wirtsstube. Veit und ich redeten nicht mehr über den Vorfall. Uns beiden war bewusst, dass wir von nun an in Luzern die Augen offenhalten mussten. Wir kannten die Stadt nicht und wussten nahezu nichts über die Männer vom Vorabend. Waren sie einflussreich und rachsüchtig?

Als wir gegessen hatten, begaben wir uns auf die Strasse und ich sah, dass Leon bereits auf uns wartete. Ich hatte ihn nicht hierherbestellt, doch anscheinend hoffte er auf weitere Arbeit.

Und tatsächlich wollte ich an diesem Tag Waffen für meine Männer kaufen. Für diesen Zweck war Luzern wie geschaffen.

«Heute wollen wir die Stadt erkunden. Ausserdem möchte ich zu einem Waffenschmied. Weisst du, wo wir einen finden können?», fragte ich Leon. Nun, da ich ein Panner Männer anführte, musste ich sie auch bewaffnen. Und ich wollte diese Pflicht so schnell wie möglich erfüllen.

«Natürlich, mein Herr. Die besten Handwerker sind unweit der Pfistergasse anzutreffen.»

Ich nickte und gab ihm ein Zeichen loszulaufen. Wir folgten ihm und erreichten bald einen grossen Platz. Drei Männer und eine Frau standen dort an einem Pranger. Ich bemerkte den fürchterlichen Gestank, der von den bemitleidenswerten Gestalten ausging. Leon erklärte, dass sich die Menschen einen Spass daraus machen würden, die Verurteilten am Pranger mit Pferdemist zu bewerfen.

Kurz darauf erreichten wir die Spreuerbrücke.

«Dort unten findet Ihr die meisten Handwerker der Stadt, Herr. Sie alle nützen die Kraft des Flusses, um ihre Maschinen anzutreiben.»

Zielstrebig lief ich auf das erste Gebäude zu, aus dem Hammerschläge drangen. Es musste sich um eine Schmiede oder ein anderes Gewerk handeln, das Metall verarbeitete. Vor der Eingangstür hingen Schwerter und Katzbalger zur Begutachtung. Bei den meisten handelte es sich um simple Werkstücke.

Ich sagte Leon, er solle draussen warten.

Im Inneren war es dunkel. Umso deutlicher war das lodernde Feuer in der Mitte des Raumes zu sehen. Im Gegensatz zum Schmied in Altdorf bediente sich der Mann in dieser Schmiede einer faszinierenden Mechanik, um den Blasbalg beständig auf und ab zu bewegen. Auf diese Weise wurde das Feuer mit ausreichend Sauerstoff versorgt. Der Meister liess von seiner Arbeit ab und sah uns erwartungsvoll an.

«Entschuldigt meinen dümmlich wirkenden Freund. Anscheinend hat er noch nie so eine Mechanik gesehen.»

Ich blickte Veit mit einem Lächeln an. Er spielte sich auf, als ob er die Vorrichtung höchstselbst erfunden hätte. Der Meister überlegte offenbar, ob wir einen Scherz mit ihm trieben.

«Wir suchen Hellebarden», sagte ich dann.

«Gewiss, mein Herr. Habt Ihr bereits ein Exemplar gesehen, welches euch gefallen würde?»

«Es geht nicht um uns. Wir benötigen für unseren Herrn 40 Stück. Robuste Hellebarden, um mit ihnen einen Trupp Soldaten auszustatten. Könnt Ihr damit dienen?»

«Gewiss, mein Herr», antwortete der Schmied eilig.

Nach einigen Preisverhandlungen war das Geschäft besiegelt. Wir vermochten seine Preisvorstellung herunterzuhandeln, zahlten aber extra für seine Verschwiegenheit. Im Gegenzug gab er uns ein paar Katzbalger dazu.

«Die Männer werden die Waffen morgen abholen kommen.»

Ich hegte keinen Zweifel an der Zuverlässigkeit des Schmieds.

Draussen wartete Leon auf uns. Ohne Fragen zu stellen, führte er uns wieder über die Spreuerbrücke, da es auf dieser Flussseite keine weiteren für uns interessanten Kriegshandwerker mehr gab.

Kurz darauf geleitete er uns zu einem grossen Gebäude, welches sich rechts der Spreuerbrücke befand. Ein bestialischer Gestank ging von diesem aus.

«Hier findet Ihr den Gerber der Stadt, Herr», sagte Leon. Wir betraten das Gebäude. Nach harten Verhandlungen konnte ich 40 Lentner kaufen.

An unserem siebten Tag in der Stadt Luzern begaben wir uns wieder zu den Liviniern. Wir redeten, übten das Kämpfen und ich lernte die Männer noch besser kennen. Ich schickte Ivan mit seinem Sohn in die Stadt, um die Waffen abzuholen.

Als sie zurückkehrten, verteilten wir sie. Sofort begannen wir damit, einfache Schritte und Bewegungen mit der Hellebarde einzustudieren.

Es war bereits später Abend, als wir uns auf den Rückweg in die Stadt machten. Die Wachen am Bruchtor standen bereit, das Tor für die Nacht zu verschliessen. Wir grüssten sie und damit liessen sie uns unbehelligt passieren.

Als wir den Torbogen durchschritten, überkam mich ein ungutes Gefühl. Ich erinnere mich noch heute sehr genau an diese Ahnung, die mich unvermittelt überfiel. Ich blieb stehen und drehte mich um, konnte im Dunkeln des Torbogens aber niemanden sehen.

«Was ist?», wollte Veit wissen.

Ich antwortete nicht sofort, sondern lauschte in die immer ruhiger werdende Stadt hinein.

«Ich dachte, ich hätte etwas gehört», sagte ich schliesslich wie beiläufig.

Ich ignorierte mein Bauchgefühl und dachte, dass die dicht bebaute und beklemmende Stadt mich vielleicht doch etwas stärker beeinflusste, als ich zugeben wollte. Also schlängelten wir uns weiter durch die engen Gassen. Als wir das nächste Mal abbogen, überkam mich erneut diese böse Vorahnung. Einem Instinkt folgend griff ich nach meinem Dolch, den ich am Gürtel trug. Veit bemerkte dies und tat es mir gleich. Vielleicht spürte er es jetzt auch; jedenfalls spannten wir unsere Muskeln in Erwarten an einen Angriff.

Nur Sekunden später bemerkte ich eine hastige Bewegung in meinem Rücken. Ich glaubte, eine Tür würde aufgerissen. Ich fuhr herum und ging instinktiv in die Hocke – ein antrainierter Reflex, den ich meinen vielen Kampfübungen zu verdanken hatte. So bot ich einem Angreifer ein möglichst kleines Ziel. Vermutlich rettete mir dieser Reflex mein Leben, denn ich schaute zu einer Gestalt hoch, die einen Dolch in der ausgestreckten Hand hielt. Sie hatte dorthin gestochen, wo sich einen Wimpernschlag zuvor noch meine Brust befunden hatte.

Als Nächstes sah ich Veits Faust vorschnellen. Er schlug meinem Angreifer ins Gesicht, und zwar so wuchtvoll, dass der Kerl unwillkürlich rückwärts taumelte. Ein zweiter Angreifer sprang aus der Dunkelheit auf Veit zu und hieb mit dem Dolch nach ihm, doch Veit wich gekonnt aus.

Zur gleichen Zeit sprang ich aus meiner gebückten Haltung empor und konnte den anderen Angreifer packen. Es folgte ein kurzes Gerangel, wobei ich es schaffte, hinter den Mann zu kommen und ihn festzuhalten. Meinen Rücken presste ich gegen die Hausmauer, um sicherzustellen, dass mich niemand von hinten attackieren konnte. Mein Angreifer wand sich in meiner Umklammerung, aber ich war stärker und fixierte ihn.

Das gab mir einige Sekunden Zeit, die Situation zu überblicken. Veit befand sich rechts von mir und hielt sich den Arm. Offensichtlich war er vom Dolch doch getroffen worden. Blut tropfte ihm von den Fingerspitzen. Aber er verzog keine Miene und hielt in der anderen Hand seinen Dolch.

Der zweite Angreifer hatte die Wirkung des Faustschlags abgeschüttelt. Es entstand eine Pause, in der wir uns gegenseitig abschätzten. Jeder wartete auf den nächsten Zug des Gegners. Schliesslich war es Veit, der mit einem langen Schritt vorschnellte und seinen Dolch unvermittelt ins Herz des Mannes bohrte, den ich festhielt.

«Nein, Veit!», rief ich noch, aber es war zu spät. Der Verletzte wollte schreien, also presste ich ihm die Hand auf den Mund. Schon bald bemerkte ich, dass seine Gegenwehr mit jedem verbliebenen Herzschlag nachliess. Als er nur noch wimmerte, liess ich von ihm ab, worauf er wie ein schlaffer Sack zu Boden fiel. Er tat noch einige Atemzüge, während Blut in den Lehm sickerte. Wir kümmerten uns nicht weiter um ihn, sondern vereinigten unsere Aufmerksamkeit auf den zweiten Angreifer. Der stand aber nur da und blickte auf seinen sterbenden Kameraden. Dann plötzlich drehte er sich um und rannte fort.

Sofort setzte ich mich in Bewegung und folgte dem Mann. Wenn er uns entwischen würde, würde er uns anklagen, denn schliesslich hatte er unsere Gesichter gesehen. Der Mann kannte sich offensichtlich in der Stadt aus, denn er konnte seinen Vorsprung schnell ausbauen. Ich sah, dass er in eine kleine Seitengasse abbog. Als ich dort ankam, schmiegte ich mich an die Wand und lugte vorsichtig um die Ecke. Dieses Vorgehen kostete zwar Zeit, aber ich zog es der Aussicht vor, in eine Klinge hineinzurennen. Die Gasse aber war menschenleer. Er war verschwunden.

«Das ist zwecklos, Prato. Der Kerl kennt sich hier aus. Den finden wir nie», flüsterte Veit, nachdem er hinkend zu mir aufgeschlossen hatte.

Und ich musste ihm zustimmen. Es war an der Zeit zu verschwinden. Zuvor aber mussten wir nochmal zurück zu dem Toten. Ich musste wissen, um wen es sich handelte.

Bei dem Toten angekommen, streifte ich seine Kapuze zurück. Ich kannte das Gesicht. Es handelte sich um einen der Männer, mit denen wir am Vorabend gespielt hatten.

«Das sind aber schlechte Verlierer hier», sagte Veit.

«Ja», antwortete ich und fügte hinzu: «Jetzt haben wir einen Toten.» Mir schwirrte der Kopf. Was sollten wir nun tun?

Als ich dachte, es könnte nicht mehr schlimmer kommen, hörte ich über uns ein Fenster zuklappen. Es gab also möglicherweise auch noch Zeugen.

«Wir müssen weg, und zwar schnell.» Ich zerrte Veit durch die Gasse. Solche Scherereien konnten wir nicht gebrauchen. Wir eilten durch zahlreiche Gassen. Dank der späteren Abendstunden trafen wir zunächst niemanden an, bis wir schliesslich den Barfüsslerplatz erreichten. Dieser war ein grosser Platz und dementsprechend bevölkerten ihn zahlreiche Menschen. Wir hielten inne und versuchten ruhig zu atmen. Nach einigen Luftzügen gingen wir in gemächlichem Schritttempo weiter. Wir versuchten uns so alltäglich wie möglich zu verhalten und nicht aufzufallen.

«Wo sollen wir jetzt hin?», fragte ich Veit, als ich mich mitten auf dem grossen Platz plötzlich ganz verloren fühlte.

«Am besten, wir eilen zu unserer Jasse und nichts wie raus aus der Stadt.» Veit flüsterte, und ich musste ihm wohl oder übel zustimmen. In unserem Gasthaus, dem *Schlüssel im Krienbach,* hatten wir nichts mehr, für das wir hätten zurückgehen müssen. Nur ein Dummkopf würde seine Besitztümer in einem Gasthaus lassen, dessen Wirt er nicht persönlich kannte.

«Und in welche Richtung liegt unsere Jasse?», fragte ich Veit.

«Ich glaube dort lang.» Und damit machten wir uns auf den Weg. Tatsächlich erreichten wir die Kapellbrücke mit dem Folterturm. Aber ich bemerkte sofort, dass sich etwas verändert hatte. Die Leute schlenderten nicht länger unbeschwert durch die Gassen und über die Brücken, sondern sie erschienen aufgeregt. Kurz darauf rannten Büttel an uns vorbei.

«Ich glaube, sie haben die Leiche bereits gefunden», bemerkte Veit.

«Verflucht. Wahrscheinlich sperren sie die Sust, damit niemand aus der Stadt herauskommt. So kommen wir nicht zu unserem Boot.»

«Dann gehen wir zu den Liviniern. Die haben dir den Treueeid geschworen», sagte Veit. Die Livinier waren nun unsere einzigen Verbündeten in der Stadt.

«Du hast recht, wir müssen von den Strassen weg. Alle Einwohner gehen nach Hause. In ein paar Minuten werden wir die einzigen Narren sein, die noch auf der Strasse herumlatschen.»

Also kehrten wir um. Ab und zu rannten Stadtbüttel an uns vorbei und befahlen uns, zur Seite zu gehen. Sie würden die Tore nacheinander schliessen, um dann mithilfe der Zeugen die Mörder in der geschlossenen Stadt zu finden.

Als wir das Baslertor erreichten, das wir passieren mussten, um zu den Liviniern zu gelangen, erkannten wir mehrere Wachmänner.

«Die lassen bestimmt niemanden mehr durch», sagte Veit.

«Ja, aber wir können jetzt nicht mehr zurück.»

Hinter uns waren die Strassen inzwischen menschenleer.

«Hör zu. Wir sind zwei Büttel, die von dem Schultheiss Ulrich Walker geschickt wurden, um die Livinier zum Mord zu befragen», erklärte ich Veit. Das war wahrlich kein guter Plan, aber eine bessere Idee kam mir nicht.

Veit verdrehte die Augen, atmete zwei, drei Mal ein und aus und nickte dann.

«Also gut. Brust raus, Bauch rein», sagte ich. Veit entgegnete entrüstet: «Ich habe keinen Bauch.»

Ich legte meine Hand an meinen Dolch und gemeinsam schritten wir dem Baslertor entgegen.

«Ihr da», rief ich herrisch den beiden Männern zu, die das Tor bewachten, «sind zwei Fremde hier durchgekommen?»

«Nein», antwortete einer der Männer, der andere ergänzte: «Wir haben gehört, dass ein Gerber erstochen worden sein soll. Stimmt das?»

«Ja», antwortete ich knapp. «Aus diesem Grund müssen wir zu den Liviniern. Es heisst, einer der Mörder habe Italienisch gesprochen.» Zielstrebig schritten wir auf das Tor zu. Ich bemerkte, dass

Veit angestrengt versuchte sein Hinken zu unterbinden. Einer der beiden Wachmänner stellte sich uns nun breitbeinig in den Weg.

«Halt! Was denkt ihr, wohin ihr geht? Keiner darf die Stadt verlassen.»

«Sei still, Junge! Wir sind die persönlichen Büttel von Ulrich Walker, dem Schultheiss von Luzern. Er selbst hat uns geschickt. Wir sollen sicherstellen, dass keiner von den Liviniern verschwindet. Es gab einen Zeugen, der den Täter später identifizieren kann», erwiderte ich.

«Ihr seid die Büttel von Ulrich Walker ...» Er zögerte einen Moment. «... Herr? Ich habe Euch noch nie gesehen. Warum schickt er gerade Euch?»

«Weil ich Italienisch spreche. Und nun lasst uns durch, ihr jämmerlichen Gestalten», entgegnete ich und mimte Verägerung.

Die beiden Wachen versperrten uns weiterhin den Weg. Ich erkannte, dass ich sie durchaus verunsichert hatte, dann aber sagte einer von ihnen: «Nein, wir lassen niemanden durch. Das ist unser Befehl. Bringt meinetwegen den Schultheiss persönlich her.»

Ich überlegte und wechselte einen Blick mit Veit, entschied dann aber, dass uns die Zeit durch die Finger rann.

«Du verdammter Wichtigtuer!», zischte ich und rammte einem der Männer meine Faust in die Magengrube, worauf er seine Hellebarde fallen liess und schmerzerfüllt auf die Knie sank.

Sein Kamerad öffnete umgehend den Mund und rief lauthals um Hilfe. Also machte ich mich daran, den Schreihals zum Schweigen zu bringen, doch er war flink und liess sich nicht auf einen Kampf ein. Sein Kamerad erhob sich wieder und fixierte uns mit einem wutentbrannten Funkeln in den Augen. Und dann hörten wir auch schon schnelle Schritte aus der Stadt. Verstärkung war auf dem Weg.

In diesem Augenblick schnappten sich die beiden Wachmänner Veit und rangen ihn zu Boden.

«Prato, lauf! Wir können nicht beide entkommen», schrie Veit, ehe seine Stimme unter den Körpern der Wachmänner erstickte.

Ich wollte widersprechen. Wollte ihm helfen. Doch tief in meinem Inneren wusste ich, dass es aussichtslos war. Wir würden niemals beide entkommen können, ehe die Verstärkung eintraf.

Ich fasste in diesem Augenblick einen Entschluss. Veits Kopf kämpfte sich unter den Wachmännern hervor und ich sah ihm in die Augen.

«Ich hole dich raus. Verrate dem Scharfrichter nichts, sonst töten sie dich ohne Prozess», sagte ich zu ihm.

Veit begann zu schreien und sich zu winden. Mit Leibeskräften kämpfte er gegen den Griff der beiden Männer an und vereinigte die Aufmerksamkeit aller damit allein auf sich. Ich erkannte die Gelegenheit und rannte. Ich wusste nicht, wohin ich überhaupt laufen sollte. Instinktiv wollte ich zu den Liviniern flüchten. Doch ich befürchtete, dass dieser Zufluchtsort zu naheliegend war. Ohne genaues Ziel rannte ich einfach über die Felder in den nächsten Wald. Sobald ich mich zwischen den Bäumen einigermassen sicher wähnte, hielt ich schwer atmend inne und kauerte mich auf den Boden. Angespannt blickte ich durch das Gestrüpp zurück in die Stadt.

Am Baslertor konnte ich jetzt zahlreiche Büttel und viel Stadtvolk erkennen. Veit hatte so wild um sich geschlagen, dass niemand bemerkt zu haben schien, in welche Richtung ich geflohen war.

Aber wie zu erwarten, begannen die Männer bald mit der Suche nach mir. Ich sah, dass die Stadtbüttel zusätzlich freiwillige Helfer in alle möglichen Himmelsrichtungen entsandten. Offenkundig freuten sie sich auf die Aussicht, sich an einer spannenden Jagd zu beteiligen. Eine grosse Gruppe lief vom Baslertor aus zu den Häusern der Livinier. Sie brachen Türen auf und stürmten die Wohnstuben. Ich hörte Frauen jammern und Kinder schreien, die aus ihren Häusern gezerrt wurden. Ich hatte also die richtige Entscheidung getroffen.

Doch was nun? Der Wald, in dem ich mich versteckte, war nicht gross, mehr ein kleiner Forst, eingeklemmt zwischen Feldern. Ich sah bereits Männer in meine Richtung kommen. Einzig der Umstand, dass sich der Abend ankündigte und das Licht bereits schwand, half mir. Aber früher oder später würden sie mit Fackeln, Reitern und Hunden nach mir suchen. Ich musste untertauchen. Bloss wo?

Ich hatte keine Zeit mehr, mir länger den Kopf zu zerbrechen. Die Gruppe Männer, die auf mich zuhielt, kam gefährlich nah. Ich musste fliehen, ehe sie das Rascheln hören würden, das ich unweigerlich verursachte, wenn ich durch den Wald lief. Die Verlockung war gross, sich einfach im Unterholz zu verstecken. Doch ich schüttelte sie ab.

Ich erinnere mich, dass ich Mühe hatte, nicht in Panik zu geraten. Gruebisbalm, mein Hort, Elisabeth. Ich dachte an alles, das ich mir mühselig aufgebaut hatte. Wenn sie mich erwischen würden, wäre alles umsonst gewesen. Natürlich dachte ich auch an meine Schwester Elss. Es war noch nicht lange her, da hatte ich mir geschworen, sie zu retten. Und nun sah es so aus, als ob mir auch dies misslingen würde.

Ich versuchte klare Gedanken zu fassen, während die Rufe meiner Verfolger durch den Wald schnitten. Ich musste daran denken, dass meine einzige Überlebenschance vielleicht in Luzern lag. Dort konnte ich mich vielleicht in einem Haus, einer dunklen Gasse oder unter einer Brücke verstecken. Das klang selbst für meine Verhältnisse lächerlich, aber ich hielt es für meine beste Option. Also bewegte ich mich nun nach links, am Waldrand entlang, sodass ich mich vom Baslertor entfernte.

Ich musste meine ganze Beherrschung aufbringen, um mich trotz der immer näherkommenden Rufe langsam und ruhig zu verhalten. Ich ging geduckt und darauf bedacht, nicht auf einen vertrockneten Ast zu treten. Es war nun weitgehend dunkel und wenn ich zurück zum Baslertor schaute, sah ich die ersten Männer mit Fackeln herauskommen. Hinter mir hörte ich, wie meine Verfolger in der Annahme, ich hätte kopflos das Weite gesucht, ungestüm durch den Wald stapften.

Instinktiv wollte ich im Dunkeln über das freie Feld zurück in die Stadt gelangen. Aber mit den Fackeln im Augenwinkel wagte ich es jetzt doch nicht mehr, über das offene Feld zu hasten. Also hielt ich einen Moment inne, um zu überlegen, was zur Hölle ich nun tun sollte. Ich gebe zu, ich war verzweifelt. Inzwischen war ich am Ende des kleinen Waldstücks angelangt. Ich sah Männer mit Fackeln zwischen den Häusern der Livinier auf das offene Feld in Richtung Waldrand zusteuern. Anscheinend hatten sie nichts gefunden und waren daher der Ansicht, dass ich mich noch im Wald versteckt halten musste. Gleichzeitig vernahm ich, wie auch meine Verfolger im Wald in alle Richtungen auszuschwärmen begannen.

Nun vermochte ich die Panik kaum mehr unter Kontrolle zu halten. Ich überlegte, ob ich kämpfen und auf einen schnellen Tod hoffen sollte. Oder war es besser, mich zu ergeben und für einen milden Prozess zu beten? Unschlüssig darüber, schlich ich wieder ein Stück in das Waldstück hinein und fand eine gigantische Wurzel, die an einer Stelle aus dem Erdengrund ragte, eine Schlaufe bildete und dann wieder im Boden verschwand. Wie ein verängstigter Fuchs rutschte ich rückwärts unter die Wurzel und versuchte mich zu verstecken. Die Stimmen meiner Verfolger gewannen an Lautstärke.

Es war aus und vorbei. Die Männer, die von den Häusern der Livinier aus über das Feld liefen, hatten inzwischen den Waldrand erreicht. Sie hatten sich aufgeteilt und ich sah eine Fackel auf mein Versteck zukommen. Ich schmiegte mich so nah wie möglich an die Wurzel, jedoch würde ich auch im fahlen Lichtschein der Fackel zu sehen sein.

«Prato», hörte ich eine entfernte Stimme flüstern. Zunächst achtete ich nicht darauf. Ich versuchte meinen Atem zu halten und mich nicht zu bewegen. Erst, als auch der Mann, welcher mir am nächsten war, leise auf Italienisch in die Dunkelheit hinausflüsterte, «Wir sind es, die Livinier», bemerkte ich, dass ich es mitnichten mit den Bütteln und deren Helfern zu tun hatte.

«Ich bin hier», flüsterte ich, blieb aber noch in meinem Versteck.

«Ich bin's, Emilio, Herr», antwortete der Fackelträger und kam schnell auf mich zu. Als er mich schliesslich in meinem Versteck fand, flüsterte er: «Nehmt den Umhang und die Fackel, Herr. Tut so, als ob Ihr mit uns sucht.»

Sofort zog ich den Umhang über und mir die Kapuze tief ins Gesicht. Emilio drückte mir eine Fackel in die Hand und zeigte tiefer in den Wald hinein. «Wir können jetzt noch nicht zurück. Die ganze Stadt ist mittlerweile auf den Beinen, Herr. Bleibt zwischen uns und redet nicht.»

Kaum waren wir einige Schritte gegangen, rief eine kräftige Stimme: «He, ihr da hinten – habt ihr etwas gefunden?»

«Nein, Herr. Wir dachten, wir hätten etwas gehört, aber wir konnten niemanden finden», antwortete Emilio, weil er am besten Deutsch sprach.

«Warum steht ihr dann so dumm herum, ihr faulen Südländer? Wenn wir ihn heute Nacht nicht finden, gebe ich euch die Schuld dafür! Los, ihr stinkenden Hunde, sucht!»

«Fahr zur Hölle!», hörte ich einen meiner Männer leise fluchen. Wir teilten uns auf und ich gab mir alle Mühe, mit der Fackel einen möglichst eifrigen Eindruck zu erwecken. In Wahrheit konnte ich kaum mehr stehen. Mein Herz hämmerte wie verrückt in meiner Brust und ich musste mich bemühen, einigermassen ruhig zu atmen. Erst ganz langsam wurde mir bewusst, dass es nun vielleicht doch noch Hoffnung gab.

Wir durchkämmten den Wald und in Richtung Westen, von der Stadt weg, bis wir schliesslich die Waldkante erreichten und über das nächste Feld blickten. Mittlerweile herrschte pechrabenschwarze Nacht. Wir konnten hören, wie auch die anderen Männer links und rechts von uns aus dem Wald traten und sich in Gruppen sammelten. Das gab uns die Gelegenheit, ebenso zusammenzustehen.

Ich blickte in die Runde. Es standen sechs Mann um mich, wobei ich einige der Gesichter im Fackelschein wiedererkannte. Ich sah Emilio an und fragte: «Könnt ihr mich verstecken?»

«Sobald die Suche abgebrochen wird, können wir wieder zurück zu unseren Häusern, Herr. Dort werden wir euch in einem Keller verstecken», antwortete er.

«Veit wurde gefasst», sagte ich.

«Ja, wir haben gehört, dass ein Mann gefangen genommen wurde», antwortete Emilio.

«Ihr da, herkommen!», rief uns dieselbe Stimme, die uns schon vorher angeschnauzt hatte. Wir bewegten uns auf eine grosse Gruppe Männer zu, die durch herbeiströmende Städter immer weiter wuchs.

«Lasst mich sprechen, wenn es nötig wird», flüsterte Emilio zu mir. Ich nickte.

«Herhören!» Nur widerwillig wurde es unter den aufgebrachten Helfern still. «Heute finden wir den Bastard nicht mehr. Vielleicht hat er über die Felder Reissaus genommen, aber wahrscheinlich hält er sich in einem stinkenden Stall versteckt. Jetzt ist es zu dunkel und wir haben schliesslich einen der beiden gefasst. Wir werden morgen Büttel aussenden, die alle umliegenden Höfe informieren. Sobald die Leute wissen, dass hier ein Fremder sein Unwesen treibt, werden wir den Ziegenschiss bald haben. Und wenn wir ihn doch nicht finden, wird es der Scharfrichter mit Sicherheit aus seinem Freund herauspressen.»

Damit lösten sich die Gruppen auf. Alle begaben sich zurück in die Stadt. Und auch wir machten uns auf den Weg und als wir endlich ausser Reichweite der anderen waren, wagte ich es zu sprechen: «Woher wusstet ihr, dass es sich bei den Gesuchten um Veit und mich handelt?», wollte ich von Emilio wissen.

«Das wussten wir nicht, Herr. Die Stadtbüttel holen uns Tagelöhner oft zur Hilfe, wenn Sie zu wenig Leute haben. Dann meinte Lupi, dass wir nach Euch rufen sollten, falls Ihr es seid, denn sie suchen.»

Wir versammelten uns in der mir wohlbekannten Wirtschaft. Dort fanden sich immer mehr Männer ein. Die meisten von ihnen waren meine Gefolgsleute. Schliesslich betrat Lupi den Schankraum und kam grinsend auf mich zu.

«Das hast du gut gemacht, Lupi», sagte ich und klopfte ihm auf die Schulter. Dann sprach ich zu allen: «Ohne euch wäre ich jetzt in einer Zelle. Veit und ich wurden von zwei feigen Schweinen in einer dunklen Gasse angegriffen. Veit hat einen davon erstochen, weshalb sie uns gesucht haben.» Die Männer hörten mir aufmerksam zu. Ob sie mir glaubten oder nicht, vermochte ich nicht zu sagen.

«Veit wurde gefangengenommen», sagte ich nochmals.

Verdammter Dreck! Wenn Veit gefoltert würde, war es nur eine Frage der Zeit, bis alles aufflog. Bis jetzt wusste noch niemand, wer wir waren. Niemand wusste, dass Veit, Felis und ich in Grinau Fahnenflucht begangen hatten. Schlimmer noch, dass wir das Schloss Grinau ausgeraubt und schliesslich Nauen auf dem See überfallen hatten. Auch von unserem Versteck, der Höhle

Gruebisbalm, wusste niemand etwas. Ich musste Veit befreien, und zwar, bevor der Scharfrichter bei ihm sein würde.

«Ist er wichtig, Herr?», fragte einer meiner Männer. Er meinte Veit.

«Ja», antwortete ich.

Ich konnte die Beweggründe für seine Frage durchaus nachvollziehen. Lohnte sich das Risiko für eine fast aussichtslose Befreiungsaktion oder sollte man den Mann einfach fallen lassen?

Auch wenn ich Veit befreien konnte, müssten wir sofort aus der Stadt fliehen. Das würde auch die Männer meines Panners betreffen. Eigentlich hatte ich vorgehabt, die Basis meines Panner am Stadtrand aufzubauen. In diesem Fall hätten die Männer ihre Familien in der Nähe gehabt. Wenn wir aber aus der Stadt fliehen mussten, war es Essig mit diesem Plan. Dann mussten wir so weit wie nur möglich fort. Wir mussten einen Ort finden, an dem wir geschützt waren und der uns alle aufnehmen konnte.

Gruebisbalm war naheliegend. Die Höhle war gross genug für 50 Mann. Wir hatten dort Frischwasser zu unserer Verfügung. Es gab Wild in den Wäldern. Und alles andere konnten wir von dem Bauern Joss und seinen Leuten unten in Vitznau erwerben. Die Höhle war einfach zu verteidigen. Es führte nur ein schmaler Weg von den offenen Berghängen in die kleine, enge Schlucht. Über dem Höhleneingang stürzte ein kleiner Wasserfall herunter, der den gesamten Eingang verdeckte und ihn zusätzlich rutschig werden liess, was Angreifern schnell zum Verhängnis werden konnte.

«Lupi, schick jemanden in die Stadt; er soll einen Strassenjungen namens Leon suchen. Leon soll herausfinden, wo Veit hingebracht wurde und wie er bewacht wird.»

Ich hoffte, dass ich Leon in den vergangenen Tagen ausreichend gut bezahlt hatte, damit er meinem Ruf folgen würde. «Wenn Leon weiss, wo Veit steckt, soll er herkommen. Aber erst dann, nicht vorher.» Lupi nickte und sprach mit ein paar Männern.

Wenn ich wusste, wo man Veit eingesperrt hatte, konnte ich über die Erfolgsaussichten einer Befreiungsaktion nachdenken. Jedoch wurde er mit Sicherheit bewacht und vermutlich zuoberst in einem der vielen Türme Luzerns gefangen gehalten. Wenn ich ihn möglichst schnell rausholen wollte, musste ich mit vielen

Männern angreifen, um jede Gegenwehr gleich im Keim zu ersticken. Es durfte auf gar keinen Fall zu einem langen Kampf kommen, denn dann würde sich rasch die ganze Stadt auf uns stürzen.

Meine Männer hatten mir einen Treueeid geschworen. Allerdings lag dieses Ereignis noch nicht lange zurück. Ich konnte mich noch nicht vollständig auf ihre Loyalität verlassen. Wenn ich Veit befreien wollte, musste das in dieser Nacht geschehen. Doch das bedeutete zugleich, dass die Männer noch in dieser Nacht mit mir aus der Stadt fliehen mussten. Die wenigen Älteren, die sich mir angeschlossen hatten, würden vielleicht ihre Frau und Kinder mitnehmen wollen. Sie würden ihre Häuser aufgeben müssen und mit mir in eine feuchte, dunkle Höhle ziehen. Ob Sie dazu bereit waren? Wenn sie wahrlich daran glaubten, dass sie durch mich ein besseres Leben erreichen konnten … vielleicht.

Die nächsten Stunden verbrachte ich still nachdenkend in einer dunklen Ecke. Ich wartete auf Nachricht von Leon. Ohne dass wir genau wussten, wo sich Veit befand, bestand keine Hoffnung.

Dann endlich, eine gefühlte Ewigkeit später, kam der Bote mit Leon zurück.

«Herr», begrüsste mich der Junge, worauf ich antwortete: «Leon! Wo zum Teufel hast du gesteckt? Weisst du, wo Veit ist?»

«Ja, Herr, er steckt im Verlies des Wasserturms.»

Bei dem Wasserturm handelte es sich um jenen Turm nahe der Kappelbrücke, den wir an unserem ersten Tag in der Stadt passiert hatten. Es war der Turm, der aus der Wasseroberfläche des Sees ragte.

«Wie viele Männer bewachen den Turm?», fragte ich.

«Der Wasserturm wird immer mindestens von zwei Männern bewacht, Herr. Es wurden wohl keine zusätzlichen Wachen eingesetzt für den Herrn Veit. Das heisst, im Turm selbst sind zwei Stadtbüttel und weitere gehen auf der Brücke auf und ab.»

Sie rechneten also nicht damit, dass jemand den Gefangenen befreien würde. Wieso sollten sie auch? Welcher Narr würde es wagen, in einen bewachten Turm einzudringen? Noch dazu mitten in einer dicht bewohnten Stadt wie Luzern? Und dennoch erschien es mir machbar, vielleicht gerade, weil niemand damit rechnete.

«Lupi.» Ich winkte den Anführer meiner Truppe zu mir. «Ich will Veit aus dem Turm befreien. Noch heute Nacht. Natürlich müssen wir danach so schnell wie möglich verschwinden.»

Jeder meiner Söldner hatte mir den Gefolgschaftseid geleistet, aber ich wollte von Lupi hören, dass die Männer auch wirklich hinter mir standen, bevor ich den Befehl zum Angriff erteilen würde. Diese eine Nacht würde ihr Leben auf einen Schlag verändern.

«Herr, Ihr habt uns bereits Eure Grosszügigkeit bewiesen. Ausserdem habt Ihr unseren Eid», antwortete Lupi, fügte dann aber zögernd hinzu: «Die Männer werden sich jedoch fragen, wohin wir gehen …»

«Ich kenne ein sicheres Versteck; dort werden wir hingehen.»

Lupi nickte, schien aber zu zweifeln, weshalb ich ihn aufforderte, seine Gedanken in Worte zu fassen.

«Einige der Männer haben Frau und Kinder …»

«Ich habe euch in meinen Hausstand aufgenommen. Deshalb können die, die es wollen, ihre Frauen und Kinder mitnehmen. Aber sie müssen noch heute Nacht aufbruchbereit sein. Und ich nehme keine Alten mit. Nur die Frauen und Kinder, die bei guter Gesundheit sind.»

Lupi überlegte kurz und nickte dann.

«Wie weit ist das Versteck entfernt, Herr?»

«Etwa einen Tagesmarsch», antwortete ich. Und sofort merkte ich, worauf er hinauswollte. Wir würden niemals Veit befreien und dann mit Frauen und Kindern über den Landweg in unsere Höhle flüchten können. Wir wären viel zu langsam.

Jedoch erinnerte ich mich, dass im Hafen neben unserer Jasse weitere Boote vertäut waren. Auch an der Sust in Flüelen lagen stets mehrere Schiffe vor Anker. Also fragte ich Leon, der auf seinem Weg hierher an der Schiffshütte vorbeigekommen sein musste: «Sind die Schiffe bei der Schiffshütte ans Ufer gezogen?»

«Ja, einige kleinere Fischerboote, eine Jasse und eine Naue», antwortete er. «Ich kann nochmals nachsehen gehen, wenn Ihr es wünscht.»

«Nein, du bleibst hier», sagte ich und zeigte auf einen meiner Männer: «Du! Du passt auf, dass Leon hierbleibt.»

Ich konnte nicht riskieren, dass der Junge in der Stadt für ein paar Schilling meinen Aufenthaltsort und meinen Plan ausplauderte. Er wusste es noch nicht, aber er würde mit uns kommen.

Es waren etwa zwei Stunden vergangen. Die Nacht war noch lang. Wir könnten also zur Sust flüchten und mit der Naue auf den See rudern. So dunkel, wie es derzeit war, würde man uns auf dem See nie und nimmer ausmachen können. Danach müssten wir nur noch Vitznau erreichen und dort die Naue versenken und unsere Spuren verwischen. Es könnte gelingen.

Ich winkte wieder Lupi zu mir und sagte: «Bereite die Männer vor. Sag ihnen, dass wir Veit befreien werden. Es wird wahrscheinlich einen Kampf geben. Wer seine Familie mitnehmen will, soll sie auf das Bevorstehende vorbereiten. Jeder nimmt nur das Nötigste mit. Sobald wir Veit haben, flüchten wir so schnell wie möglich zur Sust, steigen in ein Schiff und rudern auf den See hinaus.» Ich sah ihn an. «Hast du das verstanden?»

«Ja, Herr.»

«Gut. Gib mir Bescheid, wenn der ganze Trupp, alle 40 Männer, bewaffnet und bereit ist. Wir treffen uns wieder hier.» Und damit eilte Lupi davon.

In der Zwischenzeit rief ich mir den Wasserturm in Erinnerung. Er war aus dicken, glattgeschliffenen Wänden gefertigt. Der einzige Weg hinein führte durch das Tor an der Kapellbrücke. Ich erinnerte mich daran, dass das Tor sehr robust wirkte. Es war wohl unmöglich, das Tor ohne gehörigen Lärm aufzubrechen.

Ich stockte. Ich erinnerte mich nun an eine weitere Öffnung im Dachbereich. Wenn man dort hinaufkäme, könnte man sich ohne Aufsehen Zutritt zum Turm verschaffen.

«Hat jemals jemand den Turm angegriffen?», wollte ich von Leon wissen.

Er grinste und antwortete: «Nein, Herr. Das hat noch niemand gewagt. Er gilt als sehr sicher, weshalb sich darin Gefangene und auch ein Teil der städtischen Schatzkammer befinden.»

«Die städtische Schatzkammer?»

«So sagt man, Herr. Doch könnten das auch nur Gerüchte sein.»

In mir formte sich ein Plan, der ebenfalls beinhaltete, sich gebührend an der Stadt Luzern zu rächen.

Ich dachte wieder an die Kapellbrücke. Sie war bis auf Höhe des Wasserturms überdacht. Das heisst also, dass man von oben nicht sehen konnte, wer sich vor dem Tor befand. Woher wussten sie also, wann sie das Tor öffnen durften? Wahrscheinlich hatten sie Befehl, es in der Nacht gar nicht zu öffnen, ausser ein Ratsherr oder der Pannerherr oder ein Stadtbüttel klopfte ans Tor. Sie würden also nur öffnen, wenn sie die Person vor dem Tor anhand der Stimme erkennen würden. Vielleicht konnten wir sie täuschen. Wahrscheinlich aber nicht, überlegte ich weiter, wahrscheinlich gab es auch ein Losungswort.

Aber vielleicht vermochten wir sie dergestalt abzulenken, dass die Männer von der Aussichtsplattform heruntersteigen mussten. Dann wären die obersten Stockwerke nicht länger besetzt und sie würden niemanden kommen sehen. So könnten wir vom See aus an den Turm heranrudern. Langsam formten sich die Details meines Plans aus.

Nach und nach kamen alle Männer in den Gasthof. Sie waren samt und sonders mit einer Hellebarde bewaffnet. Wer sich mit dem Katzbalger geschickt angestellt hatte, trug auch diese Waffe am Gürtel. Carlo, unser Waffenmann, führte einen Hammer bei sich, den er vermutlich seiner ehemaligen Schmiede gestohlen hatte. Zwei Livinier, deren Namen ich noch nicht kannte, trugen eine grosse Axt am Gürtel. Die Hellebarde war meine bevorzugte Waffe. Aber sie war im Nahkampf nicht so effektiv wie eine Axt oder ein Katzbalger.

Die Männer, die keine Frauen hatten, hatten nur das Nötigste bei sich. Sie waren spärlich bewaffnet und noch spärlicher geschützt, meist bloss durch den Lentner. Aber mehr konnte ich mir im Moment nicht leisten, ohne meinen gesamten Vorrat an Münzen zu verschwenden. Dieser musste schliesslich noch eine Weile reichen.

Ich besprach meinen Plan mit meinen Anführern Lupi, Emilio und Carlo und liess sie die Gruppen einteilen. Ich vergewisserte mich nochmals, dass sie alles verstanden hatten. Jeder von ihnen nickte mir zustimmend zu.

Ich war schon jetzt ein gesuchter Verbrecher, doch wenn diese Befreiung erfolgreich verlaufen würde, würde man in der gesamten Eidgenossenschaft nach uns suchen.

Wir schlichen im Schutz der Dunkelheit aussen an der Stadtmauer entlang. Schliesslich erreichten wir die städtische Schiffshütte, die sich ausserhalb der verriegelten Stadt befand. Niemand sah uns; alle braven Bürgen hatten sich nach der nächtlichen Aufregung um Veits Festnahme schlafen gelegt. Die Schiffshütte lag in der minderen Stadt, in der die Bediensteten und andere Niedere lebten, weshalb dort weniger Büttel patrouillierten.

Bei der Schiffhütte angekommen, fanden wir einen Wachmann, der die ans Ufer gezogenen, wertvollen Schiffe bewachte. Ich war in Lauerstellung, fixierte den Mann und spannte alle Muskeln an, bereit loszuspringen. Lupi sah zu mir und ich nickte ihm zu. Er warf einen Stein, worauf der Wachmann den Kopf in Richtung des Geräuschs drehte. Sofort schoss ich aus der Dunkelheit empor und presste ihm von hinten die flache Hand auf den Mund.

«Mmm.» Er strampelte und windete sich. Mit der anderen Hand stach ich ihm meinen Dolch in die Brust, mitten ins Herz. Er war ein junger Kerl. Er war nicht gepanzert, trug nicht einmal einen Lentner. Mein Dolch glitt ohne Probleme durch seine Kleider und Rippen. Er zuckte und zappelte, während ich ihn festhielt. Ich war angespannt und verharrte deshalb einen Augenblick in dieser Stellung, in die Dunkelheit lauschend. Der Dolch steckte immer noch in seinem Herzen und ich spürte, wie der Muskel ein letztes Mal verzweifelt und am Leben klammernd schlug, ehe das Pulsieren am Griff meines Dolches plötzlich erstarb. Er war tot.

Ich drehte mich zum Wasserturm um, der ganz in der Nähe mit der Finsternis verschwamm. Es blieb ruhig.

Wir versteckten den Leichnam in einer Ecke. Dann teilten wir uns auf. Carlo blieb bei einem Grossteil meiner Krieger, die nun die Frauen und Kinder nachholten. Sie sollten sich bei der Schiffshütte am Ufer verstecken und auf mein Zeichen warten.

Emilio ging mit einem anderen Mann zur Kapellbrücke, an der sie von aussen hinaufkletterten. Sie trugen die besten Gewänder, die wir finden konnten.

Lupi, Francesco, ein vierter Mann, an dessen Namen ich mich heute nicht mehr erinnern kann, und ich stiegen in eine kleine Jasse, die am Ufer lag. Zu unserem Glück war es eine finstere Nacht. Wir konnten die Stimmen der Wachen oben im Wasserturm hören, jedoch niemanden sehen. Aber sie waren dort oben … sie waren dort, beobachteten den See und unterhielten sich.

Abbildung 8: Wasserturm und Kapellbrücke (Nach: Luzern, 1838)

Nun mussten wir warten, bis Emilio auf der Kappelbrücke vor dem Tor des Wasserturms stehen würde. Er sollte sich als Gesandter von Ulrich Walker ausgeben, der den Gefangenen sehen wollte. Sie würden das Tor höchstwahrscheinlich nicht öffnen, aber die Ablenkung würde uns hoffentlich die Möglichkeit verschaffen, ungesehen ganz nah an den Wasserturm heran zu rudern.

Also warteten wir. Schliesslich hörten wir das Klopfen von Emilio an das massive Tor, gefolgt von einem Stimmengewirr. Wir konnten die genauen Worte nicht verstehen, jedoch wurde immer heftiger gesprochen. Dann hörten wir dumpf, wie die Treppe im Turm genutzt wurde. Ich nahm an, dass die Wachen vom Dachgeschoss nun herunterstiegen, um nachzusehen, was unten vor sich ging. Ich konnte mir aber nicht sicher sein, ob alle Wachen herunterstiegen. Trotzdem wusste ich, dass die Zeit gekommen war.

«Los», flüsterte ich. Und schon schoben wir die Jasse so leise wie möglich ins Wasser, in Richtung des Wasserturms. Es war immer noch still, niemand gab Alarm.

Als wir die Mauer des Wasserturms erreichten, befestigten wir die Jasse so, dass man sie von den Gucklöchern des Turms aus nicht sehen konnte. Ich trug Veits Armbrust bei mir. Carlo hatten einen Bolzen mit einem vierarmigen Haken versehen und ein Seil daran befestigt. Er gab mir sein Wort, dass diese Konstruktion das Gewicht eines Mannes tragen würde. Wir hatten sie nur kurz auf dem Feld hinter dem Gasthaus testen können.

Sobald die Jasse befestigt war, verlor ich keine Sekunde, nahm die Armbrust zur Hand und feuerte den Bolzen ab. Ich war kein guter Schütze, aber die Distanz war gering. Wenn ich verfehlt hätte, hätte ich den Bolzen am Seil wieder in die Jasse ziehen und den Schuss wiederholen können. Das hätte allerdings wertvolle Zeit gekostet.

Der Bolzen zischte durch die Luft. Eine Armbrust ist eine wirkmächtige Waffe, viel mächtiger als ein Bogen. Die abgeschossenen Bolzen können sogar Kettenhemden durchschlagen und Plattenpanzer eindrücken. Dieser Bolzen aber wurde durch das Seil deutlich ausgebremst.

Ich hatte zu hoch gezielt. Der Bolzen schlug gegen das Gebälk des Daches, wurde abgelenkt und landete auf den Dielen. Vorsichtig zog ich am Seil und betete, dass sich der Bolzen irgendwo verkeilen würde. Und dann ging es auf einmal nicht weiter. Ich zog kräftig am Seil und stellte erleichtert fest, dass es geklappt hatte.

«Einer nach dem anderen. Sobald ich oben bin, kommst du, Lupi, dann Francesco.» Ich taxierte den vierten Mann in der Jasse. «Du bleibst hier. Halte die Jasse an Ort und Stelle.»

Er nickte und damit kletterte ich am Seil hinauf, wobei ich mit den Füssen die Turmwand emporlief. Carlo hatte meine Waffen eng auf meinen Rücken geschnürt, damit sie nicht gegen die Turmwand schlugen. Je höher ich kam, desto klarer konnte ich ein Wimmern hören. Oben angelangt, blinzelte ich über die Kante auf das Dachgeschoss des Turms.

Ich entdeckte im Dunkeln die Umrisse eines Mannes, von dem aus offensichtlich das Wimmern ausging. Seine Hände waren gefesselt und das Seil im Gebälk des Daches befestigt. Da es sehr kurz war, zwang es ihn dazu, halb zu stehen, die Hände über dem Kopf. Ich erkannte die glänzende Haut, die übersät war mit Striemen. Der Mann war nackt.

Eine enge Treppe führte in die unteren Geschosse. Und von dort unten drangen Stimmen empor. Es wurde gestritten und von der Kapellbrücke her konnte ich Emilio hören. Ich achtete jedoch nicht auf das Gesagte, sondern kletterte über den Rand auf die Plattform des Turmes und zog am Seil, um Lupi ein Zeichen zu geben. Ich hoffte inständig, dass die Wächter nicht heraufkommen würden, solange ich allein war. Aber es kam niemand.

Der Mann wimmerte bemitleidenswert. Ich nahm eine Kerze, die auf einem Schemel stand, ging zu dem Mann und zögerte, ehe ich fragte: «Wer bist du?»

Bei näherem Hinsehen musste ich erkennen, dass man ihm die Augen ausgestochen hatte. Blutiger Schaum quoll aus seinen Augenhöhlen. Er wimmerte und sagte nichts weiter. Vielleicht wollte oder konnte er nicht mehr sprechen. Ich wartete noch einen Augenblick, doch er antwortete mir nicht. Immerhin: Er war nicht Veit.

Inzwischen waren Lupi und Francesco auf der Plattform angekommen.

«Wir gehen jetzt da runter und bringen alle bis auf einen um«, sagte ich. Denn der Überlebende sollte mir etwas über die Schatzkammer erzählen können.

«Wie viele Männer befinden sich im Turm?», wollte Lupi wissen.

«Ich weiss es nicht. Aber wenn sie uns angreifen, ziehen wir uns auf die enge Treppe zurück. Dort kann nur ein Mann gegen einen Mann kämpfen. Sie können auch nicht aus dem Turm auf die Kapellbrücke fliehen; Emilio wird sie aufhalten. Sie sitzen also in der Falle.» Ich versuchte Zuversicht auszustrahlen. Und in der Tat war ich überzeugt davon, den schwierigsten Part unserer Unternehmung gemeistert zu haben.

Wir lösten die auf unseren Rücken geschnürten Waffen und rüsteten uns mit dem Katzbalger. Ich schritt die Treppe als Erster hinunter, da ich als Einziger von uns auf Kampferfahrung zurückblickte. Ein Stockwer tiefer sass ein Mann an einem Pult und beschrieb ein Pergament. Er drehte sich erschrocken zu uns um.

Bevor er aufstehen konnte, stürzte ich mich auf ihn, darauf bedacht, ihn am Leben zu lassen. Ich vermutete, dass es sich bei ihm um den Wachtmeister handelte und somit um keinen Kämpfer. Ich schlug ihm den Griff des Katzbalgers ins Gesicht, worauf er nach hinten taumelte und sich die blutende Nase hielt. Ich setzte mit meinem eisenbeschlagenen Handschuh nach und hieb ihm ins Gesicht. Er sackte bewusstlos zusammen.

«Halt ihn in Schach, aber töte ihn nicht», wies ich Francesco an.

Ohne Zweifel wusste nun ein jeder im Turm, dass im oberen Geschoss etwas nicht mit rechten Dingen zuging. Offenbar liessen sie von dem Zugangstor ab und stürmten herauf. Lupi und ich versperrten ihnen den Zugang über die enge Treppe. Ich sah vier Männer vor uns – mehr, als ich gehofft hatte. Doch sie mussten von unten nach oben über die offene Treppe angreifen, was uns einen Vorteil verschaffte.

«Meine Grossmutter könnte besser einen Turm bewachen als ihr stinkenden Hundesöhne», provozierte ich sie. Wutentbrannt rasten sie die Treppe herauf und tappten in unsere Falle. Lupi liess den Spitz seiner Hellebarde an mir vorbei nach vorn schnellen und rammte sie dem ersten der Angreifer ins Gesicht. Er kippte seitlich von der Treppe hinunter und öffnete den Weg für die anderen Wachen.

Die zögerten nun aber. Also übersprang ich zwei Stufen und überraschte sie offensichtlich, denn ich konnte dem Vordersten ohne Gegenwehr die Spitze meines Katzbalgers in die Kehle fahren lassen. Erneut liess Lupi, der dicht hinter mir blieb, die Hellebarde an mir vorbeischnellen und stiess somit einen weiteren Wachmann von der Treppe. Als er auf den Dielen aufschlug, konnten wir hören, wie mehrere Knochen in seinem Leib brachen. Ich zog den Katzbalger aus meinem Gegner, der sich an den Hals fasste, den Mund aufriss und gurgelnde Laute ausstiess, ehe er ebenfalls von der Treppe stürzte. Der einzig verbliebene Wachmann sah wohl seinen Tod nahen, machte auf dem Absatz kehrt und eilte zum Eingangstor.

Als er das Tor öffnete, stand ihm aber Emilio gegenüber. Der brauchte einen Augenblick, bis er die Situation richtig erfasste. Er sah mich und Lupi blutbespritzt sowie den verängstigten Wachmann vor sich. Offensichtlich wusste er nicht, was er tun sollte. Der Wachmann stockte und sah ihn verwundert an, was Lupi die nötige Zeit gab, zu ihm aufzuschliessen und ihm die Hellebarde in den Rücken zu stechen. Sofort schnellte auch Emilio vor und schnitt dem Wachmann die Kehle durch. Daraufhin beeilten Emilio und sein Begleiter sich, in den Turm einzutreten und das Tor zu schliessen. Wir verharrten nun alle angespannt, lauschend und nicht wissend, ob unser Coup bemerkt worden war. Doch es blieb mucksmäuschenstill. Der Turm gehörte uns – zumindest für kurze Zeit.

«Prato», hörte ich eine Stimme.

«Veit? Wo bist du?»

«Gott sei Dank», hörte ich Veit gedämpft rufen. «Ich bin unter euch, im Verlies.»

Ich wies Lupi an, Veit zu befreien. Dann hastete ich bereits wieder die Treppe hinauf, zu unserem Gefangenen. Inzwischen war er wieder bei Bewusstsein. Also fragte ich ohne Umschweife: «Wo befindet sich der Schatz?»

Aber der Mann starrte mich mit seiner gebrochenen und blutenden Nase nur trotzig an. Für Spiele hatte ich keine Zeit. Also zückte ich meinen Dolch und bedeutete Francesco, dem Mann den Mund zuzuhalten. Dann fixierte ich die Hand des Wachtmeisters auf dem Holzboden. Zielstrebig schnitt ich ihm einen oder zwei Finger ab – genau kann ich es heute gar nicht mehr sagen.

Der Mann verzerrte sein Gesicht zu einer schmerzerfüllten Fratze und wollte schreien. Doch Francesco drückte seine Hand fest auf den Mund, sodass nur ein stummes «Mmmm» herausdrang. Plötzlich zog Francesco seine Hand zurück, denn der Scheisskerl hatte ihm in den Finger gebissen. Sofort schrie der Wachtmeister um Hilfe. Doch Francesco war schnell und drückte ihm erneut die Hand auf den Mund. So drangen nur unverständliche Laute aus ihm. Ich verpasste ihm einen kräftigen Schlag in die Magengrube.

Ich bemerkte, dass Francescos Hand stark blutete, und sah erst auf den zweiten Blick im flackernden Kerzenschein die Spitze seines Fingers auf den Holzdielen liegen. Trotzdem lächelte Francesco. Ich wandte mich wieder dem Gefangenen zu.

«Hör zu, ich habe keine Zeit. Und ich will den Schatz», schnauzte ich ihn an. «Wo ist er?»

«Es gibt keinen Schatz», schluchzte er. Wieder gab ich Francesco ein Zeichen.

«Dieses Mal sind beide Hände dran. Du wirst den Rest deiner Tage als Bettler verbringen!»

Ich nahm seine rechte Hand, drückte sie auf den Boden und begann zu schneiden. Er schrie dumpf hinter Francescos Hand und wehrte sich nach Kräften, blieb gegen uns beide aber chancenlos. Mein Dolch war jedoch kein Metzgerbeil und das Handgelenk erwies sich als unüberwindbares Hindernis für die Klinge. Ich hätte besser eine Axt genommen. Seine Augen öffneten sich vor Schmerzen so weit, dass fast der ganze Augapfel sichtbar wurde.

Mittlerweile hatte ich eingesehen, dass ich die Hand mit meinem Messer nicht abtrennen konnte. Ich betrachtete mein blutiges Werk: Es war eine Sauerei. Der Wachtmeister wimmerte erbärmlich. Doch er hielt immer noch stand und wollte uns nichts verraten.

Also nahm ich den Dolch und, anstatt zu schneiden, setzte ich die Spitze zwischen zwei Knochen des Handgelenks an und forderte Emilio auf: «Tritt kräftig auf das Messer. So trennen wir die Hand ab.»

Damit brachen wir den Widerstand des Mannes, noch ehe Francesco zur Tat schreiten musste. Also forderte meinen

Gefährten ihn auf, seine Hand vorsichtig zu lösen, um den Wachtmeister sprechen zu lassen. Tatsächlich sagte er keuchend und unter Tränen: «Bitte! Ich flehe Sie an … in Gottes Namen … bitte!»

Doch ich wollte keine weitere Zeit verschwenden und entgegnete: «Die Hand ist sowieso verloren. Wenn ich jetzt aufhöre, leidest du nur noch mehr. Denkst du nicht, es wäre besser, ich würde sie ganz abtrennen?»

«Nein», schrie er, «der Schatz befindet sich unter uns! Unter uns!»

«Rede keinen Unsinn, wir waren eben unten», antwortete ich und drückte mit der Spitze des Dolches wieder in seine malträtierte Hand.

«Nein, hier unter den Brettern», schrie er flehentlich.

«Unter den Brettern?» Inzwischen waren auch Lupi und Veit zu uns hinaufgestiegen. Veit hatte sich die Kleider einer Wache übergestreift. Anscheinend war er nackt in das Verlies gesperrt worden. Er humpelte stark, sein Gesicht brachte seinen Schmerz zum Ausdruck. Aber er lächelte auch erleichtert.

«Im Jahre 1758 wurde entdeckt, dass ein Teil des im Wasserturm aufbewahrten Luzerner Staatsschatzes verschwunden war. (…) Um den Staatsschatz besser zu schützen, wurde 1759 in der Rüstkammer ein Gewölbe eingezogen und damit die Geheimkammer geschaffen, die durch den Fussboden der Artilleriestube zugänglich ist. Die Geheimkammer war in Vergessenheit geraten und wurde erst im Jahr 1937 wiederentdeckt. In der Mitte ist sie 78 cm hoch. Am äusseren Rand kann ein mittelgrosser Mann aufrecht stehen.»[8]

Ich richtete mich an alle: «Reisst den Boden mit der Axt oder der Hellebarde auf. Schnell!» Auch ich half mit und innerhalb kürzester Zeit hatten wir den Boden geöffnet. Es stellte sich heraus, dass darunter eine verborgene Kammer lag. Sie war nach unten gewölbt, sodass man an deren Rändern hinabblickte. Und was ich dort sah, verschlug mir die Sprache. Ich sah Gefässe aus Gold,

---

[8] Luzern Tourismus, 2017

Kelche aus Silber und zahlreiche Münzen, die in allen Farben im Schein der Kerzen schimmerten.

Wir betrachteten alle wie gelähmt den Schatz unter uns. Aber die Zeit drängte. Es war ohnehin ein Wunder, dass wir noch nicht entdeckt worden waren. Ich war mir sicher, dass bald unser Trupp am Ufer der Schiffhütte entdeckt werden oder die nächste Patrouille auf der Kappelbrücke Einlass in den Turm fordern würde. Ich beschloss, dass der grösste Teil unseres Trupps bereits ablegen sollte.

«Francesco, steig da hinunter und reich uns alles rauf, das du finden kannst. – Veit, du gehst nach oben, lässt dich am Seil hinunter in die Jasse. Wir können nachher nicht auf dich warten.»

Er nickte und tat, wie ihm geheissen.

«Emilio, geh hinunter und such eine Tasche oder eine Truhe, damit wir all die Schätze verstauen können. – Und du, Lupi, geh hinauf und gib Carlo das Zeichen, dass er mit unseren Leuten in einen Nauen steigen und auf den See hinausrudern soll. Wir holen sie später ein.»

Kurz darauf packten wir den üppigen Schatz in die Tasche, die Emilio brachte. Wir hatten Mühe, alles unterzubringen, und am Ende war die Tasche bis zum Bersten mit Kostbarkeiten gefüllt. Aber ich wollte verdammt sein, wenn wir auch nur eine Münze zurücklassen würden. Und dann hörte ich, was mich fürchterlich Zusammenfahren liess: ein Klopfen am Tor.

Wir hielten eine Schrecksekunde lang inne. Dann schickte ich Emilio hinunter. «Geh und halt sie hin.» Er aber starrte mich fragend an, aber ich scheuchte ihn mit einer Handbewegung einfach fort und sagte noch: «Lass dir etwas einfallen.»

Noch immer schaute er äusserst dumm aus der Wäsche. Erst, als ich ihn mit einem eindringlichen Blick bedachte, setzte er sich in Bewegung.

«Wer ist da?», hörte ich ihn kurz darauf unten fragen.

«Na, wer wohl, du Narr! Öffne das Tor, sofort!»

«Einen Moment, wir bringen soeben den Gefangenen ins Verlies», entgegnete Emilio.

«Beeilt euch.»

Wir hatten die Schatzkammer mittlerweile leergeräumt. Der Wachtmeister lag wimmernd neben seinem Pult, wir schenkten ihm keine weitere Beachtung. Eiligst schritten wir die Treppe ins oberste Geschoss hinauf und liessen uns einer nach dem anderen am Seil hinunter. Das Seil befand sich auf der Seeseite des Wasserturmes, also auf der gegenüberliegenden Seite des Tors. Die Männer davor konnten uns demnach nicht wahrnehmen. Lupi schulterte die Tasche und liess sich einhändig am Seil hinunter. Gleich danach schloss Emilio zu uns auf.

«Sie warten vor dem Tor, Herr. Ich glaube, sie ahnen noch nichts.»

«Das wird sich aber gleich ändern.»

Bis jetzt war unsere Jasse im Schutze der Dunkelheit verborgen geblieben, aber mit den unvermeidbaren Geräuschen, die wir beim Abseilen verursachten, würden die Nachtwächter auf der Kapellbrücke bald genauer auf den See hinausblicken und uns wohl oder übel auf der Rückseite des Turms entdecken. Es galt nun keine weitere Zeit zu verlieren. Ich schickte Emilio hinunter und blickte zum Ufer bei der Schiffhütte. Ich konnte dort in der Dunkelheit niemanden sehen und meinte, dass eine Naue fehlte, also musste der Rest von meinem Hausstand bereits auf den dunklen See hinausgerudert sein. Draussen auf dem See waren sie in der undurchdringlichen Finsternis unauffindbar.

Wieder vernahm ich das Wimmern des Gefolterten in meinem Rücken. Bevor ich als Letzter das Seil hinunterkletterte, jagte ich meinen Dolch in die Brust des Mannes. Warum ich das tat? Ich empfand das als Tat der Barmherzigkeit und sendete danach ein Stossgebet an den Allmächtigen. Ich vernahm nun ein lautstarkes Hämmern unten gegen das Tor. Die Männer riefen weitere Stadtbüttel herbei, da sie wohl mittlerweile ahnten, dass etwas im Argen lag.

Ich glitt das Seil hinunter in die Jasse und gab den Männern im Flüsterton den Befehl zum Rudern. Sobald wir dem Schatten des Wasserturmes entschwunden waren, hörte ich Stimmen auf der Brücke: «Da, da draussen, seht!»

Damit hatten sie uns also entdeckt. Aber bis sie ihre Schiffe erreichen würden, wären wir bereits weit draussen auf dem See … so hoffte ich zumindest.

«Prato, du Narr!», flüsterte Veit mir zu und ergänzte dann: «Danke.»

«Ich musste dich holen, sonst hättest du Plappermaul bestimmt all unsere Geheimnisse preisgegeben.» Ich griente ihn an und meinte, Rührung in seinen Gesichtszügen zu erkennen.

«Habt ihr wenigstens etwas gefunden in diesem verdammten Turm?», fragte er zögerlich und blickte zur Tasche.

Da musste ich lachen. «Und ob, mein Freund, und ob!»

Mein Vermögen hatte sich auf einen Schlag vervielfacht, was mir gerade recht kam, nun da ich so viele Mäuler zu stopfen hatte.

Nach einiger Zeit hörten wir irgendwo vor uns in der Dunkelheit die Rufe eines Uhus. Offensichtlich wollten meine Männer in der Naue uns zu sich lotsen. Also erwiderten wir die Rufe und ruderten auf die vermutete Stelle zu. Schliesslich konnte ich die schwachen Umrisse der Naue ausmachen und kurz darauf trafen wir uns auf dem dunklen Gewässer.

Veit liess seinen Blick über die Anwesenden schweifen. Er nickte den Männern als Dank zu. Ihm war klar, dass wir ihn vor einem langsamen, qualvollen Tod bewahrt hatten. Schlussendlich blieb sein Blick auf Leon haften. Er drehte sich zu mir um. «Willst du den wirklich mitnehmen?» Er nickte in Richtung Leon.

«Warum nicht?»

«Na, kannst du ihm vertrauen? Ist er freiwillig mitgekommen?»

Ich dachte nach. «Nein. Ich sagte ihm, er müsse eben mitkommen, da er uns gesehen hat.»

«Und da willst du ihn zu unserem Versteck führen? Dann musst du den Jungen tagein, tagaus bewachen lassen. – Nicht, dass er verschwindet.»

Natürlich musste ich Veit recht geben. Ich mochte Leon, er hatte uns geholfen. Aber wenn ich ihn nun so ansah, sah er nicht wirklich glücklich aus. Ich hatte nicht das Bedürfnis, unnötige Risiken einzugehen. Wir bewegten uns weiss Gott schon nah genug am Abgrund entlang. Wenn der Junge später verschwinden würde, könnte er sich ohne Problem bis nach Luzern durchschlagen. Dort könnte er in Versuchung kommen, seine Informationen über das Versteck jener Männer zu verkaufen, die den Schatz der Stadt Luzern gestohlen hatten. Er würde reich belohnt werden und wir unter dem Jubel der ganzen Stadt hingerichtet.

«Leon, komm her», sagte ich. Der Junge stand auf und kam zu uns nach hinten auf die Steuerplattform der Jasse.

«Du hast mir gut gedient. Ohne dich wären wir nicht aus der Stadt gekommen. Doch ich kann dich nicht weiter mitnehmen.»

Ich kramte eine Münze aus einer meiner Taschen hervor und drückte Sie ihm in die Hand.

«Das ist dein Lohn. Steck sie tief in eine deiner Taschen, damit du sie nicht verlierst», sagte ich zu ihm. Er nahm die Münze und tat, wie ihm geheissen.

«Kannst du schwimmen, Leon?», fragte ich ihn, worauf er mich grossen Augen anstarrte.

«Sag schon, kannst du schwimmen?», wollte ich nochmals wissen. Also nickte er.

«Dann steig ins Wasser und schwimm zurück. Wir befinden uns unweit des Ufers. Wenn du in diese Richtung schwimmst», ich zeigte dorthin, wo ich in der Dunkelheit das Ufer vermutete, «wirst du in wenigen Zügen Land erreichen.»

Er sah mich immer noch mit grossen Augen an und stotterte: «Aber das Wasser ist eiskalt, Herr.»

«Das weiss ich, Leon. Ich musste selbst auch schon bei diesen Temperaturen schwimmen.»

Ich erinnerte mich an meinen Sturz ins Wasser während des Überfalls.

«Du wirst es überleben», sagte ich und schubste ihn dann ins Wasser. Ich hoffte inständig, dass er das Ufer erreichen würde.

Dann wandte ich mich wieder unseren beiden Schiffen zu. Wir schienen in Sicherheit zu sein und es tatsächlich geschafft zu haben. Ich wandte mich Francesco zu, der nicht ruderte, da er seinen Finger mit Leinen verband. Ich schlug ihm anerkennend auf die Schulter und war davon überzeugt, dass uns die Stadtwachen nicht würden einholen können.

Ich war mir nicht ganz klar über die Richtung, die wir auf dem See einschlagen mussten. Auf dem dunklen Gewässer war erwies es sich als schwierig, die Orientierung zu behalten. Und so wollten wir weiterrudern, bis wir die bekannte Engstelle zwischen Ober und Unter Nas erreichen würden. Ab hier kannten wir das Gewässer wieder zur Genüge.

Wenn wir ganz still waren, konnten wir hinter uns unsere Verfolger hören, ihre Ruder, die in das Wasser eintauchten, und deren Rufe.

«Was machen wir mit unserer Jasse und der gestohlenen Naue?», fragte mich Veit.

«Ich denke, wir passieren die Engstelle, damit die Luzerner nicht erkennen können, wo wir an Land gehen. Sobald alle Leute an Land sind, müssen zwei Mann die beiden Schiffe auf den See rausrudern und versenken. Wir haben zu wenig Wind, als dass die Schiffe von allein forttreiben würden. Unsere Verfolger würden die treibenden Boote auf dem See schnell entdecken und würden sehen, dass sie leer sind. Dann würden sie unsere Anlegestelle sofort abschätzen können.»

«Schade um die Boote.»

Die Jasse war schnell, aber die Naue war überladen und langsam. Ich befürchtete, dass sie zu weit zurückfallen könnte, weshalb wir die Naue mit einem Tau an unserer Jasse festbanden, um sie mitzuziehen. Ausserdem blieben wir dadurch in der dunklen Nacht zusammen. Wir Männer wechselten uns an den Rudern ab, sodass wir unser Tempo erhöhen konnten. Schon dachte ich, dass wir die Engstelle der Nas nie erreichen würden, als ich rechts von uns den Durchbruch zum südlichen Teil des Sees erkannte. Sofort ruderten wir hindurch.

Langsam klarte der Himmel auf und es wurde gemächlich heller. Noch war es nur ein Grauschleier, den das erste Licht über die Landschaft legte, doch es reichte, um meine Anspannung noch zu verstärken. Wir waren weit gekommen, durften jetzt aber keine Fehler begehen. Von unseren Überfällen auf die Nauen wussten wir, wo wir an Land gehen konnten. Und so steuerten wir auf die Stelle zu, mit der Naue im Schlepptau. Sobald wir das Ufer erreicht hatten, rief ich den Männern zu: «Jetzt muss es schnell gehen. Alle raus aus den Schiffen. Folgt Veit. Und ich will keinen

Mucks hören. Wenn nur ein Ast knackt, schlag ich dem Verursacher den Fuss ab, verstanden?»

Sie hatten verstanden. Sie wussten selbst, wie viel auf dem Spiel stand. Selbst die Kinder verhielten sich mucksmäuschenstill.

Und so waren die Naue und die Jasse schnell leer. Lupi und ich hatten uns schon vorher aller Waffen entledigt. Jeder von uns trug eine Axt und so setzten wir uns in die Jasse beziehungsweise in die Naue. Sofort begannen wir auf den See hinaus zu rudern. Es dauerte eine gefühlte Ewigkeit, bis sich die beiden Boote in Bewegung setzten. Aber sobald wir ihnen erst genügend Schwung verliehen hatten, glitten sie recht schnell dahin. Wir mussten nicht weit rudern. Der See fiel überall sehr steil ab. Als wir ungefähr 40 Fuss weit hinausgerudert waren, begann ich mit meiner Axt auf den Boden der Jasse einzuschlagen. Lupi tat es mir in der Naue gleich.

Bald schon sprudelte Wasser ins Boot. Ich setzte noch ein paar Schläge nach und schnell füllte sich die Naue mit Wasser. Das musste reichen, denn ich hörte unsere Verfolger immer deutlicher. Lupi und ich glitten vorsichtig in das bitterkalte Wasser. Wie zuvor Leon schwammen wir langsam ans Ufer, darauf bedacht, keine sichtbaren Wellen zu verursachen. Wir befanden uns noch im Wasser, als wir im ersten Licht zwei Jassen erblickten, die durch die Engstelle manövrierten. Sie kamen schnell näher und ruderten dann einfach an uns vorbei. Unsere Boote waren bereits völlig von der Oberfläche verschwunden und unsere Köpfe im Wasser konnten sie aufgrund der Entfernung und des noch schwachen Lichtes nicht ausmachen. Ich fragte mich, wie weit sie wohl noch rudern mochten, ehe sie die Verfolgung aufgeben würden.

Doch ich schlotterte so sehr, ich konnte bald keine klaren Gedanken mehr fassen. Gottseidank waren wir nicht weit draussen und das rettende Ufer nah. Lautlos glitten wir aus dem Wasser und begaben uns sofort in den schützenden Wald. Das Einzige, das uns nun gegen die Kälte half, war Bewegung. Und so eilten wir so schnell wie möglich den Hang hinauf. Ich kannte den Weg auswendig; wir waren schon ein paar Mal an dieser Stelle an Land gegangen. Bald hatten wir die Menschen meines Hausstandes eingeholt und zusammen begaben wir uns eilfertig zur Höhle Gruebisbalm.

Lupi und ich froren erbärmlich. Wir waren durchnässt und es war immer noch frisch. Wir passierten die Männer, Frauen und Kinder auf unserem Weg an die Spitze des Trecks. Zum einen, um sie anzutreiben, zum anderen, weil wir die nassen Kleider ablegen und uns aufwärmen mussten.

Glücklicherweise hatten wir bald die Anhöhe der Höhle erreicht, sodass wir nur noch durch den Wald und dann nach links in die Schlucht abbiegen mussten, wo sich unser Versteck befand.

Kurz, bevor wir in die Schlucht abbogen, blickten wir alle noch einmal auf den See hinunter. Wir konnten überall kleine Fackeln auf dem Wasser erkennen. Kein Wunder. Ziemlich sicher war inzwischen die ganze Stadt auf den Beinen, da man sie in dieser Nacht um einen beträchtlichen Teil ihres Vermögens gebracht hatte. Viele einflussreiche Männer würden ihr Gold vom Wasserturm schmerzlich vermissen und darum alles dafür geben, es zurückzubekommen. Ich hoffte inbrünstig, dass die Höhle niemandem bekannt war und man uns hier nicht suchen würde.

Am Höhleneingang warteten bereits Elisabeth, Felis und Tus auf uns.

«Prato, du bist ja ganz nass», sagte Elisabeth besorgt und umarmte mich.

«Um Himmelswillen, wer sind all die Leute?», hörte ich Felis rufen. «Was zum Teufel habt ihr in Luzern getan?»

Bevor grosse Verwirrung entstand, sagte ich zu den Dreien: «Das ist im Moment alles unwichtig. Wichtig ist, dass wir von der ganzen Stadt gesucht werden. Wir müssen jetzt sofort in die Höhle und uns verstecken. Sofort. Und es wird nur geflüstert. Verstanden?»

Sie erkannten meine Anspannung, denn alle drei nickten ohne weitere Fragen und so begaben wir uns tief in die Höhle.

«Emilio», ich winkte ihn zu mir, «das ist Elisabeth. Bleib bei ihr und übersetzte, was sie sagt. Kümmere dich um die Menschen. Alle müssen still sein. Ich will keinen Mucks hören. Verstanden?»

Er nickte und so fuhr ich fort: «Lupi und ich müssen an ein Feuer, um uns aufzuwärmen, sonst überleben wir die Nacht nicht.»

Elisabeth befahl ich: «Kümmere dich um die Frauen und Kinder.» Auch sie nickte.

«Felis, habt ihr ein Feuer gemacht?»

«Nein Prato, aber wir haben Holz.»

«So geh zur Feuerstelle und entfache umgehend ein Feuer. Geh, geh!»

Lupi und ich schlotterten wie Espenlaub. Ich konnte nur noch an das Feuer denken. Eine letzte Aufgabe fiel mir dann aber doch noch ein: «Tus. – Sobald alle in der Höhle sind, verschliesst du den Eingang so gut es geht. Der Feuerschein darf auf keinen Fall nach draussen dringen. Dann steh Wache. Niemand darf die Höhle verlassen.» Auch er nickte.

Ich begab mich mit Lupi in den hinteren Teil der Höhle. Dort hatte Felis bereits ein kleines Feuer entfacht. Sofort hielten wir unsere Hände über die Flammen und ich spürte die wohlige Wärme.

Sobald ich meine zittrigen Hände wieder unter Kontrolle hatte, zog ich die nassen Kleider aus und setzte mich so nah wie möglich an die Flammen.

Wenn ich mich umschaute, sah ich Elisabeth und Emilio, die sich flüsternd um die Menschen kümmerten. Sie wiesen ihnen Plätze zu und sobald sich alle gesetzt hatten, verteilten Sie etwas Brei und Wein. Die Höhle war mehr als gross genug für alle.

Ich sah beim Höhlenausgang kaum mehr Tageslicht, weshalb ich annahm, dass Tus ihn mit Ästen und Gebüsch verschlossen hatte. Nur noch die Flammen des Feuers trugen etwas Licht in die Höhle.

Nun kam Veit mit einem jungen Livinier zu uns ans Feuer. Der junge Kerl trug die Tasche, in der sich unser Schatz befand. Ihr Gewicht verlangte ihm einiges ab.

Veit wies den Jungen an, die Tasche neben mir abzustellen, und schickte ihn dann mit einer einfachen Geste weg.

«Idiotisches Italienisch», hörte ich ihn murmeln. Er konnte sich nicht mit den Männern verständigen.

«Pass weiterhin auf die Tasche auf, Veit», wies ich ihn an. Ich wollte, dass ihr Inhalt vorerst den meisten unbekannt blieb. Ich vertraute nicht allen in dieser Höhle, zumindest noch nicht. Und es war wahrlich ein Schatz, den wir ergaunert hatten.

Tus nährte sich uns und als könnte er meine Gedanken lesen, fragte er: «Was ist da drin?» Er wies auf die Tasche.

«In dieser Tasche befindet sich der Grund dafür, dass uns ganz Luzern sucht», antwortete ich trocken.

«Verdammt nochmal, was habt ihr bloss angestellt? Ihr solltet doch nur nach Luzern reisen und die Livinier rekrutieren. Nun haben wir all die Leute hier und schweben anscheinend in noch grösserer Gefahr als zuvor!» Er sah mich missfällig an.

«Mir gefällt dein Ton nicht», knurrte ich. Ich war nicht in Stimmung für ein Wortgefecht. Jedoch wärmte sich mein Leib allmählich auf und ich konnte wieder klarere Gedanken fassen. Als Erstes wurde mir bewusst, dass ich die Rangordnung in dieser Höhle bald klarstellen musste. Tus schwieg für den Moment.

Ob Leon es wohl geschafft hatte, ans Ufer zu schwimmen? Wie lange würde nach uns gesucht werden? Ob die Luzerner unseren Aufenthaltsort erraten würden?

«Weisst du, wie es weitergehen soll?», fragte mich Veit. Im Gegensatz zu Tus liess seine Frage den Respekt erkennen, den ich glaubte, verdient zu haben.

«Was denkst du, wie lange sie nach uns suchen werden?», fragte ich.

«Lange. So lange, bis sie uns gefunden haben», antwortete Veit.

«Das denke ich auch.»

Wieder kehrte Stille ein, bis ich den Faden wieder aufnahm: «Sie werden wohl annehmen, dass so viele Leute an einem flachen, gut zugänglichen Ort an Land gegangen sind: Brunnen, Flüelen, Ennetbürgen, Hergiswil, Küssnacht … viele Orte kämen in Frage», schloss ich.

Als klar war, dass ich nicht weitersprach, fuhr Veit fort: «Sie wissen also nicht, wo sie suchen sollen. Sicher werden sie nach einer Naue und einer Jasse am Ufer Ausschau halten. Das verschafft uns Zeit.»

In der Zwischenzeit gesellte sich Elisabeth zu uns und brachte mir, Lupi und Veit Brei und Wein. Lupi sass die ganze Zeit neben uns und lauschte dem Gespräch. Er verstand wohl nur Bruchstücke davon. Auch Elisabeth sah mich fragend an.

Ich antwortete Veit: «Ja, das verschafft uns Zeit. Aber Zeit, um was zu tun?»

«Ich denke, um zu verschwinden. Wir können nicht hierbleiben. Wir befinden uns zu nah an Luzern. Verflucht, ich kann die Stadt sogar sehen, wenn ich aus der Höhle trete! So werden sie uns früher oder später finden.»

«Vielleicht ist das aber auch etwas Gutes», ergänzte Tus nun in einem ruhigeren Ton. «Wenn wir sie sehen, wissen wir, was sie tun.»

«Und was nützt uns das, wenn sie uns angreifen? Wir sind nicht zahlreich genug, um es mit der ganzen Stadt aufzunehmen. Sie werden uns niedermachen», sagte Veit.

«Schluss jetzt», antwortete ich gereizt. Ich musste mir etwas einfallen lassen. Aber das konnte und wollte ich nicht mehr an diesem Morgen tun.

«Geht und versucht zu schlafen. Vielleicht müssen wir bald weiter. Dann sollten wir ausgeruht sein.»

Nach kurzem Zögern standen sie auf und gingen. Auch Lupi ging, denn in der Zwischenzeit wurden weitere Feuer entfacht, sodass er sich an ein anderes setzte.

Sobald ich mit Elisabeth allein war, legte ich mich neben das Feuer. Ans Schlafen war nicht zu denken, ich wollte es aber trotzdem versuchen. Ausserdem taten mir alle Glieder weh. Mein ganzer Körper gereichte zu einem einzigen, kolossalen Schmerz. Elisabeth legte sich neben mich und flüsterte: «Was hast du nur in Luzern getan, Prato?»

Ich war zu müde, um zu antworten, und schlief unerwartet bald ein.

Gegen Mittag erwachte ich. Als ich mich von Elisabeth löste und mich verschlafen umsah, erkannte ich, dass die meisten noch schliefen. Es war draussen diesig. Ich drehte mich um und sah, dass auch Elisabeth aufgewacht war und mich ansah.

Unweit von uns schlief Veit, die Tasche mit dem Schatz umarmend. Der Schatz … Ich hatte eine ganze Stadt um einen Teil ihres Vermögens gebracht. Ich musste den Schatz schnellstmöglich verstecken.

Ich kleidete mich möglichst leise an, was mir aber nicht gut gelang. Ich wollte Veit die Tasche aus dem Arm nehmen, worauf er gleich aufwachte und sie reflexartig wieder fest zu sich zog. Als er ein paar Mal blinzelte, erkannte er mich und liess die Tasche los. Er musste ahnen, was ich zu tun gedachte.

Die Tasche stellte für jeden hier eine Verlockung dar. Eine Tasche, da könnte jeder schwach werden. Man könnte sie sich in einem Moment der Unachtsamkeit schnappen und damit über die Berge oder nach Norden verschwinden. Irgendwann, irgendwo würde niemand mehr nach der Herkunft fragen und einfach einen weiteren Adligen sehen.

Und sollten sich die Ereignisse überschlagen, sollten wir zum Beispiel rasch verschwinden müssen, so könnte ich jederzeit zurückkehren und den Schatz holen.

Also begab ich mich zum Höhlenausgang. Ehe ich den Ausgang erreicht hatte, hatte das Klimpern der Tasche fast alle geweckt. Ich sah, dass Tus den Höhleneingang bewachte.

«Prato», begrüsste er mich und wollte flüsternd wissen: «Konntest du schlafen?»

«Ja.»

Er sah die Tasche und nickte mir dann zu. Auch er wusste, was zu tun war, und sagte: «Ich werde niemanden rauslassen.»

Ich nickte und trat ins Freie. Ich wagte mich aus dem Tobel hinaus, drehte mich um und erklomm einen Hang, sodass ich schliesslich oberhalb des Höhleneingangs stand.

Das Gelände war hier sehr steil. Es war nicht einfach zu begehen, stotzig und dicht bewaldet. Ich wanderte weiter auf die andere Seite des Tobels, um dort wieder hinunterzusteigen. Bald stellte ich fest, dass ich mich in eine Sackgasse begeben hatte. Ich fand mich auf einer Felskante wieder, von der aus ich nicht weiterkam. Das war das perfekte Versteck. Hierhin würde sich niemals ein Schäfer oder sonst wer verirren.

Ich überlegte mir, den Inhalt der Tasche aufzuteilen und an verschiedenen Orten zu verstecken. Ich befand, dass das eine gute Idee war. Der Boden war durch die herrschende Kälte hartgefroren. Ein grosses Loch hätte ich sowieso nicht ausheben können.

Also bewegte ich von meinem Standort aus zu der ersten Stelle, an der ich graben wollte. Ich achtete darauf, meine Füsse auf möglichst viele Steine aufzusetzen, um keine sichtbaren Spuren zu hinterlassen. Ich hoffte, mir alle Positionen merken zu können. Zusätzlich markierte ich nahestehende Bäume mit einer Kerbe. So verbrachte ich eine Weile damit, einen Teil des Schatzes zu vergraben. Der andere Teil musste mich und meinen neuen Hausstand durch die nächsten Wochen bringen.

Ich behielt vor allem viele der Münzen bei mir, die einfach gehandelt werden konnten. Wir hatten aber auch goldene Kelche, silberne Gefässe und Schmuck erbeutet. Das würden wir erst zerhacken und schmelzen müssen, ehe wir damit handeln konnten. Also vergrub ich es zunächst.

Mit dem Rest begab ich mich wieder zurück zur Höhle. Als ich vor dem Tobel stand und sich der Nebel etwas gelichtet hatte, blickte ich nachdenklich zum See hinunter und konnte Boote auf dem Wasser erkennen. Waren das Suchtrupps? Oder einfache Fischer? Ich setzte mich hin und beobachtete den See ausgiebig. Ich versuchte anhand von Details zu erkennen, was das für Schiffe sein könnten, was ob der Entfernung ein unmögliches Vorhaben blieb. Doch ich bildete mir ein, dass auf dem See aussergewöhnlich viel Betrieb herrschte.

Ich konnte sehen, dass mehr Boote die Anleger der von hier aus sichtbaren Siedlungen bevölkerten als üblich, was auf Suchtrupps hindeutete. Ich lauschte, um sicherzustellen, dass sich niemand in der Nähe befand. Alles war still.

Ich überlegte, was nun zu tun war. Ich hatte nicht geplant, die Stadt Luzern auszurauben, sondern nur Söldner für mein Panner anzuheuern.

Nun war eine ganze Stadt hinter mir her und ich musste so schnell wie möglich verschwinden. Mit dem ergaunerten Schatz von Luzern besass ich nun zwar genug Gulden, um meine Schwester zu befreien und unseren Lebensunterhalt zu finanzieren. Wir würden sogar sehr gut leben können und müssten beide nie mehr als Knechte oder dergleichen für fremde Herren arbeiten. Dazu müsste ich nur die Livinier, die ich in diese kalte Höhle geführt hatte, in ebenjener zurücklassen. Ich müsste zurückgehen, den eben vergrabenen Schatz wieder aus der kalten Erde holen und heimlich verschwinden. Elisabeth und Veit würde ich mitnehmen. Zu dritt könnten wir unauffällig auf abgelegenen Wegen durch den Wald und die Berge in den Süden gehen. Wir würden Devis aufsuchen, ihm den Kopf abschlagen und Elss mitnehmen.

Aber das war keine Option. Es waren meine Männer, es waren meine Landsleute. Und ihre Familien. Ich war jetzt ein Pannerherr und hatte mich um einen Hausstand zu sorgen. Es waren nun meine Leute. Wohin sollte ich sie also führen?

Dieser Gedanke liess mich an ein bekanntes Sprichwort denken: *Der Feind meines Feindes ist mein Freund*. Ich erinnerte mich an meine Zeit beim Schloss Grinau. Wir hatten die Region für Schwyz gegen die Zürcher verteidigt. Klar, Zürich gehörte auch zur Eidgenossenschaft. Aber die andauernden Grenzstreitigkeiten des expandierenden Zürichs belastete die Beziehungen zu den anderen Eidgenossen. Zürichs streitsüchtiges Verhalten könnte für ein Panner Krieger auch Möglichkeiten bieten. Sollte ich nach Zürich gehen und dem Bürgermeister Jakob Glentner meine Dienste als Söldner anbieten? Und somit gegen Schwyz und Uri kämpfen? Dann wären wir es, die auf dem Zürichsee in den Kriegsnauen den beiden Pannerherren Heinrich Püntiner und Franz Richmut gegenüberstehen würden. Wollte ich das wirklich? Meinen ehemaligen Kameraden auf dem Schlachtfeld gegenüberstehen? Nein. Das wollte ich nicht.

Oder sollte ich jetzt schon in den Süden gehen, bereits jetzt schon vor die Mauern von Bellinzona ziehen, um beim Angriff auf die Mailänder an vorderster Front zu kämpfen? Nur war mir nicht klar, ob die Eidgenossenschaft überhaupt angreifen würde. Was wäre, wenn der Streit friedlich durch Verhandlungen beigelegt werden würde? Ich überlegte, was uns sonst noch im Süden erwartete.

Und da erinnerte ich mich an das Tal Misox, in dem die Freiherren von Sax sesshaft waren. Es waren jene Freiherren, die die Stadt Bellinzona vor einigen Jahren auf der Landsgemeinde in Altdorf für eine sagenhafte Summe von 3 500 Gulden an die Länder Uri und Unterwalden verkauft hatten. Ich hatte jener Landsgemeinde beigewohnt und konnte mir diese unglaubliche Summe nicht einmal vorstellen. Die Freiherren mussten also folglich reich sein. Sicher hatten sie ihren Schatz in den Tiefen ihrer Burg Mesocco versteckt. Es hiess, dass diese Burg eine mächtige, unbezwingbare Festung sei. Doch weiter unten, nahe an Bellinzona, musste doch jemand die Mailänder in Schach halten, um zu verhindern, dass sie plündernd ins Tal marschierten. Jemand musste die Untertanen der Freiherren von Sax beschützen. Vielleicht könnte ich mit meinen Männern diese Aufgabe übernehmen?

Und sollten die Freiherren mein Angebot ausschlagen, würden wir uns weiter gen Süden begeben, wo alle Menschen Italienisch sprachen. Ausserdem befanden sich auch Devis und Elss im Süden.

Ich fasste einen Entschluss: Es war klar, dass wir in den Süden ziehen würden. Doch welchen Weg sollte ich dafür einschlagen? Der Gotthardpass fiel als Option aus. Dafür müsste ich durch das ganze Land Uri marschieren, für mich nun Feindesland.

Es musste einen anderen Weg zu den Freiherren von Sax geben, vielleicht sogar einen schnelleren? Doch ich kannte ihn nicht. Ich kannte nur den Berg, den Gotthardpass. Aber schliesslich verfügte ich nun über einen Hausstand, hatte etwa 45 Männer um mich. Bestimmt würde jemand von ihnen einen Weg zu den Freiherren von Sax kennen. Also ging ich zurück zur Höhle.

Am Höhleneingang angekommen, sorgte ich dafür, dass jemand Tus am Eingang ablöste. Ich sprach mit meinem Anführer Lupi. Ich trug ihm auf, sich um die Leute zu kümmern. Keiner durfte die Höhle verlassen.

Danach begab ich mich wieder zu meinem Platz ganz hinten in der Höhle. Veit sprach dort mit Elisabeth und Felis. Als ich dazukam, verstummten sie.

«Hat Veit euch bereits erzählt, was genau in Luzern vorgefallen ist?», fragte ich in die Runde.

Alle nickten.

Also sagte ich ohne Umschweife: «Wir müssen so schnell wie nur irgend möglich weit weg von Luzern. Wir gehen nach Mesocco und bieten dort den Freiherren von Sax unsere Dienste als Söldner an.»

Das war kein Vorschlag oder dergleichen. Ich war nun ein Söldnerherr und hatte entschieden, mich auch so zu verhalten. Ich erteilte Befehle. Von Devis und Elss erzählte ich ihnen nichts, denn das brauchten sie nicht zu wissen.

Veit blickte mich skeptisch an und flüsterte nachdenklich: «Mesocco …»

«Ja, Mesocco», antwortete ich bestimmt.

«Und wie sollen wir dorthin gelangen? Mit Frauen und Kindern über den Berg, jetzt im Winter?», fragte Felis.

«Wir können nicht über den Berg. Dafür müssten wir durch das Land Uri und dort werden wir gesucht, seit wir Fahnenflucht in Grinau begangen haben. Ganz zu schweigen von den Überfällen auf die Nauen und dem Raub an Luzern. Nein, der Berg ist keine Option. Wir müssen einen anderen Weg finden.»

«Der Berg und das Land Uri sind nicht die einzigen Passagen in den Süden», entgegnete Veit. «Wir können durch den Grauen Bund. Ich weiss, dass es dort Wege und Pässe weiter in den Süden gibt. Und damit bestimmt auch nach Mesocco.»

Das gefiel mir. Der Graue Bund war eine schwächliche Vereinigung von kleinen Grafschaften, und jeder der dortigen Herrscher verfolgte seine eigenen Ziele. Erst vor ein paar Jahren hatten sie sich zu einem Bund, eben jenem Grauen Bund, zusammengeschlossen, um sich wie die Eidgenossenschaft gegenüber gemeinsamen Feinden besser schützen zu können. Doch in Zeiten, in denen sie sich keinen gemeinsamen Feinden gegenübersahen, verband sie wenig miteinander.

Ich nickte Veit anerkennend zu und wollte von ihm wissen, ob er den Weg dorthin kenne.

«Nicht genau, aber ich weiss, dass wir von Grinau aus in Richtung Osten gehen müssen.»

«Grinau!», sagte ich erstaunt. «Wir müssen zurück nach Grinau?»

«Nicht nach Grinau, sondern daran vorbei. Wir können einen grossen Bogen um den Ort schlagen und im Wald in Richtung Osten gehen», beruhigte mich Veit.

«Trotzdem, es herrscht Winter und wir haben Frauen und Kinder bei uns. Wie sollen wir so den Landjägern entgehen?», warf Felis ein. Und das war eine berechtigte Frage. Niemals würden wir es so schaffen. Und wo sollten die Familien hin, wenn wir im Süden wirklich in die Schlacht ziehen würden?

Elisabeth räusperte sich und sagte: «Das Kloster Einsiedeln.»

Wir sahen sie alle fragend an, sodass sie erklärte: «Das Land Uri hat das Kloster Sankt Lazarus, Schwyz hat das Kloster Einsiedeln. Wenn wir durch den Grauen Bund wollen und dafür in Richtung Grinau gehen müssen, passieren wir das Kloster Einsiedeln. Wir könnten die Frauen und Kinder dort unterbringen. Und die Männer wüssten, dass ihre Frauen an einem sicheren Ort sind.»

«Und was würden sie dort tun?», fragte Veit.

«Die Frauen können die Kranken pflegen, sie können Wäsche waschen, kochen, sich um die Kinder kümmern. Es wären solche Aufgaben, die auch ich im Kloster verrichtet habe.»

Ich war mir sicher, dass Elisabeth dabei nicht an sich dachte. Sie sprach von den anderen Frauen. Offensichtlich hatte sie nicht vor, ihr Dasein im Kloster Einsiedeln zu fristen. Doch mich überzeugte der Vorschlag. Die Männer könnten beruhigt mit mir in die Schlacht ziehen, wenn sie wüssten, dass ihre Familien versorgt waren.

«Wie lange reichen unsere Vorräte noch?», fragte ich Elisabeth.

«Für so viele Menschen? Vielleicht drei Tage. Wir waren nicht darauf vorbereitet, dass du mit so vielen Kämpfern und deren Familien zurückkommst», antwortete sie.

«Wenn wir also morgen früh aufbrächen, bliebe uns noch genügend Proviant für die Reise nach Einsiedeln», überlegte ich laut. «Felis, du kennst den Weg zum Kloster von hier aus, richtig?»

Er nickte.

«Können wir in der Nacht auf abgelegenen Pfaden gehen? Sodass wir möglichst unentdeckt reisen?»

«Ja. Aber in der Nacht ist es schwierig mit so vielen Leuten. Wenn wir stattdessen morgen früh vor dem ersten Sonnenlicht aufbrechen, können wir über den Berg Rigi hinunter zum Lauerzersee gehen. Danach passieren wir die Mythen und müssen dann nur noch das Tal hinunter nach Einsiedeln marschieren.»

Ich nickte. So würden wir es machen. Ich ging zu Lupi und sagte ihm, dass wir morgen vor Sonnenaufgang die Höhle verlassen würden. Er begrüsste unseren Plan bezüglich des Klosters.

Kapitel 3: Einsiedeln

Am nächsten Morgen waren alle bereit. Ich stand mit Lupi, Veit, Felis, Tus und Elisabeth am Höhlenausgang. Noch herrschte finstere Nacht, auch in der Höhle war es dunkel. Ein dreijähriges Mädchen weinte und seine Mutter versuchte vergeblich es zu beruhigen. Ich blickte zurück in die Dunkelheit der Höhle. Alle Feuer waren gelöscht. Ich konnte niemanden erkennen, konnte aber spüren, dass alle angespannt warteten und bereit für den Abmarsch waren.

«Wir müssen vorsichtig sein», sagte ich auf Italienisch. «Wir haben eine Stadt um ihre Ersparnisse gebracht. Man wird uns suchen, man wird uns Fragen stellen. In Luzern wird man inzwischen gemerkt haben, dass auffällig viele Livinier verschwunden sind, und damit wissen die Landjäger jetzt, nach wem sie suchen müssen. Es darf niemand Italienisch sprechen!» Ich sah Lupi an und vergewisserte mich, dass er verstanden hatte.

Auch ich war angespannt. Ich wusste, dass wir schleunigst verschwinden mussten, hinaus in die Ungewissheit. Ich wiederholte meine Ansprache auf Deutsch.

«Ab jetzt sprecht ihr mich mit *Herr A Pro* an. Nicht mehr Prato! Ich bin ein Söldnerherr aus dem Wallis auf dem Weg nach Einsiedeln.»

Meine erfundene Geschichte ergab durchaus Sinn. Das Wallis lag weit weg und die Leute würden sich denken, dass wir vielleicht Pilger auf dem Weg ins Kloster Einsiedeln wären. Wenn die Livinier auf eine Frage nicht antworten würden, um sich nicht als Südländer zu verraten, würde das vermutlich keinen Argwohn auslösen, da die Menschen davon ausgehen mussten, dass im Wallis eben kein Deutsch gesprochen wurde.

«Wenn uns jemand anspricht, haltet ihr den Kopf gesenkt. Wer eine Kapuze hat, zieht sie weit nach vorne und versteckt sein Gesicht.»

Ich versuchte im Dunkeln die Gesichter vor mir zu erkennen. Und obwohl ich sie nicht sah, spürte ich, dass alle Blicke auf mich gerichtet waren. Schliesslich war ich überzeugt davon, dass jeder verstanden hatte. Also bedeutete ich Felis loszugehen.

Wir stiegen von der Höhle aus direkt weiter den Berg hinauf, bis wir den Kamm erreichten. Bis anhin waren wir von der Höhle aus nur immer zum See hinuntergestiegen. Dies war das erste Mal, dass wir in die entgegengesetzte Richtung liefen. Unsere Höhle lag etwa auf halber Höhe zum Gipfel des kleinen Berges. Also erreichten wir die Anhöhe nach einer Stunde. Oben angekommen, war es bereits hell geworden. Wir konnten wir auf das Tal Schwyz hinuntersehen, wo sich links und rechts jeweils ein See befand.

«Wir müssen nach rechts zu dem kleinen See und dann links am Fusse der beiden Berge vorbei.»

Felis zeigte auf zwei deutliche Bergspitzen, die sich aus der Landschaft erhoben. Zumindest konnte ich in dieser Ebene, die wir also durchqueren mussten, keine grössere Siedlung erkennen.

Inzwischen waren auch die letzten Mitglieder meines neuen Hausstandes auf dem Kamm angekommen und damit setzten wir uns wieder in Bewegung. Wir konnten Bauern hören, die ihr armseliges Tageswerk in Angriff nahmen. Alle hielten sich an meine Weisungen und ich hörte niemanden sprechen. Als wieder zwei Kinder zu quengeln begannen, langte ein Knurren meinerseits, verbunden mit einem bedrohlichen Blick, um sie zum Schweigen zu bringen.

Wir hatten die Talebene erreicht und begannen sie entlang des kleinen Sees zu durchqueren. Das Land erwies sich als sumpfig, weshalb wir auch nicht übermässig vielen Bauern begegneten. Die wenigen, die uns anstarrten, sahen nach ein paar Augenblicken eingeschüchtert wieder weg, als sie unsere Waffen erkannten.

So erreichten wir die gegenüberliegende Talseite, ohne angesprochen zu werden. Das war gut. Schlecht war hingegen der Aufstieg, der uns nun bevorstand. Erleichtert stellten wir aber fest, dass der Weg hinauf problemlos zu begehen war. Wir mussten nicht über Felsen steigen, sondern nur Weideland passieren, das sich bis auf die Anhöhen der Hügel hinauf erstreckte.

Am späteren Nachmittag hatten wir den Aufstieg gemeistert und vor uns erstreckte sich das nächste Tal. Felis wusste immer noch genau, wohin wir gehen mussten.

«Nur noch durch dieses Tal, keine weiteren Anstiege mehr», erklärte er schnaufend.

Und das war gut. Die Frauen und Kinder waren müde und ungeduldig. Und ich war froh, wenn wir diesen *Ballast* im Kloster abgegeben hatten. Am späten Abend erreichten wir Einsiedeln.

Am nächsten Morgen sassen wir in der Wirtsstube von Einsiedeln und frühstückten. Ich hatte geplant, die Livinier und ihre Familien in der Sust unterzubringen, während ich für Veit, Tus, Felis, Elisabeth und mich Zimmer im Wirtshaus anmieten wollte. Doch es kam anders. Elisabeth protestierte heftig dagegen, dass die Frauen und Kindern draussen in der Kälte schlafen sollten. Und so liess ich mich breitschlagen und mietete für sie Zimmer im Wirtshaus, während wir aus Kostengründen in der Sust nächtigten, was wiederum Tus nicht gefiel. Offensichtlich hatte er sich auf ein anständiges Bett gefreut, nachdem wir monatelang in einer Höhle gehaust hatten.

Doch ich hatte Pläne mit Elisabeth, von denen Sie noch nichts wusste. Und dafür musste ich sie günstig stimmen. Ich wollte, dass sie mit den anderen Frauen hier in Einsiedeln bleiben würde.

Nun waren die Frauen wieder bei ihren Männern und Veit, Felis, Tus und ich sassen stattdessen im Wirtshaus und genossen ein einfaches Frühstück.

Ich hoffte, dass die Frauen bei den Handwerkern des Klosters einfache Arbeiten verrichten könnten und dass das Kloster sie so aufnehmen würde. Von Elisabeth erfuhr ich, dass ich dafür mit dem Konversenmeister sprechen musste, da er für die Handwerker zuständig war. Der Wirt erklärte dann, dass dieser Meister Ludwig von Rota hiess und dass wir ihn am besten vor dem Mittagsstand der Sonne treffen sollten.

Ausser uns befanden sich noch weitere Gäste im Wirtshaus und schon bald stellte ich fest, dass alle über dasselbe Thema sprachen: Über die Tagsatzung der Landammänner, die vor genau sechs Tagen in Zug stattgefunden hatte.

In den letzten Tagen hatte ich andere Sorgen gehabt als die Versammlung, bei der unserer Landammänner darüber gestritten hatten, ob man die Mailänder in Bellinzona angreifen solle oder nicht. Doch nun war es an der Zeit zu erfahren, was in Zug beschlossen worden war.

Ich wies Felis an, den Leuten einen auszugeben und sie über die Lage zu befragen. Felis stammte aus dieser Gegend und sprach deshalb den gleichen Dialekt wie die Menschen in Einsiedeln. Sie würden keinen Verdacht schöpfen und ihn als ihresgleichen ansehen. Also begab Felis sich an einen Tisch, an dem drei Männer ihr Bier tranken. Es handelte sich um einen älteren und zwei jüngere Kerle. Einer der beiden Jungen war deutlich sichtbar der Sohn des Älteren, während der Dritte im Bunde gar nicht zu der Gruppe zu passen schien.

Der Ältere sagte: «Wir haben von anderen Reisenden gehört, dass sich die Orte nicht geeinigt haben. Die Urner und Unterwaldener wollen Bellinzona natürlich zurückerobern, und dafür fordern sie die Unterstützung ihrer Verbündeten. Denn ihrer Auffassung nach wurde eidgenössisches Gebiet widerrechtlich angegriffen und geraubt.»

«Und das sehen die anderen Orte anders?», wollte Felis wissen.

«Ja. Vor allem Zürich will nichts von einem Feldzug gegen die Mailänder wissen, denn dieser Überfall sei nicht auf eidgenössischem Gebiet geschehen. Zürich erkennt nur die Piottino-Schlucht als Grenze an.»

Felis blickte den Alten unsicher an. Offensichtlich war er verwundert darüber, dass diese Männer so genau Bescheid wussten. Also fragte er: «Wie heisst Ihr, mein Herr?» Und er ergänzte dann: «Und woher wisst Ihr das so genau?»

Der Alte antwortete: «Mein Name ist Svein Svenson. – Das ist mein Sohn Ivar und der Kerl hier heisst Ivan Erikson. – Hier in Einsiedeln kommen viele Reisende vorbei, weshalb wir so einiges hören.» Dann sah er zu Ivan und erklärte weiter: «Nimm ihn hier: Ivan. Er kam eines Tages mit einem kranken Priester nach Einsiedeln. Der Priester starb kurz darauf und so blieb er zurück. Und wie er kommen viele andere Leute nach Einsiedeln. Dadurch erhalten wir all diese Neuigkeiten.»

Felis nickte, zufrieden mit der Erklärung, aber unzufrieden mit der Faktenlage.

«Bellinzona gehört sehr wohl zur Eidgenossenschaft. Uri und Unterwalden haben es den Freiherren von Sax abgekauft», sagte er.

«Es ist, wie du es sagst: Uri und Unterwalden haben es gekauft. Aber ohne die anderen Länder einzubeziehen. Und darum meinen die anderen, dass die Mailänder allein ein Problem der Urner und Unterwaldner seien.»

Joseph, unser Trinkkumpan in Luzern, behielt also recht: Entgegen meiner Annahme war ein geschlossener Kriegseintritt der Eidgenossen gegen die Mailänder keine ausgemachte Sache.

Nach einer Weile fragte Felis: «Was ist mit Luzern? Gibt es von dort Neuigkeiten?» Er warf mir einen kurzen Blick zu, worauf ich ihm zunickte.

«Luzern wird am Feldzug teilnehmen. Das soll Ulrich Walker zugesichert haben.»

Der Mann erwähnte mit keinem Wort, dass der Wasserturm vor ein paar Tagen ausgeraubt worden war. Anscheinend war diese Neuigkeit noch nicht bis hierher vorgedrungen, denn sonst hätte er es bestimmt erwähnt. Die Landjäger suchten also noch nicht in dieser Gegend. Bestimmt dachten sie, dass wir in den Norden flüchten würden. Dort gab es keine Gebirge und man kam schneller voran.

«Bern weigert sich, weil die anderen Orte in den Walliser Kriegen auch nicht geholfen haben. Und Schwyz meint, dass Bellinzona zu weit entfernt wäre, um es überhaupt halten zu können», erzählte der Alte weiter.

«Also sind Uri, Unterwalden, Luzern und Zug für einen Angriff, während Schwyz, Zürich, Bern und Glarus dagegen stimmen?»

«Genau, vier gegen vier», antwortete der Alte. «Die Tagsatzung ist zu keinem Ergebnis gekommen. Uri droht aber damit, nötigenfalls allein gegen Bellinzona zu ziehen, wenn sich die anderen Länder ihnen nicht bald anschliessen.»

«Bellenz und Eschenthal lagen ausserhalb der Grenzen, in welchen die eidgenössischen Orte im Falle eines Krieges einander zu Hilfeleistungen verpflichtet waren. (...) Der Stand Zürich, welcher auch Zug für seine Anschauung zu gewinnen suchte, verlangte bestimmt, dass bei dieser

ungünstigen Zeitlage vom Feldzuge abgesehen und die Rückberufung der von Uri und Obwalden entsendeten Truppen angeordnet werden soll.»[9]

Vorläufig wird es also zu keinem Feldzug kommen, dachte ich. Aber das hielt mich nicht von meinen Plänen ab. Die Mailänder befanden sich immer noch in Bellinzona und früher oder später würden sie in das Tal Misox, zu den Freiherren von Sax, gehen. Auch wenn es zu keinem Krieg kommen würde, so bräuchten die Freiherren von Sax immer noch Männer, die ihr Hab und Gut vor den Fremden schützten.

Felis sprach noch länger mit den Männern. Natürlich wollten sie von uns wissen, woher wir kamen. Felis erzählte ihnen, was ich ihm aufgetragen hatte. Ob sie ihm glaubten oder nicht, konnte ich nicht beurteilen.

Noch vor der Mittagszeit begab ich mich mit Felis, Veit und Elisabeth hinauf auf den kleinen Hügel, auf dem sich das Kloster befand. Wir folgten einem gut ausgetretenen Pfad, bis wir einen Torbogen inmitten eines langen Zauns erreichten. Dabei hatten das Tor und der Zaun offensichtlich nicht die Funktion, Gegner abzuwehren, denn beide waren simpler Machart. Mit einem Pferd hätte man den Zaun einfach durchbrechen können. Nein, vielmehr schien es eine Abgrenzung des Klosters darzustellen. Wenn man den Torbogen durchschritt, betrat man das Klosterareal, in dem vermutlich eigene Gesetzte galten.

Sofort blickte ich auf die zwei hohen, imposanten Türme des Klosters. Wir hatten sie bereits gestern gesehen, als wir uns Einsiedeln genähert hatten. Doch aus der Nähe erschienen sie uns noch beeindruckender. Zwischen den beiden Türmen stand die Kirche. Sie schmiegte sich an die Türme und war aus demselben Stein gemauert, sodass alle drei Bauten eine optische Einheit bildeten.

Abseits befanden sich weitere Gebäude und Hütten aus Holz. Sie erinnerten an Bauernhäuser. Wir konnten ein Wiehern hören

---

[9] Von Liebenau, 1886

und wussten sogleich, welches der Gebäude der Stall sein musste. Ausserdem glaubten wir Unterkünfte für die Mönche zu erkennen, ein eigenes Wirtshaus und Handwerksbetriebe. Irgendwo schlug ein Hammer auf Eisen.

Die ganze Anlage war wie ein eigenes Dorf im Dorf. Und es schien, dass die Kirche weiter ausgebaut wurde, denn Handwerker werkelten auf dem Dach. Es gab also sicher etwas zu tun für die Frauen.

Als wir uns der Kirche näherten, kam ein kleiner Mönch auf uns zu und empfing uns freundlich. Nach einigen reichlich oberflächlichen Höflichkeiten erkundigte er sich, wie er uns helfen könne.

«Wir möchten den Konversenmeister sprechen», antwortete Felis.

«Natürlich, ich werde sehen, ob ich ihn finden kann», sagte der Mönch, «bitte wartet hier, meine Herren.»

Nach ein paar Minuten kam uns ein untersetzter Mann entgegen, der uns ohne jede Regung begrüsste. Seine Züge liessen nicht erkennen, ob er sich durch uns gestört fühlte oder ob er gespannt darauf war, was wir von ihm wollten.

Die meisten Besucher des Klosters verlangten wohl nach dem Abt, da sie geistliche Fragen besprechen wollten. Weltliche Angelegenheiten hingegen fielen in den Verantwortungsbereich des Konversenmeisters. Er stellte sich als Ludwig von Rota vor.

«Seid gegrüsst, Konversenmeister. Wir besuchen euch heute mit einem Angebot.» Dabei liess Felis ein Bündel mit Münzen in seiner Hand auf und ab hüpfen. Auf diese Weise machten wir ihm klar, dass wir nicht nur seine Zeit verschwenden würden und er uns nicht gleich wieder fortschicken sollte.

Es schien zu wirken, denn seine Augen weiteten sich fast unmerklich, als er den gefüllten Säckel sah.

«Nun denn», antwortete der Meister, «folgt mir, so können wir uns in Ruhe unterhalten.»

Er führte uns über den Platz zu einem grossen Haus, von welchem wir zuvor bereits angenommen hatten, dass es sich um das Wirtshaus handeln musste. Nun erkannten wir, dass wir richtig vermutet hatten. Wir fanden uns in einem grossen Raum voller

Tische und Bänke wieder. Er führte uns in eine ruhige Ecke, wo wir uns an einen Tisch setzten.

«Wie kann ich Euch helfen?», begann der Meister, immer noch ohne jede Regung in seinem Gesicht.

«Wir sind Söldner vom Wallis. Wir wollen unsere Dienste im bevorstehenden Kampf um Bellinzona den Freiherren von Sax in Mesocco anbieten. Bei den anzunehmenden Kämpfen können wir unserer Frauen und Kinder aber nicht mit uns nehmen und wollen Sie deshalb während der Zeit, in der wir kämpfen, hier im Kloster unterbringen.»

«Warum habt Ihr denn die Frauen und Kinder mitgenommen, Herr?», wollte der Meister wissen und sprach weiter: «Ich habe noch von keinen Söldnern gehört, die Frauen und Kinder mit in die Schlacht nehmen.»

«Die Kriege im Wallis sind vorbei, vorerst. Doch können wir nicht sicher sein, dass ihnen dort jetzt keine Gefahren mehr drohen. Es herrscht grosse Not im ganzen Land. Deshalb sind wir hier», antwortete Felis.

Der Konversenmeister liess ein verständnisvolles «Hmm» entweichen und sagte dann: «Wir haben bereits genug Menschen, die wir durchbringen müssen. Ihr könnt nicht auf unsere Almosen hoffen, nur weil wir ein Kloster sind. Auch wir müssen Nahrung beschaffen», entgegnete er, immer noch ohne Regung.

«Wir kommen zu euch, weil unsere Frauen arbeiten können. Ihr könnt sie als Schneiderinnen einsetzen für eure Gewänder. Sie können die Kleider waschen, putzen oder die Ställe reinigen», antwortete Felis.

Der Konversenmeister nickte und entschied sich wohl dafür, abzuwarten, in welche Richtung sich das Gespräch noch entwickeln würde. Also fragte er: «Und um wie viele Menschen handelt es sich, und für wie lange?»

«Es sind elf Frauen mit Kindern … für etwa ein halbes Jahr.»

«Elf Frauen für ein halbes Jahr? Woher sollen wir die Verpflegung für sie hernehmen? Das können sie nicht abarbeiten.»

Zweifellos hatte er das Säckchen Münzen im Kopf, welches wir vorher vor seiner Nase hatten tanzen lassen.

«Wir werden euch für die ausstehenden Kosten entlohnen.»

Felis legte das Säckchen auf den Tisch. Bevor er es jedoch losliess, sagte er: «Aber dafür verlangen wir, dass es unseren Frauen gut geht. Niemand darf Hand an sie anlegen. Wenn wir zurückkommen und wir sie jammern hören, habt ihr ein Panner wütende, kriegserprobte, schwerbewaffnete Krieger vor euren Toren, die auf Rache sinnen. Und wenn das passiert, können wir die Männer nicht zurückhalten», drohte Felis und sah unseren Gesprächspartner eindringlich an.

Der Konversenmeister nickte und nahm nun das Säckchen vom Tisch. Als er es öffnete, zeichnete sich das erste Mal ein kleines Lächeln auf seinem Gesicht ab.

«Wird das reichen?», erkundigte sich Felis. Es musste reichen, es war ein kleines Vermögen. Ich hatte nicht gegeizt, denn ich wollte meine Zeit nicht mit langen Verhandlungen vergeuden.

«Es reicht», antwortete der Konversenmeister trocken und ergänzte: «Wir werden uns um eure Angehörigen kümmern. Sie werden Unterkunft und Verpflegung erhalten. Im Gegenzug müssen sie in unseren Handwerkerbetrieben mithelfen.»

«Einverstanden», sagte Felis und beide besiegelten das Geschäft mit einem Handschlag.

«Und wo sind sie?», wollte der Meister wissen.

«In der Sust», antwortete Felis und sagte zu Elisabeth: «Geh die anderen holen, Weib.»

Sie erhob sich, nicht ohne mir einen missmutigen Blick zuzuwerfen.

Während wir warteten, sah der Konversenmeister uns nacheinander an und richtete das Wort dann wieder an Felis: «Eure Gefährten sind nicht sehr gesprächig, nicht wahr?»

«Sie stammen aus dem südlichsten Teil des Wallis; sie sprechen kaum Deutsch.»

«Ah, und Ihr wollt also nach Mesocco, Herr?»

«Ja», antwortete Felis, «gibt es Neuigkeiten aus Bellinzona?»

«Die Länder haben sich erst vor ein paar Tagen in Zug getroffen, um zu beraten, was nun geschehen solle. Uri, Unterwalden, Luzern und Zug sind sich einig und wollen sich an den Mailändern rächen. Zürich und Bern sprechen sich gegen den Krieg aus.»

Damit bestätigte er uns, was wir bereits am Morgen im Wirtshaus von dem Alten gehört hatten.

«Denkst du, dass es zum Krieg kommen wird?», führte Felis das Gespräch weiter.

«Ich denke ja. Erst vor ein paar Tagen erreichte uns die Nachricht vom Herzog von Mailand, dass er nicht vorhabe, es bei Bellinzona zu belassen. Die Gerüchte besagen, dass er weiter gegen das Land Uri in den Norden ziehen will. Er will Livinien, den Gotthard und die Teufelsbrücke einnehmen.»

«Da inzwischen die Kunde eintraf, der Herzog von Mailand sei entschlossen, nicht nur Livinien, sondern auch die Zollstatt auf dem Gotthard und die ‹stiebende Brücke› einzunehmen, so erliessen die Stände Uri und Unterwalden unter dem 16. April 1422 eine neue Mahnung an die eidgenössischen Orte zur Hilfeleistung gegen den Herzog von Mailand, der ihnen Leute und Schlösser zu Bellinzona ohne vorherige Kriegserklärung gegen Ehre und Recht weggenommen.»[10]

«Damit würde Uri und die gesamte Eidgenossenschaft ihren den Zugang zum Gotthardpass verlieren», stellte Felis entsetzt fest.

Der Gotthardpass bescherte allen Ländern beträchtliche Einnahmen durch den Saumverkehr. Die aufgestellten Zölle wurden von Händlern von nah und fern bezahlt. Ausserdem würden die Mailänder mit diesem Vorstoss in den Norden eindeutig die Grenze zur Eidgenossenschaft übertreten. Die Länder wären dann gezwungen zu handeln.

Der Meister nickte. «Auch wenn Zürich sich weiter weigern wird, werden sich allen voran Uri und Luzern in den Krieg stürzen. Beide Länder erheben die meisten Zolleinnahmen über den Berg. Mit diesen Meldungen wird es meiner Meinung nach sehr bald zum Krieg kommen. Und wenn Uri, Unterwalden und Luzern ziehen, dann werden auch Schwyz, Zug und wahrscheinlich auch Glarus ziehen.»

---

[10] Von Liebenau, 1886

Danach sprach Felis mit dem Konversenmeister noch über Gott und die Welt, was mich nicht mehr sonderlich interessierte. Irgendwann erschien Elisabeth wieder in der Tür und liess uns wissen, dass die Frauen und Kinder eingetroffen seien. Also standen wir auf und gingen mit dem Konversenmeister hinaus.

Elisabeth aber kam auf mich zu, nahm mich zur Seite und flüsterte mir bestimmt ins Ohr: «Ich werde nicht hierbleiben; das kannst du vergessen.»

Ich stöhnte leise auf. Offensichtlich hatte sie meine Gedanken erraten. Sie hasste das Kloster, es war für sie wie ein Gefängnis. Aber es kam nicht infrage, dass sie uns begleiten würde. Ich wollte raue Krieger um mich haben und keine Frau. Ausserdem vertraute ich ihr und brauchte mir keine Sorgen um sie machen, solange sie hier im Kloster bleiben würde.

Ich knurrte sie an: «Du bleibst hier und das ist mein letztes Wort. Widersetzt du dich mir, hast du meinen Schutz verwirkt.»

Sie sah mich wütend an und so sagte ich etwas einfühlsamer: «Elisabeth, ich brauche dich hier. Die anderen verlassen sich auf dich. Die meisten sprechen nur Italienisch. Du hast gesehen, dass ich für euer Wohl gezahlt habe und das nicht zu knapp. Also befolge meine Anweisungen, damit ich unseren Reichtum mehren kann.»

Sie schnaubte wütend, drehte mir den Rücken zu und lief zu den anderen Frauen.

«Komm heute Abend zum Wirtshaus», rief ich ihr nach.

Sobald sie fort war, betrachtete ich den Konversenmeister. Ich glaubte, er war entzückt. Er starrte die jungen Südländerinnen mit ihrem braungebrannten Teint wollüstig an. Nachdem er sich sattgesehen hatte, richtete er sein Wort an Frauen: «Wer spricht für euch?»

Einen Moment sagte niemand etwas. Ich starrte Elisabeth bedrohlich an. Sie erwiderte trotzig meinen Blick, drehte sich aber nach ein paar Augenblicken zum Meister um und sagte: «Ich, Herr.»

«Gut, gut, also dann kommt mal mit, mein Kind. Dann werden wir sehen, wo wir euch unterbringen und welche Arbeiten ihr verrichten werdet.»

Er blickte zu Felis und liess sich die Erlaubnis erteilen, die Frauen mitnehmen zu dürfen.

«Habt Dank, Meister. Wir werden noch einige Tage hierbleiben, bis wir wissen, dass alles seine Richtigkeit hat. Ihr findet uns im Wirtshaus gleich vor den Toren des Klosters», sagte Felis.

Der Konversenmeister nickte und macht sich davon. Ich wiederum liess Felis meine Anerkennung wissen, indem ich ihm einen Schilling in die Hand drückte.

Am Abend wartete ich im Wirtshaus darauf, dass Elisabeth kommen würde, so wie ich es ihr aufgetragen hatte. Veit, Tus und Felis sprachen bei einem Bier über die Livinier und über deren Frauen. In der Zwischenzeit überlegte ich mir, wie ich im Süden vorgehen würde und auf welche Art ich Devis töten sollte.

Meine Grübeleien wurden unterbrochen, als Elisabeth durch die Wirtshaustür trat. Sie blickte sich im Raum um und suchte mich offenbar. Ich winkte ihr zu.

Sie war eine bildhübsche Frau. Ich bemerkte, wie die anderen Männer in der Stube sie angafften, als sie sich durch den Raum bewegte, und freute mich auf die bevorstehende Nacht.

Sie setzte sich zunächst wortlos.

«Und?», hakte ich nach.

«Ich bin nicht begeistert. Aber ich werde mich um die Frauen und Kinder kümmern. Der Konversenmeister hat uns gefragt, was wir denn am besten könnten, und so hat jede eine Aufgabe zugewiesen bekommen. Ich bin als Näherin eingeteilt.»

Am nächsten Morgen begab ich mich in die Sust zu meinen Männern. Ich erklärte ihnen die Lage und sie schienen die Neuigkeiten erleichtert aufzunehmen.

Am liebsten wäre ich noch am selben Tag aufgebrochen, denn ich fürchtete die Landjäger, die Luzern ohne Zweifel in alle Himmelsrichtungen ausgesendet hatte. Vielleicht dachten sie nicht sofort an Einsiedeln; wahrscheinlich vermuteten sie, dass wir das Weite im endlosen Norden gesucht hätten, dort, wo ein Mann mit einem Pferd schnell vorwärtskam. Doch stattdessen waren wir hier, zwei Tagesreisen von Luzern entfernt, versteckt im dunklen Wald.

Doch ich spürte, dass noch nicht alle Männer überzeugt von meinem Plan waren. Es waren vor allem die über 20-jährigen Männer, die ihre Frauen und Kinder mitgebracht hatten, und die Jungen schauten zu ihnen auf. Also entschloss ich mich, noch einen Tag oder auch zwei mit unserem Aufbruch zu warten, bis sich alle vom Wohlergehen der Familien überzeugt hatten.

Doch zunächst wollte ich meine Männer weiter prüfen. Sie hatten mir den Treueeid geschworen und ich hatte ihnen aufgetragen, zu den besten Kämpfern der ganzen Eidgenossenschaft aufsteigen zu müssen. Also forderte ich sie auf dem Feld hinter der Sust auf, ihre Waffen in die Hand zu nehmen. Da ein Krieg bevorstand, brauchte ich kampffähige Männer, denn sonst würde mein Panner im ersten Scharmützel zertreten werden wie ein Käfer unter dem Stiefel.

Ich liess sie gegeneinander antreten und beobachtete sie. Veit und ich korrigierten ihre Haltung und brüllten diejenigen an, die glaubten, keinen vollen Einsatz zeigen zu müssen. Bald kristallisierte sich heraus, dass es in meiner Truppe den einen oder anderen Jungspund gab, der glaubte, bereits ein grosser Kämpfer zu sein. Und so kam es, dass sich einer von diesen Burschen regelrecht aufdrängte, gegen mich zu kämpfen.

Er war mir bereits vorher aufgefallen, denn er war gross, doch nicht breit. Aber er zählte gerade 16 Jahre und würde noch in die Breite wachsen; seine muskelbepackten Arme deuteten dies bereits an. Und dann würde er eine imposante Erscheinung abgeben.

Jeder hat seinen eigenen Kampfstil. Einige sterben, bevor sie ihren Stil perfektionieren können. Aber diejenigen, die ihre Art des Kampfes ausbilden und beherrschen, sind die gefährlichsten Krieger, die man sich vorstellen kann.

Jener Bursche hatte seinen Stil noch nicht gefunden. Er nutzte seine jugendliche Schnelligkeit und Kraft, um mit roher Gewalt den Sieg zu erringen. Das war nicht grundsätzlich schlecht, aber äusserst gefährlich für ihn. Gegen einen erfahrenen Kämpfer langte nur ein Augenblick der Unachtsamkeit, um die Niederlage zu erleiden.

«Du willst also gegen mich kämpfen?», fragte ich ihn auf Italienisch.

«Ja, Herr», grinste er.

«Wie heisst du?»

«Delio, Herr», antwortete er.

«Na gut, dann komm.» Ich nahm meine Kampfposition ein. Wir hatten unsere Hellebarden in Tücher gewickelt, um die Verletzungsgefahr zu verringern.

Delio hielt die Hellebarde, wie ich es ihm gezeigt hatte. Er stand mit beiden Füssen weit auseinander, einen weiter vorne, sodass er über einen stabilen Stand verfügte. Er kam nun langsam auf mich zu. Als er noch etwa fünf Aussetzschritte von mir entfernt war, vollführte er plötzlich einen Sprung nach vorn. Er wollte mich überraschen.

Ich hatte damit gerechnet und wich zu einer Seite aus. Dort angekommen, wartete ich darauf geduldig, bis er nach seiner hastigen Bewegung zur Ruhe kam und wieder einen sicheren Stand eingenommen hatte.

Die Männer grölten.

Aber Delio war noch lange nicht am Ende. Noch immer war sein Atem ruhig, sein Blick fest. Wieder hielt er die Hellebarde vor sich, so wie wir es ihm gezeigt hatten. Nun täuschte er einige Angriffe vor und wollte somit prüfen, wie ich darauf reagierte. Doch ich erkannte die Täuschung und blieb einfach stehen. Irgendwann trieb er das Spiel jedoch zu weit und im nächsten Augenblick schlug ich den Stiel meiner Hellebarde gegen seinen Oberschenkel. Es war kein kräftiger Schlag, ich wollte meine Kämpfer ja nicht verletzen.

Vielleicht war er gekränkt durch den Treffer, vielleicht ging auch sein jugendliches Temperament mit ihm durch, denn aus dem Nichts entschied er sich dazu, mit der rohen Kraft, die er zweifellos besass, sich auf mich zu stürzen. Ich gebe zu, er überraschte mich kurz, doch ich liess meine Hellebarde fallen, packte dafür die seine und nutzte seinen eigenen Schwung aus, um ihn zu Boden zu ringen.

Ich presste ihn mit dem ganzen Gewicht meines Körpers nieder. Er versuchte sich zu befreien, vergeblich. Der Kampf war vorbei. Ich war sicher, dass er einmal ein gefährlicher Kämpfer werden würde. Um ihn nicht unnötig vor den Männern zu demütigen, lobte ich ihn für seine Schnelligkeit.

Am Abend kam Elisabeth ins Wirtshaus. Sie trug einen blauen Stoff in Händen, den sie mir feierlich übergab.

«Was ist das?»

«Das ist dein Panner, Prato», antwortete sie stolz.

«Herr A Pro», korrigierte ich sie. Sie rollte mit den Augen. Ich öffnete den Stoff und sah zwei graue Hunde, die miteinander kämpften.

«Das sind die Hunde, die in Flüelen miteinander gekämpft haben. Du mochtest diese Kämpfe immer sehr, oder?», vergewisserte sie sich.

Natürlich mochte ich sie, alle Männer in Flüelen taten das. Das Panner gefiel mir.

«Wenn du kein Räuber mehr sein willst, sondern ein Pannerherr, so brauchst du ein Panner», sagte sie. «Also, gefällt es dir?»

«Ja. Wie hast du das gemacht?»

«Das Kloster hier verfügt über gute Ausrüstung, viel bessere als die Werkzeuge, die wir im Kloster St. Lazarus hatten. Da ich für die anderen Frauen spreche, geniesse ich einige Privilegien. So konnte ich erwirken, dass ich zu den Näherinnen eingeteilt wurde. Und dann habe ich ein grosses Lager an Stoffen entdeckt. Als ich den blauen Stoff gesehen habe, kam mir die Idee mit dem Panner.»

«Also gefällt es dir im Kloster?»

«Es ist anders als in St. Lazarus. Solange ich in den Handwerksbetrieben arbeiten kann und nicht den ganzen Tag beten muss, ja. Ich werde das Panner morgen fertigstellen, damit du es dann an einer Stange befestigen kannst.»

«Dann muss ich einen Pannerträger ernennen», sagte ich schmunzelnd.

«Ja, das musst du wohl.» Nach einer Weile des Schweigens betrachtete ich noch immer das blaue Panner mit den kämpfenden Hunden. Sie bemerkte dies und war sichtlich stolz.

Am nächsten Tag übte ich wieder mit meiner Truppe. Ich teilte Lupi mit, dass wir in spätestens zwei Tagen aufbrechen würden. Die Männer sollten sich darauf vorbereiten. Jedoch verbrachte ich nicht den ganzen Tag bei meinen Männern. Ich wollte für unsere Reise eigene Vorkehrungen treffen. Mit jeder Stunde, die wir in Einsiedeln verbrachten, stieg meine Anspannung, denn aufgrund des Klosters herrschte im Ort ein stetiges Kommen und Gehen.

Abbildung 9: Wappen der Familie A Pro (Nach: Huber, 1867-1934)

Das bedeutete, dass uns viele Menschen in Einsiedeln sahen. Und mit jedem Blick, der mir und meinen Männern von Fremden zugeworfen wurde, wuchs in mir die Sorge, es könnten sich um Luzerner Späher handeln.

Deshalb ging ich mit Felis nochmals ins Kloster und verlangte den Konversenmeister zu sprechen. Er kam einige Minuten später auf den klösterlichen Hof und begrüsste uns.

«Meister, unsere Abreise steht kurz bevor, weshalb wir uns nochmals versichern wollen, ob wir uns auf unsere Abmachung verlassen können?», fragte Felis.

«Natürlich, natürlich. Ihr habt mein Wort darauf, Herr. Solange die Frauen keine Probleme bereiten und gute Arbeit abliefern, wird alles seine Richtigkeit haben», versicherte er uns.

«Das ist schön zu hören», antwortete Felis, «wir haben noch ein weiteres Anliegen. Wir benötigen für unsere Reise Pferde und Verpflegung. Da ihr im Kloster einen vorzüglichen Stall unterhaltet, möchten wir drei Pferde kaufen.»

Ich hatte mir vorab Gedanken über die Anzahl der Pferde gemacht. Ich wollte nicht für meine ganze Truppe Pferde kaufen, das hätte einen beträchtlichen Teil unseres Vermögens gekostet. Überdies würde ein ganzer Treck berittener Männer noch mehr Aufmerksamkeit auf sich ziehen. Drei Pferde schienen eine gute Zahl zu sein. Die Rösser würden unseren Proviant und unsere Ausrüstung tragen. Ausserdem konnten wir mit ihnen rasch Nachrichten übermitteln oder Späher vorausschicken.

«Ja, wir haben für solche Fälle immer ein paar Pferde in unserem Stall. Wir können Euch auch Futter zur Verfügung stellen. Jedoch hat das seinen Preis …»

Er wusste, dass wir noch mehr Münzen besassen.

«Da werden wir uns sicher einigen können», antwortete Felis. «Wollen wir uns die Pferde ansehen?»

«Natürlich, natürlich», gab der Meister gutgelaunt zurück.

Es waren keine Schlachtrösser. Es handelte sich um einfache Saumpferde, jedoch reichte das für unsere Zwecke. Der Meister nannte uns einen Preis, worauf sich Felis entschuldigte, um sich mit mir zu beraten. Wir feilschten noch etwas, konnten uns danach aber darauf einigen, dass die Pferde beladen mit Proviant am nächsten Morgen bereitstehen würden.

Am Abend sassen wir mit Lupi im Wirtshaus und assen Brei mit Brot. Das einzig Gute war der Wein. Es wurde uns gesagt, dass die Trauben in Einsiedeln wachsen und im Kloster gestampft würden.

«Wir gehen in den Süden, und zwar bald. Spätestens in ein oder zwei Tagen. Ich habe Proviant und drei Pferde gekauft», verkündete ich meinen Männern.

Ausser Tus zeigte niemand eine Reaktion. Tus jedoch erschien regelrecht entsetzt über den Umstand, dass ich nur drei Pferde organisiert hatte. Offensichtlich hatte er darauf gebaut, nicht länger zu Fuss marschieren zu müssen. Ich sah ihn gereizt an und erwiderte: «Ja, drei Pferde. Du wirst laufen müssen.»

Er hielt meinem Blick nicht stand und senkte den Kopf. Dann wendete ich mich wieder an die anderen und erklärte: «Den Gotthard kenne ich besser als manch anderer. Doch welchen Weg müssen wir durch den Grauen Bund nehmen, damit wir bei der Burg Mesocco landen? Welchen Pass? Wer kennt den Weg, der vor uns liegt?»

Als niemand etwas sagte, sprach Elisabeth: «Ich habe mich im Kloster vorsichtig umgehört. Seit Mailand Bellinzona besetzt hat, kommen nicht mehr viele Boten über den Gotthard, sie verkehren dennoch gelegentlich. Heute ist ein Bote aus einem anderen Kloster eingetroffen. Seine Kleider waren zerrissen, weshalb er sie bei mir flicken liess. Also wagte ich zu fragen, wie er hierhergekommen sei. Er sagte, er komme vom Kloster in Chur, das im Grauen Bund liege, hierher. Er sagte ferner, er sei durch breite Täler geritten, ohne Pässe dazwischen, gut gangbar. Von der Stadt Chur aus gebe es dann Pässe, welche weiter in den Süden führen würden, auch nach Mesocco.»

«Ich habe von der Stadt Chur gehört», antwortete Veit, «hier im Dorf wurde von Chur gesprochen. Aber ich bin nie dort gewesen.»

«Also weiss niemand, wie wir dorthin gelangen?», fragte ich in die Runde. Für Lupi wiederholte ich die Frage auf Italienisch. Ich machte mir wenig Hoffnung, aber einen Versuch war es wert. Er schüttelte verneinend den Kopf.

«Der Bote hat erzählt, er sei über den Walensee hergekommen», ergänzte Elisabeth.

«Den kenne ich! Der liegt nicht weit von Grinau, in Richtung Osten», sagte Veit zu mir. Ich nickte, auch ich konnte mich an etwas in dieser Art erinnern.

«Dann gehen wir zunächst dorthin.»

Wir sassen noch lange beieinander und tranken Wein. Draussen war es dunkel und kalt, im Wirtshaus jedoch warm und gemütlich. Viele Menschen gingen ein und aus. Nun, in den Abendstunden, kamen vor allem Handwerker und genossen ihr Bier.

Zwei weitere Männer betraten die Stube und schüttelten zuerst die Kälte ab, ehe sie sich an einen Tisch setzten. Sie bestellten Brei und blickten sich im Wirtshaus um. Unvermittelt senkte Lupi den Kopf und starrte auf die Tischplatte.

«Herr», flüsterte er auf Italienisch.

«Was?» Ich konnte seine Anspannung deutlich sehen.

«Einer der beiden Männer ist aus Luzern. Ich erkenne ihn. Er ist ein Stadtbüttel», wisperte er.

«Haben sie dich erkannt?», fragte ich.

«Ich bin nicht sicher, Herr. Unsere Blicke haben sich getroffen.»

«Halt den Kopf unten. Tu so, als ob du zu viel Wein gesoffen hast und dich die Müdigkeit zu übermannen droht.»

Die anderen an unserem Tisch bemerkten unser Missbehagen, obwohl sie uns nicht verstanden, da wir Italienisch sprachen.

«Die dort sind Büttel aus Luzern. Lupi hat einen der beiden erkannt. Unterhaltet euch weiterhin, lacht über etwas», wies ich sie an.

«Veit, behalte sie unauffällig im Auge.»

Tus lachte und stiess den «betrunkenen» Lupi in die Seite. «Sie versuchen genauso unauffällig zu uns hinüberzusehen wie ich zu ihnen, Prato», sagte Veit.

«Herr A Pro, Mensch.» Ich musste davon ausgehen, dass es sich um zwei Späher handelte. Sicherlich reisten sie zu Pferde. Bestimmt ritten sie schnelle Pferde. Sollten sie diese erreichen, würden wir sie nicht mehr einholen können. Vielleicht unterhielten sie in der Nähe sogar ein Lager mit Verstärkung, die sie schnell hierherholen konnten. Die beiden durften Einsiedeln nicht mehr verlassen, so viel stand fest.

«Wir müssen sie aufhalten», sagte Tus.

«Ja, aber unauffällig. Niemand darf je erfahren, dass die beiden hier in Einsiedeln verschwunden sind. Sonst wird hier gesucht und mit Sicherheit fallen dann die neuen Frauen und Kinder im Kloster auf, die nur Italienisch sprechen.»

Ich überlegte, was zu tun war.

«Elisabeth, geh auf unser Zimmer. Schleiche dich irgendwie hintenraus und begib dich dann zu Emilio. Sag ihm, er solle sich im Stall des Wirtshauses verstecken. Wenn die zwei herauskommen, soll er sie umhauen, aber nicht töten.»

Ich wollte die beiden nicht aus den Augen lassen. Kurz nachdem Elisabeth die Treppe nach oben verschwunden war, standen sie jedoch auf und schritten aus der Tür. Verflucht. Nun stand auch ich auf und ging ihnen nach.

«Los», forderte ich die anderen auf. Wir konnten nicht mehr warten; die beiden mussten aufgehalten werden.

Als wir zur Tür hinaus waren, sah ich die beiden zum Stall hasten. Sofort rannten wir ihnen nach. Ich trug nur meinen Dolch bei mir. Ob meine Gefährten überhaupt bewaffnet waren, wusste ich nicht. Ich hoffte es.

Sie erkannten wohl, dass sie niemals die Pferde rechtzeitig würden losbinden und aufsitzen können. Also rannten sie am Stall vorbei, wohl mit dem Ziel, sich im Wald zu verstecken. Dabei verursachten sie einen Heidenlärm. Lautstark riefen sie um Hilfe.

Zu ihrem Unglück aber passierten sie die Sust. Ich sah meine Männer neugierig herausschauen. Auf Italienisch rief ich ihnen zu, die beiden Männer zu fassen.

Die Livinier nahmen die Verfolgung auf. Bald schon hatten zwei meiner Kämpfer den Ersten eingeholt und rangen ihn schreiend zu Boden. Sobald ich sie eingeholt hatte, versetzte ich ihm einen kräftigen Tritt gegen den Kopf, jedoch schrie er immer noch. Nach dem zweiten Tritt blieb er still.

«Nehmt ihn mit in den Wald», befahl ich meinen Männern. Sein Gefährte war noch etwas weitergekommen, ehe auch er eingeholt und zu Boden geworfen worden war. Delio sass auf ihm und grinste mich an.

«Halt ihn ruhig und bring ihn mit.»

So begaben wir uns mit den beiden in den Wald.

«Veit, Felis, Tus ... lauft zurück ins Wirtshaus. Sagt, dass wir die beiden als gesuchte Wegelagerer erkannt hätten. Beruhigt die Leute.»

Die drei beeilten sich. Mittlerweile hatten wir uns mit den beiden Männern tief ins Unterholz begeben, wo uns die Vegetation und die Schwärze der Nacht vor neugierigen Blicken schützten. Wir pressten den Luzernern eine Hand auf den Mund, um sie daran zu hindern, auf sich aufmerksam zu machen. Noch immer versuchten sie zu schreien. Ich nahm meinen Dolch und rammte ihn einem von ihnen in den Hals, dann liessen wir von ihm ab. Er stiess gurgelnde Laute aus, während das Blut aus der Wunde sickerte und er zuckend zusammenbrach.

Ich wandte mich dem zweiten Mann zu. Delio fixierte ihn.

«Wenn du schreist, geschieht dir dasselbe, verstanden?» Ich zeigte auf seinen zuckenden, blutüberströmten Begleiter, der im Mondschimmer gut zu erkennen war. Er nickte. Delio nahm die Hand vom Mund des Mannes.

«Kommt ihr aus Luzern?»

Er nickte.

«Warum seid ihr hier?»

«Wir suchen Livinier. Die Stadt wurde ausgeraubt und danach waren die Häuser vieler Livinier leer», stotterte er, denn er wusste, dass er die Livinier gefunden hatte.

«Wie viele suchen nach uns? Befinden sich andere in der Nähe?»

«Es wurden viele Büttel und Landjäger ausgesandt, Herr. Wo sich die anderen befinden, weiss ich nicht.»

«Siehst du den Baum dort drüben», fragte ich ihn. Als er den Kopf drehte, stach ich zu.

«Tragt die beiden tiefer in den Wald hinein. Versteck die Leichen so gut es geht. Zieht ihnen die Kleider mit dem Luzerner Wappen aus und bewahrt sie auf. Jemand von euch soll alles holen, was sich noch von euch in der Sust befindet. Heute Nacht bleibt ihr hier im Wald. Wir werden morgen abreisen. Beobachtet das Dorf, und wenn ihr seht, dass ich es verlasse, folgt ihr mir.»

Ich begab mich zurück ins Dorf. Verdammt nochmal. Ich Narr hätte längst weiterziehen sollen, anstatt mir in Einsiedeln den Wanst vollzuschlagen. Am liebsten hätte ich die Pferde aus dem

Kloster geholt und wäre sofort aufgebrochen. Aber ich wollte nicht den Anschein einer überhasteten Flucht erwecken. Also ging ich zurück, wusch das Blut gründlich von meinen Händen und setzte mich wieder ins Wirtshaus. Die Menschen dort waren ob der Rufe und des Trubels mitten in der Nacht aufgebracht. Wir versicherten ihnen, dass die Verbrecher gefasst waren und wir sie dem Vogt übergeben würden.

Ob man uns glaubte, vermochte ich nicht zu beurteilen. Irgendwann beruhigten sich die Leute wieder und wir gingen zu Bett. Die beiden Luzerner hätten die Nacht sowieso in Einsiedeln verbracht, also würde es den Landjägern zunächst nicht auffallen, dass sie fehlten.

Gleich am nächsten Morgen begab ich mich mit Elisabeth ins Kloster. Ich verabschiedete mich hastig von ihr und holte die Pferde im Stall ab.

Ich hatte zwei von meinen Männern angewiesen, die Kleider der Luzerner überzuziehen. Wir fesselten sie und machten sie gut sichtbar mit Stricken an den Pferden fest. Wir führten sie daraufhin durch den ganzen Ort, damit alle Menschen in Einsiedeln die beiden Halunken sehen konnten, die wir in der Nacht gefasst hatten und nun dem Vogt übergeben würden. Wieder versicherte ich, dass die beiden ihrer gerechten Strafe zugeführt würden.

So verliessen wir am vierten Tag frühmorgens Einsiedeln.

Felis war sich über unseren Weg recht sicher, ich hingegen nicht. Das bereitete mir Sorgen. Ich wollte so schnell wie möglich das Weite suchen. Es wäre fatal, würden wir uns verlaufen und versehentlich wieder gegen Westen, in Richtung Luzern, gehen.

Felis meinte, wir sollen den gleichen Pass nehmen wie auf unserer Flucht aus Grinau nach Brunnen: das Sattelegg. So kämen wir zu derselben Stelle auf der Ebene vor Grinau, von wo aus wir damals in den Wald gehastet waren. Das schien mir vernünftig zu sein, denn ich wusste ja von meiner Zeit in Grinau, dass die Schwyzer keinen Wachposten in der Ebene platziert hatten.

Wir marschierten vom Dorf Einsiedeln aus über die Ebene, bis wir auf der anderen Talseite ankamen. Hier befreiten wir die gefesselten Kameraden. Sie zogen die Uniformen der Luzerner

Stadtbüttel aus, die wir daraufhin verstauten. Vielleicht würden sie sich uns nochmal als nützlich erweisen.

Ich genoss es, keine Weiber und Bälger um mich zu haben. Der Alltag erwies sich so als viel leichter. Ich gab Befehle und sie wurden ausgeführt. Kein Quengeln, keine Diskussionen. Wir bewegten uns schnell, denn die Männer waren ausgeruht und die Pferde schleppten die Last. Ich schritt zuvorderst mit Felis. Als wir die Anhöhe erreicht hatten und es von nun an wieder bergab ging, blieb ich stehen und liess die Männer an mir vorbeiziehen.

Zuvorderst marschierten Lupi und Delio. Ich hatte den grossen Jungen zum Pannerträger ernannt. Auch jetzt grinste er wieder, als er an mir vorbeizog. Stolz beobachtete ich, wie das Panner im Wind wehte und die beiden kämpfenden Hunde tanzen liess. Ich zählte die Männer durch und prüfte, ob sie einsatzbereit waren. Trug einer seinen Lentner nicht oder hatte die Hellebarde und den Dolch nicht griffbereit, blaffte ich ihn an.

Bald schon erreichten wir die Ebene Grinaus. Ich konnte den Turm in der Ferne erkennen, in dem die schöne Annelise ohne ihre Kette sass. Wir hielten uns im Wald und wagten uns nicht auf die Ebene hinaus; ich wollte nichts riskieren. So arbeiteten wir uns am Hang entlang, bis wir einen See zu unseren Linken entdeckten.

«Das müsste Weesen sein. Das Dorf liegt am Walensee, den wir überqueren müssen», sagte Felis, «denke ich.»

Es war später Abend, als wir Weesen erreichten. Wir stellten fest, dass das Dorf verlassen war, offensichtlich aufgrund eines Brandes, der sämtliche Häuser verwüstet hatte. Weiter in der Ferne konnten wir eine Siedlung ausmachen, die bewohnt schien. Anscheinend hatten die Bewohner nach dem Brand das alte Dorf einfach stehen lassen und in einiger Entfernung ein neues errichtet. Jene Siedlung lag direkt am Seeufer. So konnten sie einen Hafen für Fischer, Säumer und den Bootsbau betreiben.

Eine armselige Palisade umzog die neue Siedlung. Sie diente wohl eher dazu, eine klare Dorfgrenze zu kennzeichnen, als tatsächlich Feinde abzuhalten. Wir marschierten auf das Tor zu, welches von einem Torwächter bewacht wurde.

«Guten Abend, mein Herr», begrüsste er uns.

«Guten Abend», erwiderte Felis.

«Darf ich fragen, zu welchem Zweck Ihr hier seid?», wollte der Wächter wissen. Er war nervös, da ein ganzes Panner von Kriegern vor ihm stand.

«Wir wollen nach Chur. Ist dies der Weg, der uns dorthin führt?», fragte Felis.

«Gewiss, mein Herr. Ihr müsst mit den Nauen über den See setzen. Von dort aus könnt Ihr weiter marschieren bis nach Chur.»

«Gut» Felis wollte das Tor passieren, als der Wächter ihn zurückhielt.

«Entschuldigt, mein Herr, aber Ihr verlasst an dieser Stelle die Eidgenossenschaft und betretet das Land des Grafen von Toggenburg. Ich sehe, Ihr seid Söldner, daher müsst ihr die Waren und die Pferde nicht verzollen. Der gütige Graf von Toggenburg erlaubt Euch Einlass in sein Reich für drei Gulden.»

«Das ist Wucher!», rief Felis.

«Mein Herr verlangt pro Söldner 30 Pfund, das entspricht einem Tageslohn. Und ich zähle euer Panner und komme auf 40 Krieger», entgegnete der Wächter.

«Hör zu, ich gebe dir zwei Gulden und du lässt uns passieren. Dafür kannst du heute Nacht beruhigt schlafen und musst keine Angst vor einem Meuchelmörder haben», sagte Felis.

Der Wächter überlegte kurz, ehe er sagte: «Natürlich, mein Herr.»

Felis gab ihm die Gulden und wir passierten das Palisadentor, welches wir mit Sicherheit auch einfach hätten umstossen können …

«Bleibt zusammen. Redet kein Wort», befahl ich den Liviniern auf Italienisch. Dann wandte ich mich Felis zu. «Wir gehen zum Hafen und fragen, wann die nächste Naue ausläuft, die uns mitnehmen kann.»

Weesen war ein kleines Dorf, ähnlich Flüelen. Es war sehr weit davon entfernt, eine Stadt wie Luzern zu sein. Es waren einfache Häuser. Trotzdem herrschte geschäftiges Treiben auf den Strassen. Ich erkannte einen aufblühenden Handelsort.

Ich glaubte nicht, dass die Luzerner die beiden Büttel bereits vermissen würden. Dennoch mussten wir damit rechnen, dass sie auch Männer nach Weesen entsandt hatten, da man unweigerlich an dieser Siedlung vorbeikam, wenn man die Eidgenossenschaft gen Osten verlassen wollte. Ich spürte eine Anspannung in mir aufsteigen.

Im Hafen angekommen, sagte man uns, dass so spät keine Naue mehr auslaufen werde. Das hatte ich befürchtet. Ich kündigte dem Schiffsmeister an, dass wir gleich morgen früh mit der Naue über den See schiffen wollten. Die Hälfte des aufgerufenen Preises bezahlte ich sofort, die andere Hälfte würde er erhalten, sobald wir heil auf der anderen Seite angekommen waren.

Daraufhin begaben wir uns zur Sust Weesens. Ich wollte dort mit meinen Männern auf dem Boden schlafen. Das war kalt und ungemütlich, aber günstig. Und so warteten wir unauffällig darauf, dass die Dämmerung des Abends in eine dunkle Nacht überging, und sehnten den Morgen herbei.

Kaum hatte die Dunkelheit um sich gegriffen, herrschte plötzliche Aufregung im Ort; eine Frau schrie. Ich spähte aus der Sust in die Dunkelheit hinaus. Da jagten mehrere Reiter mit Fackeln in der Hand durch das Palisadentor; der Wächter lief ihnen hilflos nach.

Meine Befürchtungen hatten sich bewahrheitet, die Landjäger waren hier.

«Los, schnell zum Hafen», befahl ich meinen Kriegern. Noch hatten die Reiter uns nicht bemerkt; sie jagten durch das Dorf, brüllten die Menschen an und erzeugten allerlei Aufregung. Dunkle Gassen nutzend, schlichen wir in einer langen Reihe zum Hafen. Tus und Lupi führten mit zwei Männern die Pferde. Sie strichen ihnen unentwegt durch die Mähne und flüsterten ihnen beruhigende Worte zu, was tatsächlich funktionierte. Die Pferde gaben keinen Laut von sich und folgten uns ohne Aufsehen zu erregen durch die Dunkelheit.

«Leise!», flüsterte ich und fuhr mir durchs schweissnasse Haar. Mein Herz puckerte wie wild. Ich spähte zurück und erkannte im Schein der Fackeln, dass die Reiter abgestiegen waren und das Wirtshaus aufsuchten. Allem Anschein nach suchten sie uns zuerst dort. In dem kleinen Ort schien niemand auf die Nauen und Jassen aufzupassen. Also wählte ich zwei Nauen aus, die uns über den See bringen sollten.

Dank meiner Zeit bei Herr Vischlin verfügte ich über Erfahrungen im Verladen von Tieren auf eine Naue. Trotz aller Übung ist es nicht einfach und braucht Zeit. Zeit, die wir nicht hatten. Ich drängte die Rösser also auf die Boote. Dabei wieherten und stampften sie. Zwei begaben sich widerwillig auf die schaukelnde Naue, doch das dritte Pferd sträubte sich so sehr, dass ich es zurücklassen musste. Es blieb keine Zeit mehr, sich mit dem widerspenstigen Tier herumzuschlagen.

Ich wies die Männer an, alle anderen Boote mit Tauen an zwei Nauen zu binden, damit wir die übrigen Schiffe mit uns auf den See hinausziehen würden. Wir durften kein Boot zurücklassen, mit der wir hätten verfolgt werden können. Wir besetzten die beiden ausgewählten Nauen, die dann jeweils noch zwei kleinere Boote im Schlepptau führten.

Der See ähnelte dem Vierwaldstättersee bei Flüelen, weshalb die gegenüberliegende Uferseite nur mit einem Boot zu erreichen war, ohne einen tagelangen Umweg in Kauf nehmen zu müssen. Auch hier ragten steile Felswände direkt aus dem See dem Himmel entgegen.

Mit jeweils zwei Schiffen im Schlepptau kamen wir nur sehr langsam vorwärts. Bis jetzt hatte aber noch niemand im Dorf Alarm geschlagen. Es war aber nur noch eine Frage der Zeit, ehe sich das ändern würde.

Sobald wir weit genug auf den See hinausgefahren waren, wollte ich Löcher in die nicht benötigten Schiffe schlagen, damit wir schneller vorankamen.

Wir waren etwa 20 Nauenlängen in die Dunkelheit des Sees hinausgerudert, als wir aufgebrachte Stimmen im Hafen vernahmen. Sie hatten es also bemerkt. Nun wies ich die Männer an, die nicht benötigten Jassen zu versenken.

Wie erwartet erzeugten wir einen gewaltigen Krach, als wir mit den Hellebarden auf die Planken einschlugen. Sobald ein Rinnsal in das Boot floss, lösten wir die Taue.

Mit nun nur noch zwei Nauen kamen wir wesentlich schneller voran. Ich lächelte zufrieden. Damit sollten wir einen guten Vorsprung auf unsere Verfolger herausgeholt haben. Auch wenn sie nun wussten, in welche Richtung wir unterwegs waren, so befanden wir uns nun ausserhalb der Eidgenossenschaft. Vorläufig fühlte ich mich in Sicherheit und glaubte, die ganze Welt stünde mir offen.

Die Überfahrt dauerte fast die ganze Nacht. Das Wetter war uns wohlgesonnen. Aber es war finster, was uns die Navigation erheblich erschwerte. Wir kannten den See nicht und wussten daher nicht genau, ob und wie stark er verästelt war. Wenn er ähnlich wie unser See im Land Uri wäre, würde es schwierig werden, den richtigen Weg zu finden.

In Weesen hatte der Hafenmeister aber mit dem Finger geradeaus über den See gezeigt, als wir Chur erwähnt hatten. Das war unser einziger Anhaltspunkt. Deshalb hielten wir uns an der linken Seeseite, da ich glaubte, dass das Ufer dort einzig aus glatten Felswänden bestünde. Wir ruderten die ganze Nacht. Die Männer waren erschöpft, da wir seit unserem Aufbruch in Einsiedeln nicht mehr geruht hatten. Wir wechselten uns mit dem Rudern ab und im Morgengrauen verschwanden linker Hand endlich die Felswände. Stattdessen taten sich hinter dem Ufer weite Flächen auf. Ob der Dunkelheit konnten wir keine Einzelheiten ausmachen, aber wir glaubten, in der Ferne ein Licht zu erkennen. So gingen wir bald dort an Land, wo es uns am besten erschien. Die Nauen verdeckten wir im Gestrüpp so gut wie möglich und machten uns dann auf den Weg.

Es war gut, dass es noch dunkel war, denn ich wollte die nächstgelegenen Siedlungen wenn möglich umgehen. Nur wussten wir nicht, wo wir uns genau befanden und auch nicht, welche Richtung wir einschlagen mussten. So folgten wir der Bergflanke und wichen den Lichtern der Dörfer aus.

Ich bemerkte die Erschöpfung der Männer und spürte auch die Müdigkeit, die mir in den Knochen steckte. Aber ich wollte weiter.

Und so schleppten wir uns durch die Dämmerung. Bei Tageslicht konnten wir eine breite Ebene vor uns erkennen. Und als wir im Tal immer weiter vorankamen, machte ich schon bald in der Ferne eine grosse Burg auf einem Hügel aus. Ich liess mein Panner halten und wir beobachteten die Burg. Niemand wusste, welchen Namen sie trug, noch in wessen Land wir uns befanden.

Bis jetzt hatten wir uns auf der linken Talseite gehalten und uns immer im Schutze des Waldes und der Berge vorwärtsbewegt. Wenn wir dieser Seite jedoch weiter folgen würden, würden wir direkt auf die Burg zuhalten. Und das bedeutete, viele Menschen würden uns sehen. Wir mussten also die Ebene durchqueren und den Wald auf der gegenüberliegenden Talseite erreichen.

Also begaben wir uns auf den Weg. Wie auch in Flüelen erwies sich das Land so nah am Ufer als versumpft. Der Pfad führte zu einer Brücke, die uns über den Fluss brachte. Keiner wusste, wie der Fluss hiess. Veit vermutete, es handele sich um die Linth, war sich aber ebenfalls nicht sicher. Schliesslich erreichten wir ohne Zwischenfälle den Wald und verkrochen uns zwischen den Bäumen. Wir spähten zurück und hatten nun einen noch besseren Blick auf die Burg. Vom Hügel aus, auf dem sie thronte, konnte der Burgherr die ganze Ebene und noch zwei weitere Täler überblicken.

Wir wussten immer noch nicht genau, welcher Weg uns nach Chur führte. Und im Moment konnten wir auch niemanden nach der Richtung fragen. Ich entschloss mich einfach weiterzugehen. Anhand der Sonne konnten wir mit Sicherheit den Süden bestimmen. Und dieses Tal schien uns weiterhin gen Süden zu führen.

Mit zunehmender Tageszeit konnten wir im Tal immer mehr Menschen beobachten. Wir sahen Bauern, Reiter, Ochsenkarren und Reisende. Wir waren zumindest nicht die Einzigen, die diesen Weg wählten.

Und schliesslich, nach weiteren Stunden des Marsches, trafen wir auf mehr und mehr Häuser. Irgendwann konnte Tus in der Ferne eine Stadt ausmachen. Das musste Chur sein, vermutete ich.

Wir bewegten uns weiter auf die Stadt zu und schliesslich befahl ich, den westlichen Hang des Tals zu erklimmen. Ich wollte Höhe gewinnen, um auf die Stadt hinunterblicken zu können.

Als wir eine Stelle fanden, die passte, liess ich meine Livinier endlich ruhen. Es war hell und ich erlaubte, ein Feuer zu entfachen. Wir mussten uns aufwärmen und etwas essen. Die, die bereits Erfahrungen mit Pferden gesammelt hatten, kümmerten sich um die beiden Rösser. Sie nahmen ihnen den Proviant ab und rieben sie trocken.

Von unserem provisorischen Lager aus stieg ich noch weiter hinauf und fand irgendwo einen Felsvorsprung, von dem aus sich mir eine hervorragende Sicht auf die Stadt bot. Ich hockte mich hin und beobachtete den Ort. Schon bald gesellte sich Veit zu mir.

«Sollen wir die Stadt betreten?», wollte er wissen. Bestimmt hatte er sich bereits seine eigene Meinung dazu gebildet, wollte jedoch hören, wie ich darüber dachte.

Ich überlegte angestrengt. Natürlich bedeutete es ein Risiko, die Stadt zu betreten. Sicherlich waren längst Landjäger dort gewesen und hatten die Kunde über 40 gesuchte Livinier, die Luzern beraubt hatten, verbreitet.

Andererseits konnten wir auch Neuigkeiten in der Stadt erfahren. Ich vermutete, dass dieser Ort eine ähnliche Funktion wie Bellinzona ausfüllte und die Wege zu den anliegenden Pässen überwachte. Wahrscheinlich ergab es keinen Unterschied, ob wir die Stadt betreten würden oder nicht: Die Herren der Stadt würden sowieso erfahren, wenn wir ihre Strassen benützten.

«Die Männer sollen hier, tief im Wald, ein Lager aufschlagen», sagte ich zu Veit. «Und dann gehen du, ich und Felis in die Stadt und hören uns vorsichtig um.»

Veit sah mich skeptisch an. Also ergänzte ich: «Wenn wir die Stadt betreten und uns dort umhören, erfahren wir, ob wir in dieser Gegend bereits gesucht werden. Wenn wir einfach so weitergehen, könnten wir in eine Falle laufen.»

Veit überlegte und schien einverstanden zu sein.

«Ausserdem», sagte ich, «nach allem, was wir in Einsiedeln erfahren haben, ist sich die Eidgenossenschaft uneinig, wie sie mit den Mailändern in Bellinzona umgehen soll. Eine Schlacht scheint jedenfalls nicht unmittelbar bevorzustehen. Also besteht auch kein Grund für uns, in den Süden zu eilen. Besser, wir bewegen uns überlegt und sorgfältig, anstatt in einen Hinterhalt zu tappen.»

Veit verharrte in Schweigen und vertiefte sich in seine eigenen Gedanken. Nach einer Weile nickte er zustimmend und schien den Plan als sinnvoll anzuerkennen. Jedoch sagte er: «Es wird Tus nicht gefallen, wenn du ihn hier im Wald zurücklässt»

Ich antwortete nicht. In Wahrheit jammerte Tus in letzter Zeit etwas zu häufig für meinen Geschmack. Ich befürchtete, er würde in der Stadt eine Dummheit begehen, statt auf meine Befehle zu hören.

«Es scheint eine vielbesuchte Stadt zu sein», sagte ich stattdessen ausweichend. «Wir drei werden nicht auffallen.»

Kapitel 4: Chur

Am nächsten Morgen begaben wir uns zu dritt auf zu den Stadttoren. Bereits weit vor der Stadtmauer waren viele Bauernhöfe in der Ebene verteilt. Es schien fruchtbares Land zu sein. Die Bauern hielten Schafe und Kühe auf den Weiden.

«Grüss Gott», rief ich einem Bauern zu.

«Herr», antwortete er skeptisch, meinen fremden Dialekt bemerkend.

«Wie heisst diese Stadt?», ich zeigte auf die Mauer in der Ferne.

Er wartete kurz und sah uns ungläubig an. Schliesslich antwortete er: «Chur.»

Ich war erleichtert. Wir waren also trotz des nächtlichen Umherirrens am richtigen Ort gelandet.

«Findet man Unterkunft in der Stadt? Oder auf einem Hof?», wollte ich wissen.

«In der Stadt bestimmt. Die Wirtshäuser müssen Reisende aufnehmen, so will es der Bischof. Wohingegen es Gehöften wie meinem verboten ist, Gäste zu beherbergen», sagte er. Damit wollte er bestimmt seine Vorräte vor hungrigen, fremden Mäulern schützen.

Zu dumm, dachte ich. So konnte ich meine Männer nicht in einer günstigeren Unterkunft unterbringen.

Ich dankte dem Bauern und wir gingen weiter auf die Stadt zu, deren Tor wir nach einiger Zeit erreichten. Eine Torwache empfing uns: «Grüss Gott, meine Herren. Seid Ihr Reisende?»

«Ja», antwortete ich: «Wir sind auf der Suche nach einer Rastmöglichkeit und hoffen, diese in eurer wunderbaren Stadt zu finden.»

Die Torwache trat zur Seite und liess uns passieren.

«Ich kann Euch das Gasthaus Steinbock empfehlen, Herr», sagte er.

«Wo finden wir das?», fragte Veit.

«Folgt der Strasse und Ihr werdet auf Eurer linken Seite ein Gebäude sehen, welches ein Schild mit einem Steinbock über der Tür führt.»

Wir bedankten uns und gingen weiter.

Jenseits der Stadtmauer bot sich uns ein ähnliches Bild wie vor der Stadtmauer. Auch hier dominierten zunächst kleinere Bauernhöfe die Szenerie, jedoch kamen sie ohne Kuhweiden aus. Stattdessen fanden wir Hühner, Schweine und Gemüsegärten vor. Kleine Anpflanzungen und Stallungen sahen wir ebenfalls.

Die Strasse führte uns bald in dichter besiedelte Stadtteile. Zu unserer Linken konnten wir auf einem Hügel eine zweite Mauer, Türme und ein grosses Gebäude entdecken. Das musste wohl das Schloss des Stadtherrn sein. Wenn wir über den Schlosshof hinausblickten, konnten wir dahinter ein enges, steiles Bergtal erahnen.

Je weiter wir uns auf der Strasse dem Schloss näherten, desto dichter bebaut wurde die Stadt. Chur musste mehr als 1 000 Seelen beherbergen, so schätzte ich. Die kleinen Höfe hatten nun Handwerksbetrieben Platz gemacht, die ihre Wasserräder knarzend in den Fluss tauchten, um vermutlich eindrucksvolle Mechaniken zu betreiben.

Dann fanden wir das Gebäude mit dem besagten Schild über der Tür.

«Haltet euch bedeckt», sagte ich zu meinen beiden Begleitern, «wir sind auf der Durchreise und wollen hier eine Pause einlegen.» Mit diesen Worten betraten wir das Wirtshaus.

Egal, wo man sich aufhielt, die Wirtshäuser waren immer ähnlich aufgebaut. Möglichst in der Mitte des Raums prasselte ein wärmendes Feuer. Die Gäste, die eintraten und denen die Kälte noch in den Knochen steckte, setzten sich direkt zum Feuer. Die, die die Kälte bereits abgeschüttelt hatten, bemerkten bald, dass sie hungrig wurden und setzten sich an einen Tisch, um etwas zu essen. War zudem ein Musikant oder ein Sänger im Wirtshaus anwesend, wurde mehr Wein als sonst getrunken. Also beschäftigten viele Wirte Musiker.

Auch wir gingen zunächst auf das Feuer zu und streckten die Hände gegen die wärmenden Strahlen. Es war Ende April und damit war der Winter vorüber. Trotzdem war es am Morgen und am Abend immer noch kühl und die Wärme eines Feuers willkommen.

Danach setzten wir uns an einen Tisch, der nahe zum Tresen des Wirts lag. Ich winkte den Wirt zu mir und bestellte einen Krug Wein. Als er den Krug mit drei Bechern auf unseren Tisch stellte, wollte ich von ihm wissen, zu welchem Land diese Stadt gehöre.

«Ihr befindet euch im Grauen Bund», antwortete der Wirt. «Die Stadt Chur ist der Hauptort.»

«Und wem ist der Graue Bund verpflichtet?»

Ich glaubte nicht, dass dieser Bund die Reichsunmittelbarkeit besass, anders als Uri, Schwyz und Unterwalden.

«Wir verwalten uns selbst, jedoch besitzt der Bischof im Schloss die hohe Gerichtsbarkeit.»

Andere Länder, andere Sitten, dachte ich für mich. *Sei's drum.*

«Habt ihr in letzter Zeit irgendwelche Nachrichten über die Mailänder in Bellinzona erhalten, mein Herr?»

«Es kommen viele Reisende hier durch. Jedoch habe ich nichts Neues über diese Sache gehört. Die Mailänder halten Bellinzona besetzt – und die Eidgenossen scheinen es geschehen zu lassen», antwortete er, «aber Ihr seid die Reisenden, Herr, nicht ich. Vielleicht habt Ihr ja Neuigkeiten für mich?»

«Leider nein. Wir kommen aus dem Norden und dachten, hier im Süden weiss man vielleicht mehr», sagte ich und fragte weiter: «Habt ihr etwas von den anderen Orten gehört? Von der Stadt Luzern?»

«Nein. Nichts von Bedeutung jedenfalls», antwortete er.

Ich sah ihn noch einen Moment lang an, dann war ich überzeugt, dass er nichts von unserem Raub gehört hatte. Daraufhin begab sich der Wirt wieder hinter seinen Tresen.

Wir genossen den Wein und sprachen über Unwesentliches. Nebenbei lauschten wir unauffällig, was an den anderen Tischen gesprochen wurde. Weil es aber noch früh am Tage war, hatten sich nicht allzu viele Menschen in das Wirtshaus verirrt. Also tranken wir bald aus und schritten wieder hinaus auf die Strasse. Wir wollten tiefer in die Stadt gehen und dort einen Becher Wein trinken, um mehr in Erfahrung zu bringen.

Ich wunderte mich insgeheim, dass die Kunde vom Raub des Luzerner Stadtschatzes noch nicht bis nach Chur vorgedrungen war. Bestimmt hatte Luzern Landjäger auch hierher gesendet.

Vielleicht hielten sie sich sogar jetzt, in diesem Augenblick, noch in der Stadt auf und gingen wie wir von einer Gaststätte zur nächsten?

Wir bewegten uns vorbei an eng aneinandergebauten Häusern, bis wir plötzlich auf einen grossen, weiten Platz kamen. Dort herrschte reges Treiben; Händler riefen ihre Angebote aus und priesen die Waren an. Bettler lehnten gegen Hauswände und streckten ihre zu Trichtern geformten Hände den vorübergehenden Menschen entgegen. Es schien sich offensichtlich um den Marktplatz zu handeln. Zwischen all den Leuten, Ständen und Handkarren konnte ich abseits Soldaten erkennen, die den Markt beaufsichtigten. Sie trugen auf ihrem Lentner das Zeichen eines roten Tiers vor gelbem Hintergrund. Wir schlenderten an den Ständen vorüber und ich kaufte für uns drei etwas Honig.

Bald entdeckten wir wieder ein Schild, welches über einer Tür hing. Das Schild sollte wohl einen Ochsen darstellen. Wir betraten die Schenke. Sie war besser gefüllt als die vorherige. Mehr Menschen drängten sich hier zusammen. Wir begaben uns an einen freien Tisch und setzten uns. Eine junge Frau nahm unsere Bestellung auf, wieder bestellte ich Wein, der bald darauf gebracht wurde. Dieser Wein schmeckte jedoch völlig anders als der im vorherigen Wirtshaus.

«Was ist das für ein Wein?», wollte Veit vom Schankmädchen wissen. Sie wand sich unwohl bei der Frage und murmelte: «Das ist unser üblicher Wein, Herr.» Dabei blickte sie verstohlen zum Wirt, der ihren Blick bemerkte und an unseren Tisch kam.

«Vater, das sind Reisende. Ich dachte, es seien Einheimische, und habe den falschen Wein aufgetischt», flüsterte das Mädchen hinter vorgehaltener Hand dem Wirt zu. Ich konnte sie dennoch verstehen, weil sie direkt neben mir stand. Veit und Felis sahen mich fragend an.

«Der Wein ist vorzüglich. Kein Grund zur Sorge», versuchte ich den Wirt und seine Tochter zu beruhigen. Trotzdem entschuldigte sich der Wirt und bestand darauf, den falschen Wein aufgetischt zu haben. Er schnauzte seine Tochter an, die den Krug und die Becher eilig wieder abräumte.

«Wir bringen euch gleich den richtigen Wein», versicherte uns der Wirt.

Als er gegangen war, sahen wir uns fragend an. Wir verstanden nicht, was das sollte. Der Wirt, der nicht zimperlich mit dem Fehler seiner Tochter umgegangen war, hatte jedoch einiges an Aufmerksamkeit erregt. Die meisten Gäste beobachteten uns nun. Einige standen auf und verliessen das Wirtshaus.

Kurze Zeit später kehrte der Wirt mit neuem Wein zurück. Er tischte ihn auf und wir probierten ihn. Auch dieser Wein war vorzüglich. Anders, aber ebenfalls lecker.

«Was war mit dem anderen Wein nicht in Ordnung?», wollte Veit wissen.

«Nichts, nichts», antwortete der Wirt, «jedoch haben wir für unsere Reisenden einen besseren Wein auf Lager, den wir Euch zum Probieren geben wollten, Herr.»

In diesem Augenblick öffnete sich die Tür und ein Mann betrat den Raum, gefolgt von zwei Soldaten, die wir bereits auf dem Marktplatz gesehen hatten. Jener Mann, der sie offenkundig anführte, war anhand seiner Kleidung als Beamter der Stadt zu erkennen. Er sah sich im Raum um und fixierte dann den Wirt.

«Kurt, mir wurde zugetragen, dass du einen anderen als den bischöflichen Wein an einem Banntag ausschenkst?», rief er quer durch den Raum.

«Bestimmt nicht», antwortete der Wirt. «Wir schenken nur den Bannwein aus.»

«Hol den Weinschätzer», sagte der Beamte zu einem der Soldaten, woraufhin dieser aus dem Schankraum eilte. Der Mann fuhr fort: «Das werden wir gleich sehen.» Daraufhin wendete er sich an alle Gäste in der Wirtschaft und verkündete: «Niemand trinkt mehr auch nur einen Tropfen! Lasst die Becher, wie sie sind, stehen.»

Ich folgte dem Geschehen mit Verwunderung, aber auch mit einer leichten Anspannung. Ich wechselte einen Blick mit meinen Gefährten.

«Wir werden den ausgeschenkten Wein prüfen», sagte der Beamte und zeigte drohend mit dem Finger auf den Wirt.

«Das ist doch nicht nötig, Ammann», entgegnete er.

«Es scheint doch nötig zu sein.»

Einige Minuten später betrat ein dicklicher Mann den Raum. Der Ammann begrüsste ihn: «Herr Haser! Es besteht der Verdacht, dass hier ein anderer Wein als der Bannwein ausgeschenkt wird. Prüft daher die ausgeschenkten Weine in diesem Raum!»

Der Weinprüfer Haser nickte und schritt an unseren Tisch. Er roch und nippte an unserem Wein.

«Das ist Bannwein», sagte er knapp.

«Seht ihr?», wetterte der Wirt. «Ich bin ein ehrlicher Bürger. Reicht es nicht allmählich mit euren andauernden Schikanen?»

«Das werden wir sehen ...», sagte der Ammann. «Prüft die anderen Weine.» Darauf ging der Weinprüfer von Tisch zu Tisch, bis er schliesslich fand, wonach er suchte.

«Dies ist ein anderer Wein», verkündete er zufrieden.

«Das bedeutet eine Busse von 60 Pfund Pfennigen», brachte der Ammann genüsslich vor.

«Mir reicht es, Ammann!», sagte der Wirt: «Wenn der Bischof fast jeden Tag den Bannwein ausschenkt, wie sollen wir da Geld verdienen? Wovon sollen wir noch leben?»

«Das ist nicht mein Problem», antwortete der Ammann, «bezahlt ihr nun die Busse oder nicht?»

«Nein, ich bezahle die Busse nicht. Ich weigere mich!», antwortete der Wirt.

«Nehmt ihn in Gewahrsam», befahl der Ammann den Soldaten. «Kurt, du kommst zwei Tage lang in eine Zelle bei Wasser und Brot.»

«Sei's drum! Besser als dem Bischof noch weitere Abgaben zu zahlen.» Die anderen Gäste brummten zustimmend. Doch das nützte Kurt nicht viel. Bevor er abgeführt wurde, sagte er noch zu seiner Tochter: «Lena, ich bin in zwei Tagen zurück. Führe in der Zwischenzeit das Haus so gut es geht. Josef wird dir helfen.»

Bevor der Ammann das Wirtshaus verliess, drehte er sich zu Lena um.

«Und schenk keinen anderen Wein mehr aus als den Bannwein aus, Mädchen.» Mahnend streckte er einen Finger in die Höhe.

Nachdem sie den Wirt abgeführt hatten, winkte ich Lena zu mir und wollte wissen: «Was hat das Theater zu bedeuten? Verlangt der Bischof von euch, dass ihr nur seinen Wein auftischt?»

Sie nickte mit feuchten Augen. «Es war mein Fehler, Herr.» Dann drehte sie sich ab und ging schluchzend in ein Hinterzimmer.

Noch immer verstanden wir nicht genau, was es mit dem Wein auf sich hatte. Wir blickten uns fragend um. Offensichtlich sah man uns unsere Ratlosigkeit an, denn ein Mann stand auf und kam an unseren Tisch.

«Guten Tag, meine Herren.» Ein stattlicher Kerl stand vor uns, dessen Kleidung ihn als Geistlichen verriet.

«Grüss Gott», antworteten wir ihm.

«Mein Name ist Johannes Moser. Ich bin Priester der Kapelle St. Luzius und sorge mich um die kleinen Belange der Stadtbewohner. Darf ich mich zu euch setzen?»

«Natürlich», antwortete ich.

Umständlich rückte er sich einen Stuhl zurecht und setzte sich.

«Nun, offensichtlich seid ihr nicht von hier», sagte er grinsend.

«Nein, wir sind auf der Durchreise und das erste Mal in dieser Stadt», antwortete Veit.

«Von wo kommt ihr?»

Ich wollte keine genauen Angaben machen und antwortete deshalb vage: «Etwa drei Tagesreisen weiter nördlich von hier.»

Er sah uns prüfend an: «Ihr seid Söldner?»

Verwundert fragte ich mich, ob das so offensichtlich sei. Dann nickte ich bestätigend.

«Nur ihr drei? Oder gehören weitere Männer zu euch?», fragte er vorsichtig.

«Warum wollt ihr dies wissen, Vater?», entgegnete ich.

Er zuckte die Schultern und wartete darauf, ob ich die Frage doch noch beantworten würde.

«Wir haben weitere Männer in unserem Panner», sagte ich knapp. «Also was ist mit dem Wein?»

Er nickte und verstand, dass wir nicht mehr preisgeben wollten.

«Nun, es ist so: Der Bischof hat in dieser Stadt das Recht, an Banntagen den Bannwein am Hoftor zu verkaufen. Dann darf kein anderer Wein als der bischöfliche Bannwein ausgeschenkt werden. Natürlich ist dieser Bannwein teurer als der sonst übliche Wein.» Er sah jeden von uns nacheinander an, bevor er fortfuhr: «Anscheinend hat die arme Lena in dem Durcheinander den falschen Wein erwischt und jemand ist den Ammann Hans Köderlin holen gegangen.»

«Wer ist dieser Ammann?», fragte Felis.

«Er ist ein Beamter des Bischofs. Er sorgt sich um die täglichen Geschäfte in der Stadt. Ausserdem besitzt er selbst zwei Tavernen, die ihm vom Bischof als Dank gegeben wurden. Er ist also dem bischöflichen Hof gegenüber sehr loyal.»

«Und wer waren seine Begleiter, die Soldaten?» Das interessierte mich.

«Nun, wie ihr bestimmt wisst, befindet sich der König derzeit im Krieg gegen die Hussiten in Böhmen.» Wir nickten, sodass er fortfuhr. «König Sigismund hat unseren Bischof von Chur, Johannes Naso den Vierten, ebenfalls in den Krieg berufen, damit er im Kampf die göttliche Unterstützung auf seiner Seite weiss. Dadurch ist nun die rechte Hand des Bischofs, Bruno von Habsburg, Generalvikar geworden und leitet in dieser Position den geistlichen Hof und damit die ganze Stadt Chur in der Abwesenheit des Bischofs. Was ihr also gesehen habt, waren Habsburger Soldaten, die der Generalvikar angefordert hat.»

«Habsburger Soldaten!», rief ich erstaunt aus. «Untersteht Chur denn dem Hause Habsburg?»

«Nein», er sah sich in der Gaststätte um, «eigentlich nicht.»

Es war offensichtlich, dass er dieses Thema nicht mehr weiter vertiefen wollte. «Das sind keine Gespräche für diesen Ort und diese Uhrzeit», sagte er nebulös.

Wir warteten, in der Hoffnung, dass er trotzdem weiterreden würde. Doch er erhob sich und verabschiedete sich von uns mit den Worten: «Verzeiht, meine Pflichten rufen nun.»

Damit entfernte er sich von unserem Tisch. Jedoch blieb er kurz darauf stehen und drehte sich nach einigem Zögern wieder zu uns um.

«Wenn ihr dieses Gespräch fortführen möchtet, könnt ihr mich morgen Abend in der Stube der Schmiedezunft antreffen.»

Irgendetwas lag hier in der Luft. Es war eine greifbare Spannung. Die Menschen in Chur waren aufmerksam und auf der Hut. Es herrschte keine ausgelassene Stimmung, wie ich sie in Wirtshäusern anderswo vorfand. Vielleicht war es genau das, was wir brauchten. Vielleicht sorgten sich die Einwohner Churs um ihre eigenen Probleme und kümmerten sich nicht um eine andere, ausgeraubte Stadt weit entfernt.

«Ein komischer Ort», bemerkte Veit. Dem konnten wir nur zustimmen.

Ich beschloss, in diesem Gasthaus zu übernachten, damit wir den Wirt Kurt für die Umstände entschädigen konnten. Ausserdem mussten wir sowieso irgendwo nächtigen. Ich besprach dies mit Lena und sie wies uns ein Zimmer zu. Ich erkundigte mich bei ihr nach einem Arzt, der Wunden behandeln konnte. Der Grund dafür war, dass Francescos Finger nicht gut verheilte, seit der Wachmeister ihm im Wasserturm von Luzern die Fingerspitze abgebissen hatte. Und ich wollte nicht gleich den ersten Mann durch eine lächerliche Verwundung verlieren.

«Das ist Gallus Brunhold. Er hat irgendwo weit weg studiert, ist aber ein Churer. Ihr findet ihn unterhalb des Marktplatzes im Arcas», versetzte sie.

Am nächsten Tag frühstückten wir im Gasthaus und danach suchten wir den Arzt auf. Felis schickte ich derweil zurück zu unserem Lager im Wald. Er sollte Francesco holen und gleich auch jene mitbringen, die ebenfalls über gesundheitliche Probleme klagten. Ich wollte meine Männer in bester Verfassung für das Bevorstehende wissen.

Felis murrte zwar, führte meinen Auftrag aber aus. Derweil erfragten Veit und ich uns den Weg zum Arzt. So fanden wir sein Haus einige Minuten später in einem heruntergekommenen Teil der Stadt. Es lag ausserhalb der Stadtmauern, direkt in ihrem Schatten.

Wir klopften an und ein junger Mann öffnete die Tür.

«Grüss Gott, meine Herren.»

«Seid Ihr Gallus Brunhold, der Arzt?», wollte ich wissen.

«Ja, der bin ich.» Veit schaute mich ungläubig an, waren Ärzte normalerweise doch deutlich älter. Ich war skeptisch, was die Fähigkeiten des Mannes anbelangte.

«Wir sind Söldner auf der Durchreise und einige meiner Männer haben Wunden, die wir gerne versorgen würden. Natürlich können wir bezahlen», erklärte ich.

«Nun denn, bitte tretet ein.»

Seine Stube war gut ausgeleuchtet ob zahlreicher Kerzen. Es roch nach Blut und der Boden war rot gefärbt. Es lagen diverse Sägen und Werkzeuge wohl sortiert und gereinigt auf einer Kommode. In der Mitte des Raums befand sich eine Liege aus Holz. Aus dem benachbarten Zimmer konnten wir Stimmen und ein Wimmern hören. Als ich einen Blick durch die einen Spalt geöffnete Tür riskierte, konnte ich weitere Betten erkennen, gefüllt mit Kranken und Verletzten.

«Wer von Ihnen ist verletzt?», wollte der Arzt von uns wissen.

«Ich lasse den Mann soeben holen», antwortete ich, «er hat eine Bisswunde erlitten. Nicht tief, jedoch heilt es nicht richtig.»

«Dann warten wir auf seine Ankunft», sagte Gallus Brunhold.

«Habt Ihr viele Kranke, die Ihr Pflegen müsst?», wollte ich wissen.

«Ja, in einer Stadt wie dieser gibt es für meine Zunft immer etwas zu tun. Vor allem in diesen Zeiten.»

«Was meint Ihr damit? – *In diesen Zeiten?*»

«Nun, es gibt viele Auseinandersetzungen zwischen den Bürgern und den Geistlichen des Bischofs. Viele Prügeleien, Verletzungen durch Messer, Blutungen aufgrund von Schlägen … Die Stadt ist zurzeit – nun, sagen wir – angespannt.»

«Und was mag der Grund sein für all diesen Tumult?»

«Der Bischof ist abwesend und hat einen Generalvikar zurückgelassen, der kein Churer ist, schlimmer noch: Er ist Habsburger. Er kümmert sich nicht um unser Wohlergehen, sondern plündert lieber unsere Stadt. Und das angeblich im Namen des Herrn.»

Nach etwa einer Stunde kam Felis mit Tus und Francesco zurück. Der Arzt schaute sich den abgebissenen Finger an und versorgte die eiternde Wunde. Tus klagte über anhaltende Magenschmerzen. Ich sah musterte ihn, und er wich meinen Blicken aus.

«Du musst die Binde jeden Tag wechseln und reinigen», sagte der Arzt zu Francesco, der ihn verständnislos ansah, worauf ich das Gesagte ins Italienische übersetzte. Er nickte.

«Ihr seid Söldner? In wessen Auftrag seid ihr hier?», wollte Gallus Brunhold dann wissen.

«Wir haben keinen Auftrag. Wir sind auf der Suche nach Arbeit im Süden. Wir hoffen, im Falle eines Krieges gegen Mailand der Eidgenossenschaft Beistand leisten zu können.»

«Wird es denn zum Krieg kommen? Wollen die Eidgenossen Mailand zurückerobern? Mir scheint, dass die Mailänder sich in Bellinzona festsetzen werden und niemand etwas dagegen unternimmt.»

«Die Orte sind sich uneins, das stimmt. Habt Ihr etwas Neues gehört? Von den acht Orten? Von Luzern?»

«Luzern?» Er sah mich fragend an.

«Nun, der König pflegt in Angelegenheiten, welche die Mailänder betreffen, meist mit dem Schultheiss von Luzern, Ulrich Walker, direkt zu sprechen, deshalb frage ich nach Luzern», wich ich aus.

«Nein, ich habe nichts weiter gehört.»

Demnach schien auch er nichts vom Raub des Stadtschatzes zu wissen. Jedoch rechnete ich fest damit, dass die Kunde von unserem Coup jeden Tag in Chur eintreffen würde.

Nach einer Weile der Stille flüsterte Gallus Brunhold geheimnisvoll: «Vielleicht müsst ihr auch gar nicht so weit gehen auf der Suche nach Arbeit.»

«Wie meint Ihr das?», fragte Felis.

«Nun, vielleicht könnten auch die Bürger dieser Stadt eure Hilfe benötigen. Wisst ihr, viele reden davon, den Generalvikar abzusetzen. Es ist bereits in den letzten beiden Jahren zu Revolten gekommen und die Bürger haben das Schloss gestürmt. Leider konnten wir es nicht halten und so hat der Bischof die Habsburger zur Hilfe geholt. Dies ist der Grund, weshalb ihre Soldaten nun in unserer schönen Stadt hausen.»

«Indem die Churer 1418-1422 mehrmals die bischöfliche Residenz stürmten, zwangen sie den Stadtherrn zu Zugeständnissen. Der häufig

als Erfüllungsgehilfe des Hauses Habsburg auftretende Bischof verlor an Macht und Ansehen.»[11]

«Ihr wollt, dass wir Euch helfen, das Schloss zu stürmen?», fragte ich höchst erstaunt.

«Es ist nicht an mir, dies zu entscheiden. Ich sage nur: Bleibt noch ein bisschen in der Stadt und vielleicht wird es Arbeit für Euch geben, mein Herr.»

Damit verabschiedeten wir uns vom Arzt Gallus Brunhold und traten vor die Tür.

Die Aussicht auf Arbeit in Chur schien verlockend. Wieso sollte ich nicht hier den ersten Auftrag als Söldnerherr entgegennehmen, während die Eidgenossen uneins waren? So könnte ich meine Männer das erste Mal einsetzten und einen Ruf für das *Panner der zwei kämpfenden Hunde* aufbauen. Doch wenn wir vor Ort bleiben würden, musste ich mich vor den Luzerner Landjäger schützen.

Ich drehte mich also zu Veit um und sagte: «Du musst die anderen zurück in unser Lager begleiten.» Er schaute mich fragend an, worauf ich weitersprach: «Bestimmt werden die Luzerner Landjäger bald hier auftauchen und nach den Söldnern von Einsiedeln fragen. Wir müssen sie vor den Stadttoren abfangen, damit sie gar nicht erst die Stadt betreten.»

«Und wie sollen wir dies anstellen?» Veit schnaufte.

«Schau dich nach Männern um, die das Luzerner Wappen tragen, und Chur ansteuern. Fang sie rechtzeitig ab und befrag sie. Wenn es Landjäger sind, schlepp sie in den Wald und mach mit ihnen, was du willst, aber lass sie nicht in die Stadt, verstanden?»

Er war nicht begeistert, er wäre lieber in der Stadt geblieben und hätte sich den angenehmen Seiten des Lebens gewidmet, statt im Wald zu hausen und unter freiem Himmel zu schlafen. Offenbar musste ich ihn überzeugen und darum sagte ich: «Wen soll ich denn sonst schicken? Du musst gehen, bis ich unsere Angelegenheiten in der Stadt geklärt habe.»

---

[11] Verschiedene I, 2023

Schliesslich nickte er und war einverstanden. Felis und Tus blieben bei mir in der Stadt. So wollte ich es.

Wir schlenderten durch die Gassen und versuchten unauffällig mehr darüber zu erfahren, was vor sich ging. Wir beobachteten die Menschen und speziell die Soldaten. Je weiter wir uns dem Hügel und damit dem Schlosshof näherten, auf desto mehr Soldaten trafen wir. Unser Weg endete vor einem bewachten Tor, welches den Zugang zum Schlosshof darstellte.

Wir versuchten diese inneren Mauern zu umrunden, um ein Gefühl für die Grösse des Schlosses zu erhalten. Jedoch wurden wir an der Ostseite von den Wachen fortgejagt. Wir sollten dort nicht herumstreunen.

Nahe dem Marktplatz, aber in einer Gasse weiter östlich, konnten wir wieder einen grossen, offenen Platz entdecken. Er war kleiner als der Marktplatz, jedoch herrschte auch hier geschäftiges Treiben. Ein Mann stand auf einer Mauer an einem Brunnen und sprach zu einer kleinen Versammlung. Wir versuchten uns unauffällig zu nähern, um zu hören, was er zu sagen hatte: «... können nicht heiraten, da der Bischof den Dispens ein erneutes Mal erhöht hat!»

«Ungeheuerlich», hörten wir jemanden in der Menge murmeln.

«... eine Schande ...»

«Wie soll ich meine Cristina nun heiraten? Ich besitze nicht genügend Geld, um die hohen Preise des Generalvikars bezahlen zu können! Ist es wirklich Gottes Wille, dass uns unsere Liebe verwehrt wird, oder ist es die weltliche Gier unseres Generalvikar Bruno von Habsburg?»

«Es ist die Gier», hörten wir die Menge nun deutlicher monieren.

«Was geht hier vor sich», fragte Felis einen Mann in der Nähe.

Der Einheimische betrachtete uns misstrauisch und wollte mit zusammengekniffenen Augen wissen: «Wer seid Ihr? Hat der Bischof Euch geschickt? Seid ihr seine neuen Büttel?»

«Nein, mein Freund. Wir sind Söldner, die hier in der Stadt eine Rast machen», sagte Felis, «also, worüber klagt der junge Mann?»

Er schaute uns ungläubig an, schien dann jedoch zu entscheiden, dass wir nicht der Truppe des Bischofs angehörten, was womöglich auch an unserer Mundart lag. Deshalb wagte er zu antworten:

«Das ist Jakob. Er hat mit seinem Mädchen Cristina gesündigt. Sie wollten heiraten, was ihnen jedoch vom Bischof verwehrt wurde.»

«Warum wurde ihnen ihr Ansinnen verwehrt?», brachte ich mich in das Gespräch ein.

«Es hat sich herausgestellt, dass sie im vierten Grad miteinander versippt sind. Das wussten sie jedoch nicht und haben miteinander gesündigt. Nun erwartet sie ein Kind. Sie mussten also beim Bischof um Absolution und Dispens bitten. Jedoch verlangt der Bischof neuerdings für einen Dispens ein Vermögen. Niemand von uns einfachen Leuten kann sich das leisten. Sollen wir nun alle am Ende unserer Tage in der Hölle schmoren?»

«Jakob und Cristina hatten in Unkenntnis, dass sie im vierten Grad miteinander versippt (cognatio) waren, oft miteinander geschlafen, damit nicht nur gesündigt (fornicatio), sondern auch Inzest begangen. Sie wollten nun aber heiraten und baten um Absolution vom excessus des Inzests und um Dispens für ihre Ehe.»[12]

«Und früher waren die Preise bezahlbar?», hakte ich nach.

«Ja. Früher konnten auch Uneheliche einen Dispens bezahlen, wodurch sie der Kirche beiwohnen durften und die höheren Weihen erhielten.»

Am Abend suchten wir die Stube der Schmiedezunft auf. Vielleicht würden wir Johannes Moser, den Priester, wieder treffen. Und Tatsache. Johannes sass an einem Tisch. Er lud uns ein, ihm Gesellschaft zu leisten.

«Nun, wie gefällt euch unsere Stadt bisher, meine Freunde?», fragte er uns gutgelaunt.

«Es scheint Unmut zu geben», antwortete ich knapp. Das war noch milde ausgedrückt. Wir waren erst seit einem Tag an diesem Ort und die aufgeheizte Stimmung war an jeder Strassenecke spürbar.

«Fürwahr, das stimmt», sagte er lachend, «das habt Ihr also bereits bemerkt?»

---

[12] Schmugge, 2002

«Ja. – Wenn man sich auf der Strasse umhört, erhält man schnell den Eindruck, dass die Einwohner unzufrieden sein könnten», antwortete ich vorsichtig.

«Wer kann es ihnen verübeln. Sie wehren sich seit Jahren gegen die geistliche Führung, die sie ausnimmt in dieser Stadt.»

Ich betrachtete Johannes Moser und wunderte mich, dass er abfällig über den bischöflichen Hof sprach, da er ja offensichtlich selbst ein Geistlicher war. Also musste ich ihn fragen: «Gehört Ihr denn nicht dem Hof an?»

Er grinste und antwortete: «Nein, ich bin von der Kathedrale St. Luzius. Im Gegensatz zu den Geistlichen des Hofs bin ich ein Churer. Ich bin in der Stadt aufgewachsen und habe meine Wurzeln hier. Die Leute kennen mich. Im Moment würde es kein anderer Geistlicher des Hofs wagen, sich in der Stadt blicken zu lassen. Es kommt laufend zu Überfällen auf Diakone und Priester, wisst ihr?»

«Durch die Bewohner?», fragte ich verdutzt. Normalerweise getraute sich kein Mensch einfachen Standes, seine Hand gegen einen Geistlichen zu erheben. Die Priester bestanden darauf, von Gott ausgewählt worden zu sein und Gewalt gegen sie war für viele gleichbedeutend mit Gewalt gegen Gott.

Doch Johannes Moser bestätigte: «Ja, durch die Bewohner.»

«Fürchten sie sich denn nicht davor, von den Sakramenten ausgeschlossen zu werden?»

«Krieg, Fehde, Raub, Brandstiftung, aber auch Raufereien, Schlägereien und Messerzücken waren in Stadt und Land an der Tagesordnung. Die Kirche hat jede Gewaltanwendung, trotz der Lehre vom bellum iustum, generell zu stigmatisieren versucht und schon früh den Versuch gemacht, Übergriffe gegen Wehrlose, insbesondere ihre Kleriker, denen ja das Waffentragen verboten war, durch Kirchenstrafen zu verhindern. So galt jeder tätliche Angriff auf einen Kleriker, seine Verletzung und natürlich gar der Mord an einem Geistlichen als päpstliches Reservatdelikt und wurde durch die automatische Exkommunikation geahndet

(excommunicatio ipso facto), von welcher nur durch Rom absolviert werden konnte. Das galt auch für Händel unter Geistlichen.»[13]

Johannes lächelte: «Normalerweise würde man dies annehmen, nicht wahr? Aber diese Stadt ist an einem Punkt angelangt, da solche Strafen abgewogen werden.»

Er holte Luft und erzählte: «Wisst ihr, es gab eine Zeit, da herrschte der Bischof in seinem Schloss über die geistlichen Angelegenheiten, während wir unsere Stadt in allen weltlichen Belangen selbst regierten. Doch der Bischof wurde machthungrig. Er erhob unberechtigte Abgaben, er enteignete Land und sprach es plötzlich der Kirche zu.»

Einige der Umstehenden wurden unseres Gesprächs gewahr. Ein breitschultriger Mann kam an unseren Tisch und wollte von Johannes wissen: «Wer sind diese Männer?»

Johannes Moser erklärte uns: «Das ist mein Bruder, Ruedi Moser. Im Gegensatz zu mir geht er einer anständigen Arbeit nach: Er ist der Zunftmeister der Schmiede.»

Dann sah er seinen Bruder an und stellt uns vor: «Ruedi, das sind Söldner auf dem Weg nach Bellinzona. Jedoch habe ich ihre Namen immer noch nicht erfahren …»

«Ich bin Herr A Pro, das sind Felis und Tus», antwortete ich.

Doch Ruedi grunzte nur.

«Wisst ihr, mein Bruder befehligte in den letzten Jahren unsere Männer, als wir den bischöflichen Hof das erste Mal stürmten», sagte Johannes.

«Und ihr konntet ihn einnehmen?», fragte ich überrascht.

«Teilweise ja, aber wir konnten ihn nicht halten. Und danach wurde alles nur noch schlimmer.»

Ruedi Moser ergänzte: «Mehr Habsburger Soldaten kamen und jetzt sind die Bewohner noch wütender als zuvor. Wir müssen den Generalvikar ein für alle Mal daran erinnern, wem die Stadt gehört.»

---

[13] Schmugge, 2002

Am nächsten Morgen beschloss ich, nochmals um den Hof herumzuschleichen, um mir eine Vorstellung davon zu machen, wie er einzunehmen war. Dieses Mal stellten wir uns geschickter an und gingen den Wachen aus dem Weg. Wir stellten bald fest, dass der geistliche Hof keine Festung war. Auf der östlichen Seite gab es nur eine kleine Mauer, die direkt in die Stadtmauer integriert war und generell einen Schwachpunkt im Schutzwall Churs darstellte. Diese Mauer würden wir ohne Weiteres mit einer Sturmleiter erklimmen können.

«Willst du den Leuten hier helfen?», fragte mich Felis.

«Wieso nicht? Wenn die Bezahlung stimmt ...», sagte ich.

«Zumindest scheint Luzern für die Bewohner von Chur nur eine weit entfernte, fremde Stadt zu sein», ergänzte Felis. Ich nickte zustimmend.

Am Nachmittag kehrten wir von unserem Stadtrundgang zurück zum Wirtshaus Ochsen und Veit wartete bereits neben dem Eingang auf einer kleinen Holzbank. Als er uns näherkommen sah, kam er uns aufgeregt entgegen: «Prato, sie sind gekommen!»

«Verdammt nochmal. Herr A Pro! – Wer ist gekommen?»

«Die Luzerner. Wir haben gestern zwei Männer entdeckt, die allein auf der Strasse unterwegs waren. Sie trugen das Wappen von Luzern.»

«Und weiter?»

Ich habe 15 Männer genommen, bin auf die Strasse runter und habe ihnen den Weg versperrt. Ich habe sie ausgefragt und bald gemerkt, dass sie wegen des Raubes in Luzern hier sind. Wir haben sie umzingelt und möglichst unauffällig in den Wald schleppen wollen. Aber sie haben sich gewehrt und geschrien, sodass wir sie auf der Strasse abstechen mussten.»

Er bemerkte meinen entsetzten Gesichtsausdruck und fuhr fort: «Es hat niemand etwas gesehen. Wir haben das Blut auf dem Boden mit Erde überdeckt.»

Ich atmete erleichtert aus.

Doch Veit sagte besorgt: «Das heisst, die Luzerner wissen bald sicher, dass ihre Landjäger aus Chur nicht zurückkehren. Also werden sie jetzt gezielt hier suchen. Vielleicht werden das nächste

Mal nicht nur zwei Fusssoldaten kommen, sondern eine Truppe samt Berittenen. Die kann ich nicht aufhalten.»

Ich nickte und sagte ihm: «Geh zurück und halt die Augen offen. Vielleicht müssen wir bald wieder von hier verschwinden. Aber in dieser Stadt geht etwas vor sich. Es liegt etwas in der Luft, das wir vielleicht für unsere Interessen nützen können.»

Am Abend trafen wir wiederum Johannes Moser.

«Herr A Pro!», begrüsste er mich und fuhr fort: «Wir hielten gestern eine Versammlung der wichtigsten Männer der Stadt ab, bei der auch eure Anwesenheit hier in Chur besprochen worden ist.»

Ich spürte, wie mein Herz einen Schlag aussetzte. Als ich nichts erwiderte, fuhr er fort: «Wisst ihr, die Zunftmeister sowie auch andere, höchst geachtete Männer der Stadt halten gemeinsam Versammlungen ab, um zu bestimmen, wie mit dem Generalvikar weiter vorgegangen werden soll. Wir haben morgen wieder eine solche Versammlung. Würdet ihr mich dorthin begleiten?»

Ich stimmte zu und war gespannt, was mich dort erwarten würde.

Falls sie um meine Hilfe beim Erstürmen des bischöflichen Hofes bitten würden, wäre ich nicht abgeneigt. Dies aus mehreren Gründen: Der offensichtlichste war die Bezahlung. Aber ich wollte auch, dass die Stadt hinter mir stand, falls Luzern bald beim Generalvikar vorsprechen sollte. Insgeheim wunderte ich mich, dass dies nicht bereits geschehen war.

Am folgenden Tag nahmen wir an besagter Versammlung teil. Wir betraten einen grossen Raum in der Zunft der Pfister.

Viele Männer hatten sich dort eingefunden und Johannes stellte mir diese als die übrigen Zunftmeister vor. Nach einigen Höflichkeiten begannen die Meister darüber zu diskutieren, ob der Zustand in der Stadt es bereits erfordere, dergestalt drastische Massnahmen wie eine gewaltsame Übernahme des bischöflichen Hofes zu veranlassen. Natürlich war das mit Risiken verbunden und einige Zunftmeister erinnerten daran, dass bereits der vorherige Versuch gescheitert und die Situation danach schlimmer geworden sei als je zuvor.

Johannes Moser entgegnete darauf, dass Gottes Hand den Herrn A Pro und seine Kämpfer in die Stadt Chur geführt habe.

Dank unserer Unterstützung rechne er damit, dass die Übernahme dieses Mal erfolgreich verlaufen würde.

Natürlich wurde ich im Anschluss daran um meine Meinung gebeten, worauf ich aus meiner Ecke hervor in die Mitte des Raums trat, damit mich alle Anwesenden sehen konnten.

«Ja doch, wir können euch helfen, den Hof einzunehmen. Jedoch nicht ohne die Unterstützung eurer Kämpfer. Mit vereinten Kräften stürmen wir die östliche Mauer mit Leitern. Der bischöfliche Hof ist kein befestigtes Schloss, die Mauern sind nicht hoch und im Osten verfügen sie über keine Wehrgänge. Ehe die Habsburger uns also bemerken, werden wir bereits auf ihrer Mauer tanzen.

Sind erst genug Männer in den Hof eingedrungen, rechne ich nicht mit viel Widerstand. Die Diakone, Priester und anderen Kleriker werden keine Gegenwehr leisten, wenn wir schwer bewaffnet angreifen. Somit bleiben die Habsburger. Doch werden sie nicht verbissen kämpfen. Sie befinden sich fernab ihrer Heimat und ihr Herz hängt schliesslich nicht an Chur.

Zudem sichern wir ihnen freien Abzug zu, wenn sie die Waffen niederlegen. So können wir einen Kampf vielleicht sogar ganz vermeiden und sie zur vorzeitigen Aufgabe bringen.»

»Wie viele Männer zählt euer Panner?«, fragte ein älterer Mann.

»Genug.«

«Ihr seid ja sehr von euch überzeugt!», schnaubte ein anderer Zunftmeister, worauf alle auf eine Reaktion von mir warteten; ich aber schwieg.

Die Versammlung dauerte an und begann mich schon bald zu langweilen. Man konnte keine Einigung finden. Ich stellte fest, dass viele der Herren ihre ganz eigenen Interessen verfolgten. Am späten Abend wurde die Versammlung beendet und man vertagte die Beratungen.

Zwei Tage später trafen wir uns wieder im Zunfthaus der Pfister. Einer der Meister blickte mich an und verkündete dann empört: «Heute rief mich der Generalvikar zu sich. Er informierte mich über die Ankunft von Boten aus der Stadt Luzern.»

In meiner Brust überschlugen sich meine Gefühle, und ich hatte Mühe, mir nichts anmerken zu lassen.

«Sie berichteten von Liviniern, die vor zehn Tagen die Stadtkammer der Stadt Luzern ausgeraubt hätten und mit dem Schatz geflüchtet wären.»

«Ungeheuerlich! Wie kann so etwas in einer Stadt wie Luzern geschehen? Wie viel wurde gestohlen? Hat man die Diebe bereits gefasst?», fragte ein anderer Meister.

«Nein. Die Verbrecher sind über den See geflohen und man konnte sie nicht finden. Natürlich wurden Landjäger ausgesandt. Und tatsächlich sind zwei von ihnen, die nach Einsiedeln gesendet wurden, nicht zurückgekehrt.» Er holte tief Luft, bevor er weitersprach: «Danach wurden Landjäger in unsere Stadt entsendet.» Er lief beinahe kirschrot an, ehe er nachsetzte: «Und auch sie sind spurlos verschwunden! Nun vermuten die Luzerner, dass die Verbrecher von Einsiedeln nach Chur gereist sind. Jene Landjäger, die den Generalvikar aufgesucht haben, kleideten sich als Händler, um überhaupt in die Stadt zu gelangen!»

Ich spürte, wie sich sämtliche Blicke auf mich richteten. Ganz offensichtlich passte die Beschreibung der Diebe auf unser Panner.

Ich kämpfte meinen rasenden Puls nieder und sprach langsam und deutlich zu den versammelten Zunftmeistern: «Ich habe dieses Verbrechen nicht begangen. Ich weiss nicht, wo diese Stadt Luzern liegen soll, und habe sie erst recht noch nie aufgesucht!»

Stille legte sich über den Raum, bis der Arzt von Chur, Gallus Brunhold, das Wort ergriff: «Und doch wart Ihr mit einem Euren Männern bei mir. Einer von ihnen sprach nur Italienisch, wie man es in Livinien spricht. Und sollen Eure Männer nicht draussen vor der Stadt lagern? Wäre das nicht geeignet, um Landjäger, die nach Chur unterwegs sind, abzufangen?»

«Ich beschäftige viele Söldner. Einige sprechen Italienisch, andere Französisch, wieder andere Deutsch. Wie ich Euch bereits sagte, Herr, war ich nie in jener Stadt, die Ihr Luzern nennt.« Ich wandte mich von dem Arzt ab und den versammelten Männern zu.

«Wenn Ihr es genau wissen wollt: Wir verliessen Appenzell, weil wir dort keine Arbeit mehr fanden und hörten, dass sich der Konflikt zwischen den Eidgenossen und den Mailändern verschärft. Wir erfuhren, dass wir auf diesem Weg in den Süden gelangen können.»

«Das Appenzell fällt ins Bistum St. Gallen. Wir unterhalten gute Kontakte dorthin. In welchem Auftrag wart ihr dort?», wollte ein Meister wissen, der die gleichen Kleider wie Johannes Moser trug. Später erfuhr ich, dass er Petrus Duremberger hiess und sich wie Johannes als Priester der Kathedrale St. Luzius verdingte.

«Das Appenzell wird von Schwyz verwaltet. Und weil die Schwyzer Truppen in Grinau zur Sicherung der Grenzen gegen Zürich stehen, hat man uns dorthin entsandt, um für Ordnung zu sorgen», antwortete ich.

Es entstand ein wildes Gemurmel, als sich die Meister berieten. Ich vermochte den Tenor deutlich herauszufiltern: Konnte man diesem fremden Söldnerherr vertrauen, sprach er die Wahrheit?

«Ich mag die Anschuldigungen kaum glauben», begann Johannes Moser schliesslich und vereinigte die Aufmerksamkeit aller auf sich: «Warum sollte Herr A Pro denn unsere Stadt aufsuchen nach solch einem Verbrechen? Hätte er sich denn dann nicht besser tief in den Wald zurückgezogen und sich dort versteckt? Oder wäre weit in den Osten geflohen?»

Vielleicht hätte ich das tatsächlich tun sollen, dachte ich. Ich schwieg weiterhin und liess die Männer sich beraten. Je weniger ich sagen musste, desto besser würde es wohl sein.

«Aber das kann kein Zufall sein, Johannes», brachte Petrus Duremberger ein: «Es passt zu gut zusammen!»

«Und ebenso ist es plausibel, dass der werte Herr A Pro vom Appenzell kommt», erwiderte Johannes. «Ich werde einen Boten zum Bistum St. Gallen entsenden und seine Behauptung überprüfen lassen. Aber es wird mindestens fünf Tage dauern, ehe wir eine Antwort erhalten werden.»

Ein anderer Zunftmeister stand auf und sagte: «Bitte tut das, Johannes. Bis dahin schlage ich vor, dass wir abwarten. Wir können keine Schritte einleiten, ohne genau zu wissen, mit wem wir es zu tun haben.» Er sah mich scharf an. «Und Ihr, Herr A Pro, bleibt in der Stadt! Ich werde die Torwächter entsprechend informieren. Wir werden in einer Woche wissen, ob wir Eure Dienste in Anspruch nehmen können oder … oder nicht.»

«Es bestürzt mich, dass Euch mein Wort nicht genügt, aber ich habe nichts zu verbergen. Wenn der Bote zurückkehrt, werdet Ihr sehen, dass die Anschuldigungen haltlos sind.»

Damit endete die Versammlung für mich. Ich begab mich mit gemischten Gefühlen zum Gasthaus Ochsen. Natürlich durfte ich die Rückkehr des Boten nicht abwarten. Ich musste vorher etwas unternehmen. Angestrengt dachte ich einmal mehr über meine Möglichkeiten nach, jedoch fiel mir keine gute Lösung ein. Wollte ich aus der Stadt fliehen, musste ich die Torwächter überwältigen.

Nach meiner Flucht aber würden die Zweifel an meiner Rechtschaffenheit als berechtigt gelten. Ich müsste weit fliehen, müsste den Einzugsbereich der acht alten Orte endgültig verlassen.

Am nächsten Tag befahl ich Tus, die Stadt zu verlassen, um Veit zu holen. Ich wollte seinen Rat einholen. Doch Tus sträubte sich.

«Warum schickst du nicht Felis?», fragte er.

«Und warum nicht dich?», entgegnete ich gereizt.

«Weil ich nicht dein Laufbursche bin. Du vergisst, dass ich älter und erfahrener bin als du.» Und nach einem kurzen Zögern wagte er es noch anzufügen: «Jungchen.»

Ich glaubte, mich verhört zu haben: «Jungchen …?» Sein Blick hielt meinem stand. «Was glaubst du, wo du ohne mich wärst?»

«Ich wäre irgendwo, ich hätte meinen Weg gefunden.»

«Sei still! Du wärst immer noch ein bedeutungsloser Söldner. Also geh und hol Veit, so wie ich es dir sage.»

Er versuchte noch mir standzuhalten, jedoch drehte er nach einigen Augenblicken ab und ging.

Ein paar Stunden später hatte Veit die Stadt erreicht und traf sich mit mir und Felis.

«Was hast du Tus gesagt?», wollte Veit sogleich von mir wissen.

«Weshalb fragst du?»

«Er schien … wütend zu sein?»

Ich schnaubte und sagte: «Er hat mich Jungchen genannt! Daraufhin habe ich ihn davongejagt.»

«Er hat was?»

Ich überlegte kurz und entschied, das Thema nicht weiter zu vertiefen.

«Wir haben Wichtigeres zu besprechen. Es sind Landjäger aus Luzern eingetroffen und die sind zum Bischof gerannt und haben über den Raub berichtet. Jetzt vermuten die Churer, dass wir die Räuber sein könnten.»

Das Entsetzen stand Veit ins Gesicht geschrieben. «Wie sind die durchgekommen? Ich habe niemanden gesehen!» Er errötete und formte mit den Lippen eine tonlose Entschuldigung. Ich aber winkte ab und klopfte ihm freundschaftlich auf die Schulter.

«Das glaube ich dir, mein Freund. Die Landjäger waren wohl als Händler getarnt. Irgendwann wären sie sowieso durchgekommen.»

«Und was hast du zu deiner Verteidigung gesagt?»

«Ich habe erzählt, dass wir vom Appenzell kommen. Weil es dort keine Arbeit mehr gegeben habe, seien wir nun auf dem Weg in den Süden.»

«Ja, gut. Und haben sie es geglaubt?»

«Nicht alle, nein. Sie haben nun einen Boten zum Bistum im Appenzell entsandt. Nun wollen sie warten, bis er zurückkehrt und meine Geschichte bestätigt oder nicht.»

«Was er ja offensichtlich nicht tun wird», sagte Veit. Ich nickte.

«Dann müssen wir verschwinden, in den Süden. Bevor dieser Bote zurückkehrt», schlug Veit vor.

«Aber wohin? Wenn ich jetzt verschwinde, bekenne ich mich schuldig. Wieso sollte ich sonst flüchten? Und dann weiss man in der gesamten Eidgenossenschaft, dass Herr A Pro zusammen mit den Liviniern die Stadt Luzern um einen Teil ihres Vermögens gebracht hat. Dann werden sie uns überall suchen. Wir müssten weit, weit weg von den acht Orten. Und Ich kenne nur die Eigenossenschaft.» Ich spürte, wir mir die Verzweiflung die Kehle abzuschnüren drohte.

«Ich auch», gestand Veit.

«Ich hatte gehofft, dass die Churer vorher den Hof überfallen würden. Wenn wir ihnen dabei geholfen hätten, hätten sie Luzern bestimmt vergessen, da sie dann die Verwaltung ihrer Stadt aufbauen müssten. Sie wären uns wohlgesinnt gewesen», erklärte ich. «Aber nun sind sie unsicher und warten ab.»

Veit schwieg und dachte nach. Nach einer Weile fragte er: «Hätten wir den Hof denn einnehmen können?»

«Ich glaube ja. Er ist nicht stark befestigt. Mit einer Leiter kann man die östlichen Mauern erklimmen. Es sollen nicht viele Habsburger dort sein, ansonsten nur Geistliche, die keine Waffe schwingen können», sagte ich.

Veit grinste und sagte mit einem verschmitzten Augenzwinkern: «Und wenn wir den Hof nun ohne die Churer für die Churer einnehmen?»

«Was meinst du?»

«Nun, die Churer wollen den Hof ja überfallen. Sie sind wütend und wollen die Stadt in ihren Händen sehen. Sie zögern nur wegen der Sache in Luzern. Wenn wir den Hof nun einfach stürmen und danach an sie übergeben, sind sie uns dankbar und müssen sich um die Verwaltung kümmern. Ausserdem könnten wir dann im Namen von Chur einen Boten nach Luzern senden mit der Nachricht, dass die Räuber nicht in Chur seien!»

Ich dachte nach. Deshalb hatte ich Veit holen lassen. Er dachte stets mit. Ich befand, dass das eine gute Idee war. Wir würden die Churer einfach zu ihrem Glück zwingen, wenn sie es nicht selbst taten. Nach einer Weile fragte ich Veit: «Wie geht es den Männern? Sind sie kampfbereit?»

Veit grinste. «Natürlich sind sie das. Ich habe sie jeden Tag kämpfen lassen.»

«Aber werden sie auch eine geistliche Festung einnehmen? Gegen Priester kämpfen?», überlegte ich laut.

«Es sind deine Landsmänner, also sag du es mir. Aber ich glaube, sie werden dir folgen.»

Ich dachte nach: «Ja, sie würden mir folgen», redete ich mir ein. Diese Männer klammerten sich an den Glauben, aber der Glaube hatte ihnen nicht so viel genützt wie ich. Ausserdem würden sie gegen Habsburger Soldaten kämpfen und hoffentlich nicht gegen Priester.

«Wir werden es aber bald machen müssen, bevor weitere Luzerner hierherkommen oder der Bote vom Appenzell zurückkommt», sagte Veit.

«Dann machen wir es morgen!», antwortete ich.

Noch vor dem Morgengrauen des nächsten Tages machten sich Felis und ich bereits auf den Weg zum Untertor. Wir schlichen lautlos durch die Gassen. Es war ruhig, die meisten Bürger schliefen noch. Sobald wir das Tor im Blick hatten, hielten wir inne und beobachteten die Wachen. Das Tor war von innen verschlossen, wie es für die Nacht angeordnet war. Wir konnten zwei Torwachen anhand ihrer Fackeln in der Dunkelheit ausmachen. Beide schienen auf einer Bank zu sitzen und auf ihre Ablösung zu warten. Sie waren bestimmt nicht auf Ärger gefasst, da während der Nachtschicht üblicherweise wenig Aufregendes passierte. Anhand ihres Waffenrocks konnte ich sie als Habsburger identifizieren.

«Wir bewegen uns um das Gebäude und schleichen uns auf der Rückseite möglichst nahe an den linken Wächter an. Dann wirst du ihn überrumpeln und ich werde mich auf den anderen stürzen. Wir müssen so schnell wie möglich durch das Tor.»

Felis nickte. Sobald wir das Gebäude umrundet hatten, drückten wir uns möglichst nahe an die Hauswand, um nicht gesehen zu werden. Wir begaben uns bis zu einer Stelle, an der ich nicht mehr weiterzugehen wagte, da wir dann in den Schein der Fackeln geraten würden. Ich gab Felis ein Zeichen und hastete lautlos am ersten Wächter vorbei, direkt auf den zweiten zu. In meinem Rücken hörte ich ein Gurgeln, welches mir verriet, dass Felis dem ersten Wächter seinen Dolch in den Hals gerammt hatte. Das alarmierte «meine» Wache, die den Kopf auf die Brust gelegt hatte und döste. Als er den Kopf hob, spürte er bereits die Klinge meines Dolches.

Felis und ich verharrten einige Sekunden lang bewegungslos und lauschten auf ein Zeichen, das verraten würde, ob uns jemand bemerkt hatte. Doch es blieb still. Wir zogen die Wachen in eine Gasse, damit sie nicht auf den ersten Blick entdeckt wurden. Gleich darauf öffneten wir das Tor und hielten eine Fackel in die Dunkelheit hinaus. Das war das Zeichen, das wir mit Veit vereinbart hatten.

Kurz darauf konnte ich in der Finsternis Bewegungen ausmachen. Die Gestalten näherten sich dem Tor, bis mir schliesslich meine Krieger gegenüberstanden. Wir nickten einander lautlos zu, es wurde nicht gesprochen. Wir traten vor die Stadtmauer, schlossen das Tor wieder und dann bewegten wir uns entlang der Stadtmauer zum östlichsten Teil der Hofmauer. An dieser Stelle war die Hofmauer von aussen zugänglich.

Dort angekommen warteten wir einen Augenblick und horchten in die Dunkelheit. Immer noch nichts. Also zogen wir eine Leiter aus dem Gebüsch, die Veit zuvor hatte anfertigen lassen und dann dort versteckt hatte. Still stieg ich, gefolgt von meinen Männern, die Leiter hoch und landete kurz darauf auf dem Wehrgang der Mauer. Ich orientierte mich und hielt nach Soldaten Ausschau, jedoch konnte ich niemanden sehen. Also stieg ich so leise es ging vom Wehrgang hinunter in den Hof des Schlosses und wies meine Männer an, es mir gleichzutun. Einem Wiehern im Gebäude zu meiner Linken nach zu urteilen, musste es sich um einen Stall handeln. Ich führte alle Männer in den Stall, wo wir uns zunächst verstecken und sammeln konnten. Sollte es wirklich so einfach sein?

«Wo sind die Soldaten?», fragte mich Veit, als wir alle im Stall kauerten und lauschten.

«Ich weiss es nicht», antwortete ich und überlegte.

«Lupi», rief ich meinen Hauptmann zu mir.

«Herr?»

«Platzier ein paar Männer auf dem Wehrgang. Es darf uns niemand nachsteigen. Ich will den Hof abriegeln.»

Damit verschwand er und erteilte seine Befehle.

Natürlich hatte ich mir reiflich überlegt, wie ich vorgehen sollte. Dabei war ich zu dem Schluss gekommen, dass es das Wichtigste war, den Hof einzunehmen und abzuriegeln. Das bedeutete, alle Eingänge zu kontrollieren und sicherzustellen, dass uns niemand in den Rücken fallen konnte.

«Wir teilen uns auf. Veit, du gehst mit der einen Hälfte der Männer zum Hoftor. Nehmt es ein und besetzt es. Ich will, dass wir die Kontrolle über dieses Haupttor haben. Wenn die Habsburger Widerstand leisten, so kämpft. In Kürze wird unsere Anwesenheit hier ohnehin aufgedeckt werden.» Veit liess mich wissen, dass er verstanden hatte.

Also fuhr ich fort: «Ich werde derzeit ins Schloss eindringen und den Generalvikar in meine Gewalt bringen. Sobald du das Tor kontrollierst, schickst du jene Männer, die du nicht benötigst, um es zu sichern, zu mir.»

Veit nickte wieder. Ich drehte mich zu meinen Männern um und sagte: «Seid so leise wie möglich. Wir müssen zuerst den Hof sichern. Verstanden?» Alle nickten. Und damit teilten wir uns auf.

Ich verliess den Stall und horchte draussen im anbrechenden Tageslicht nochmals, konnte aber immer noch nichts hören. Also bewegte ich mich zum Schloss, dessen Eingang sich jenseits von zwei weiteren Gebäuden befand. Da erkannte ich zwei Wachen, welche die Tür von aussen besetzten. Auch bei ihnen handelte es sich um Habsburger, die gelangweilt und wenig aufmerksam ihre Stunden absassen.

Ich winkte meinen Armbrustschützen zu mir. Er legte an und zielte. Auf mein Zeichen löste er den Bolzen. Er traf sein Ziel sauber, der Soldat ging zu Boden. Der andere Habsburger benötigte geschlagene fünf Sekunden, um zu verstehen, dass etwas nicht stimmte. Er schreckte hoch, da traf ihn bereits ein Bolzen in die Seite. Der Getroffene griff an seine Seite und betrachtete dann ungläubig seine blutverschmierte Hand. Da spurtete ich bereits auf ihn zu und schlug ihn mit meiner Hellebarde nieder. Mit einem spitzen Schrei brach der Mann zusammen. Erst, als ich ihm mit Wucht ins Gesicht trat, verstummte er.

Doch nun musste es schnell gehen. Ich wollte eben am Tor zerren, um zu schauen, ob es sich öffnen liess, als es von innen aufgestossen wurde und ich mich zwei Habsburger Soldaten gegenübersah. Sofort senkte ich die Hellebarde und stach mit dem Spitz auf das Gesicht eines Kämpfers ein. Er hielt sich die Hände vor das zertrümmerte Nasenbein und konnte vor lauter Blut offenbar nichts mehr sehen. In wilder Panik liess er sein Schwert fallen und drehte sich um. Dabei rannte er gegen eine Wand und fiel dann jammernd hin.

Kurz darauf sackte auch der zweite Habsburger zusammen. Delio war in der Zwischenzeit hervorgeprescht und hatte seinen Katzbalger im ungeschützten Hals des Gegners versenkt.

Damit war der Durchgang fürs Erste frei. Wir erkannten, dass hinter dem Tor eine Art Tunnel lag. Wir mussten diesen eilfertig passieren, ehe Habsburger Soldaten ihn verstopfen konnten. In dem engen Tunnel würden wir unsere zahlenmässige Überlegenheit nämlich nicht ausspielen können.

«Los, vorwärts, hinein. Bleibt zusammen!», rief ich meinen Männern zu. Damit passierte ich das Tor und rannte in den Tunnel hinein. Offensichtlich befand sich über uns ein Gebäude.

Am Ende des Tunnels konnte ich fahles Licht durch den Spalt einer nicht ganz geschlossenen Tür erkennen. Unverkennbar führte diese Tür in einen Innenhof, aus dem ich bereits das Klirren von Waffen und Trampeln von Stiefeln vernehmen konnte. Kurz bevor ich die Tür erreichen hatte, wollte sie ein Habsburger von der anderen Seite öffnen. Ich warf mich mit meinem ganzen Körpergewicht gegen das Türblatt und schleuderte ihn somit auf den Hof zurück.

Benommen stolperte ich in den Innenhof. Als ich wieder sicheren Stand fand, sah ich vor mir mehrere bewaffnete Habsburger, die mich ungläubig anstarrten. Gottseidank dauerte es nur zwei oder drei Atemzüge und meine Männer hatten hinter mir Aufstellung bezogen.

Einen kurzen Augenblick lang standen wir uns wortlos gegenüber und jeder wartete darauf, dass die Gegenseite den ersten Schritt unternahm. Der Mann, den ich mit der Tür umgestossen hatte, lag noch immer rücklings zu meinen Füssen und sah mich verängstigt an.

Mir war klar, dass ich dieses Überraschungsmoment nutzen musste. Ich musste den Kampfwillen des Gegners so schnell wie möglich brechen. Wir mussten hart und brutal zuschlagen.

Ich durchbrach die Stille, indem ich die Hellebarde weit aufzog und mit aller Kraft, die ich aufzubringen vermochte, auf den Kopf des vor mir liegenden Soldaten niederfahren liess. Ich brüllte so laut ich konnte und spaltete seinen Schädel in zwei Hälften. Sein Hirn verteilte sich in alle Richtungen. Ich spürte, wie es mich im Gesicht traf. Sein Herz schlug noch eine Weile und das Blut spritze wie aus einer Wasserpumpe stossweise den anderen Habsburger Soldaten entgegen. Es tat seine Wirkung und unsere Gegner blieben wie angewurzelt stehen. Sie konnten ihre Blicke nicht von dem zerschmetterten Kopf ihres Kameraden abwenden.

«Angriff!», brüllte ich und stürmte rücksichtslos auf die feindliche Reihe zu. Ich kümmerte mich in jenem Augenblick nicht darum, ob mir meine Männer tatsächlich folgten; ich war vom Blutrausch ergriffen. Meine Hellebarde schleuderte ich schnell und weit voran, und sie traf einen Mann direkt in die Brust. Der Treffer war nicht tödlich, aber er liess ihn rückwärts taumeln und stiftete Chaos unter den Habsburgern.

Als ich meinen Kopf leicht drehte, sah ich, dass um mich herum Männer in hitzige Kämpfe verwickelt waren. Die Schockstarre der Habsburger war nun aufgelöst, und sie versuchten sich in einer Linie zu formieren. Doch unser Druck war zu gross und sie konnten nicht standhalten. Wir waren geübter im Umgang mit unseren Waffen, trugen lange Bärte und brüllten wie rasende Tiere. Meine Wildheit hatte meine Männer angesteckt und wir hieben mit aller Kraft auf die Masse von Körpern vor uns ein.

Die Linie der Habsburger löste sich auf. Die hinteren Reihen flohen und so stürzte die vordere Reihe wie eine instabile Wand um. Die Linie brach vollends auseinander und wir entzweiten die Gruppe vor uns. Wir stachen und hackten wie teuflische Dämonen auf die Gegner ein.

Plötzlich hatte ich für einen Augenblick keinen Mann mehr vor mir. Ich musste mich kurz orientieren. Doch dieser Augenblick genügte, um mein Bewusstsein aus dem Blutrausch wachzurütteln, und so erkannte ich, dass die Habsburger wohl zur Aufgabe bereit waren. Jedoch begriffen das meine Männer nicht. Sie hackten, schlugen und stachen ungebremst auf ihre Gegner ein. Ich hielt sie in ihrem blutigen Werk nicht auf.

Stattdessen packte ich Delio und noch einen zweiten Söldner am Lentner. Sie drehten sich um und wollten schon auf mich einschlagen. Ich befahl ihnen, mir zu folgen. Gemeinsam erklommen wir eine nahestehende Treppe. Wir atmeten schwer und ich rief, um den Kampflärm zu übertönen: «Wir müssen den Bischof oder den Generalvikar finden!»

Sie nickten. Natürlich waren inzwischen sämtliche Menschen im Hof wach und blickten aus Fenstern und von den Mauern entsetzt in den Innenhof. Die Mutigen wagten sich näher an das Geschehen heran. Als wir die Treppe hinaufhetzten, sah ich oben

Kinder davonrennen. Einen älteren Jungen bekam ich noch zu fassen. Ich legte meine Hand an seinen Hals und drückte zu.

«Wo befindet sich der Generalvikar?»

Der Junge wimmerte verängstigt. «Im Turm», krächzte er und zeigte in die Richtung. Ich liess ihn los. Schreie gellten über den Hof.

Ich schritt auf den besagten Turm zu. Plötzlich standen uns wieder vier Habsburger gegenüber. Jedoch hatten sie das Gemetzel im Hof gesehen und waren nicht auf einen Kampf aus. Ich jedoch schon und so stürmte ich ihnen mit meiner Hellebarde entgegen. Einen erwischte ich, Delio einen zweiten. Die anderen flohen.

Kurz darauf fanden wir uns vor der Tür in den Turm wieder, die offenstand. Wir traten ein und trafen auf einige Diener. Wieder packte ich eine Frau am Arm und fragte: «Wo ist der Vikar?»

Sie zeigte verängstigt daraufhin verängstigt auf die Treppe, die nach oben führte.

Ich rannte los, die Treppe hinauf, und dann über eine weitere Treppe noch ein Stockwerk höher. Dort fand ich eine Tür in der Turmwand, die offenstand und nach draussen führte. Ich stutzte. Wir hatten uns angeschlichen, die Mauer erklommen und auf Leben und Tod gegen Männer gekämpft, um ins Innere des Turms zu gelangen. Und nun fanden wir eine Tür, offensichtlich eine Geheimtür, die einfach so offenstand und geradewegs aus der Stadt führte. Ich blickte direkt auf die Strasse, die ausserhalb der Stadtmauer entlangführte. Hinter der Tür ging es einen steilen Hang hinab, dann erreichte man bereits besagte Strasse.

«1422 verschaffen sich die Bürger gewaltsam Zutritt zum Hof und mauerten dessen separaten Zugang zu, damit der Bischof stets durch die Stadt gehen musste.»[14]

«Wo ist der Vikar?», fragte ich die umstehenden Menschen. Niemand antwortete und so stach ich einen Diener nieder und wiederholte die Frage.

---

[14] Kaiser, 2021

Endlich zeigte eine Frau auf die Tür, die nach draussen führte. Das hatte ich befürchtet; er war also geflohen.

«Haltet den Generalvikar auf!», rief ich Delio und dem anderen Söldner zu. Wir stürmten nach draussen. Mittlerweile war es taghell und ich konnte eine Gruppe von Männern sehen, die an der Stadtmauer entlangeilte und offenbar das nächstgelegene Stadttor erreichen wollte.

Abbildung 10: Chur (Nach: Poeschel, 1948)

«Schnell!», rief ich und zeigte auf die Männer: «Schnappt die Kerle!» Wir stürmten drauf los, und für wahr, ich nie zuvor in meinem Leben war ich so schnell gerannt wie in diesem Augenblick. Ich aktivierte sämtliche Kraftreserven in meinem Leib. Der Generalvikar genoss einen gehörigen Vorsprung, ausserdem waren sie leichter gekleidet als wir mit unseren Lentnern und Waffen. Sie erreichten das kleine Schanfiggertörli, welches nur rund 100 Fuss vom Turm entfernt lag und sie zurück in die Stadt führen würde. Sie hämmerten mit den Fäusten gegen das Tor und riefen um Hilfe. Aber es öffnete ihnen niemand und so konnten wir sie einholen, packen und in Gewahrsam nehmen.

Die Männer sahen bemitleidenswert aus in ihren Schlafgewändern. Ich konnte aber nicht sagen, wer von ihnen der Generalvikar war. Einer der Kleriker wehrte sich nun, doch ein wuchtvoller Schlag mit meinem Hellebardenstiel gegen seinen Kopf liess ihn fügsam werden. Die beiden anderen Männer schrien noch ein Mal um Hilfe, dann brachte mein drohender Blick sie zum Schweigen.

Unverzüglich begaben wir uns zurück zur Geheimtür, die Gefangenen in unserer Mitte. Da öffnete sich das Schanfiggertörli.

Zwei Habsburger erschienen.

«Was geht hier vor?», riefen sie uns hinterher.

Ich beachtete sie nicht und eilte so schnell es ging zur Geheimtür, zurück. Die Habsburger verfolgten uns, doch wir erreichten die Tür rechtzeitig.

«Wenn ihr leben wollt, bleibt draussen!», rief ich unseren Verfolgern zu und schloss die Tür. Barsch drängten wir den Vikar und seine Begleiter und Diener in einer Ecke des Raums zusammen, während ich Delio losschickte, um Verstärkung zu holen. Von draussen konnte ich hören, wie die Habsburger gegen die verriegelte Tür hämmerten und verlangten, dass wir sie öffneten.

Ich sah die Gefangenen an und fragte: «Wie viele Zugänge zum Hof gibt es?»

Natürlich antwortete mir zunächst niemand; ich sah in entsetzte Gesichter. Ich rammte einem der Diener meinen Hellebardenstiel in den Magen, dass er sich schmerzverzerrt krümmte, daraufhin wiederholte ich die Frage.

«Es gibt diesen geheimen Zugang und das Hoftor. Nur diese beiden!»

Erleichtert liess ich von den Gefangenen ab, dann kehrte Delio mit weiteren Söldnern zurück.

«Bewacht die Tür und diese Männer; einer davon ist der Generalvikar», befahl ich ihnen. «Wo befindet sich der Rest des Panners?»

«Wir haben das Schloss eingenommen, Herr. Die übrigen Männer sind zum Hoftor geeilt, um dort zu helfen.»

Also eilte ich aus dem Schloss und weiter über den Hof hinüber zum Hoftor. Dort angekommen, konnte ich keinen Kampflärm mehr hören. «Veit!», rief ich nach meinem Freund.

«Ja?» Er trat aus einer Seitentür des Torhauses.

«Befindet sich das Tor in unserer Hand?»

«Ja», bestätigte er knapp.

«Stehen bereits Leute vor dem Tor?» Ich rechnete damit, dass sich die Neuigkeit in der Stadt wie ein Lauffeuer ausbreiten würde und sich schon bald Menschenmassen vor dem Tor versammeln würden. Stadtbüttel, Handwerker, einfache Bürger ...

«Nein», beruhigte mich Veit.

Ich trommelte mein Panner zusammen und befahl: «Teilt euch in Gruppen zu fünf Mann auf und durchsucht den Hof. Bringt alle Kleriker in den Stall. Wir müssen wissen, wer von ihnen der Generalvikar ist, und zwar, bevor die ganze Stadt vor dem Tor steht.»

Und damit schwärmten meine Söldner aus. Ich wandte mich wieder an Veit. «Hast du Männer verloren?»

«Ein paar Leichtverletzte – nichts, was ernsthaft wäre. Und du? Konntest du das Schloss einnehmen?»

«Ja. Ich glaube, wir haben den Generalvikar gefasst!» Ich musste grinsen.

«Und jetzt? Was machen wir, wenn die Stadt wach ist?»

«Wir halten den Hof, bis wir mit dem Rat der Zünfte einige Einigung gefunden haben. Dann übergeben wir den Hof und hoffen, dass sie uns dankbar sein werden.»

Ich gönnte mir den Luxus eines bewussten Atemzugs. «Bleib beim Tor. Wenn die Churer kommen und Eintritt verlangen, antworte nicht, bis wir sicher wissen, dass wir den Generalvikar in unserer Gewalt haben.»

Meine Männer trieben eine Gruppe überlebende Habsburger auf dem Hof zusammen. Für sie gab es kein Entkommen mehr. Sie standen dicht zusammengedrängt mit gezogenen Schwertern bereit, um sich zu verteidigen, doch ihre Gesichter verrieten etwas anderes.

Meine Männer hielten sie in Schach. Ich begab mich zu ihnen und wandte mich direkt an die Habsburger: «Wenn ihr leben wollt, so lasst ihr eure Waffen fallen.»

Nach einer Weile antwortete einer der Soldaten: «Und was passiert dann mit uns?» Er sprach in einem mir unbekannten Dialekt.

«Ihr kommt ins Verliess und vermutlich wird euch die Stadt Chur den Prozess machen. Das liegt nicht mehr in meiner Hand.»

Um ehrlich zu sein: Ich hatte keine Ahnung, was mit ihnen geschehen würde. Ich merkte, dass sie zögerten, woraufhin ich sagte: «Chur ist eine christliche Stadt. Ihr werdet bestimmt Milde erfahren.»

Langsam und zögerlich, wohl auch unter dem Eindruck der ihnen zahlenmässig überlegenen Söldner, legten sie die Waffen nieder. Ich wartete und wies meine Männer an, eine Gasse zu bilden, damit wir die Soldaten ins Verliess führen konnten.

Später kam Lupi zu mir und berichtete, dass sie den gesamten Hof durchsucht und alle Geistlichen im Stall versammelt hätten. Ich folgte ihm nun dorthin. Diener und Mägde huschten verängstigt über den Hof und versuchten zu begreifen, was an diesem Morgen geschehen war.

«Wir bewachen sämtliche Ein- und Ausgänge, richtig?», wollte ich von meinem Hauptmann wissen.

«Ja, Herr.»

«Auch die Mauer und den Wehrgang, über den wir hineingekommen sind?»

Wieder bejahte Lupi und versicherte mir: «Niemand kommt herein oder hinaus, ohne dass wir es bemerken.»

Ich nickte zufrieden und betrat den Stall. Der Geruch von Vieh stieg mir in die Nase. In einer leeren Pferdebox harrten die drei Männer, die wir vor dem Stadttor aufgegriffen hatten, der Dinge, die da in Form von mir auf sie zukommen würden.

«Wer von euch ist der Generalvikar?», wollte ich ohne Umschweife wissen.

Ein Mann trat vor: «Das bin ich, Bruno von Habsburg. Und wer seid ihr? Was fällt euch ein, die heilige Kirche anzugreifen! Dafür werdet ihr für immer im Höllenfeuer schmoren. Ich verlange, dass ihr uns sofort freilasst.»

Ich trat grimmig vor und blickte ihm direkt in die Augen. «Wir haben euch im Namen der Bürger der Stadt Chur festgenommen und den Hof in unsere Gewalt gebracht. Die Bürger dieser Stadt sind eurer Tyrannei müde. Deshalb werden sie entscheiden, was mit euch passieren soll.»

Lupi führte weitere Kleriker zu mir. Zwei von ihnen schauten mich mit grossem Entsetzen an.

«Herr A Pro, was in Gottes Namen habt ihr getan?»

Es handelte sich um Johannes Moser und Petrus Duremberger, die beiden Mitglieder des Stadtrates, die noch am Vortage über mein Schicksal entscheiden wollten. Offensichtlich hatten sie sich im Schloss aufgehalten, als wir es erobert hatten.

«Bruder Moser, Bruder Duremberger, ihr kennt diesen Verbrecher?», fragte der Generalvikar. Sie sahen ihn nur an, schwiegen aber.

Ich gab Lupi ein Zeichen und er liess die beiden Männer frei.

«Behalt die anderen hier. Kein Geistlicher soll den Stall verlassen, nur diese beiden haben das Recht, sich frei im Hof zu bewegen.»

Damit trat ich wieder auf den Hof hinaus, gefolgt von den beiden Klerikern, die sichtbar aufgebracht waren.

«Was habt ihr nur getan?», sagte Petrus und wiederholte damit die Frage von Johannes.

Ich hielt abrupt inne und drehte mich zu ihnen um.

«Ich habe den Hof für die Bewohner von Chur eingenommen – das wolltet ihr doch, nicht?»

«Dieser Entschluss war noch nicht gefasst!», schrie Petrus. «Ihr habt ohne die Zustimmung des Stadtrates gehandelt.»

«Was macht das für einen Unterschied? Ihr wolltet den Hof einnehmen und ich habe ihn eingenommen.»

«Um Gottes willen. Aber es sollte doch ohne Gewalt und Tote passieren», sagte Johannes, dem ehrliche Empörung ins Gesicht geschrieben stand.

«Ohne Gewalt», höhnte ich, «und wie hätte das geschehen sollen? Indem wir einfach an die Tür klopfen und um Einlass bitten?»

Ich legte eine Pause ein und atmete durch. «Wir haben keinem Churer oder Geistlichen etwas angetan, noch werden wir ihnen etwas antun. Alles Blut, das ihr hier seht, ist jenes von den Habsburger Soldaten.»

Johannes und Petrus wechselten einen Blick, ehe Petrus sagte: «Und wie geht es jetzt weiter? Werdet ihr den Hof der Stadt übergeben?»

«Zuerst werde ich die Ordnung wiederherstellen. Und ihr werdet mir dabei helfen. Ihr habt nun die Möglichkeit, den Hof neu zu organisieren. Ihr werdet im Stall die korrupten Geistlichen von den ehrlichen trennen.»

Sie hielten inne und überlegten. Das schien ihnen zu gefallen und Johannes antwortete: «Und was soll mit den Korrupten passieren?»

«Sie werden ins Verlies gesperrt. Vorläufig halte ich den Hof und ich werde niemanden herein- oder hinauslassen, bis sich die Situation beruhigt hat. Dann schauen wir weiter. Geht nun und kümmert euch um die Leute im Hof.» Ich wies auf einige Diener und Mägde, die sich auf dem Hof versammelt hatten und uns neugierig anschauten, da sie verstanden hatten, dass von uns keine Gefahr für sie ausging.

«Ich werde meinen Männern befehlen, auf euch zu hören.»

Ich wartete nicht auf eine Antwort, sondern liess sie stehen und begab mich zu Lupi.

«Haben wir Männer verloren?», fragte ich ihn. Ich wollte ganz sicher gehen.

«Nein, Herr.»

«Gut. Halte du unsere Männer zusammen, Lupi. Wir wissen nicht, ob sich noch weitere Soldaten hier verstecken, die uns auflauern könnten.»

Er nickte und eilte davon.

Ich schritt zum Hoftor. Von der anderen Seite waren bereits Rufe und lautes Gemurmel zu vernehmen. Ich stieg den Hofturm hinauf und blickte von oben auf das Tor hinab. Ich konnte zahlreiche Menschen erkennen, aber niemanden vom Stadtrat. Nur Gesindel, das durcheinanderredete und sich verwundert am Kopf kratzte.

«Holt die Zunftmeister», rief ich zur Menge hinunter.

Es dauerte eine Weile, bis die ersten Menschen zu mir heraufblickten und erkannten, dass ich zu ihnen sprach. Also wiederholte ich meine Aufforderung noch ein paar Mal, bis schliesslich ein paar Jungen losgeschickt wurden. Kurz darauf erkannte ich, dass sich der Wirt Klaus Dieprecht der Menschenmenge vor dem Tor näherte. Sein Wirtshaus lag unweit des Hoftors.

«Was geht hier vor sich? Was soll dieser Tumult?», rief er der Menge zu. Am Hoftor angekommen, schaute er zum Hofturm empor und erkannte mich.

«Herr A Pro? Sind Sie das? Was ist geschehen?»

Anstatt nur ihm zu antworten, erhob ich meine Stimme und sprach zur gesamten versammelten Menschenmenge:

«Mein Name ist Herr A Pro!«, rief ich nach Leibeskräften. «Vor einigen Tagen bin ich als Reisender in eure wundervolle Stadt gekommen. Doch schon bald bemerkte ich die Tyrannei, welche die ehrlichen Bürger hier plagt. Ich bemerkte fremde Soldaten auf eurem Markt, ich bemerkte übermässige Abgaben in euren Wirtshäusern. Ich bemerkte unglückliche Verliebte, weil ihnen eine Heirat verweigert wird.»

Ich machte eine Pause, die Menge lauschte gespannt meinen Worten. In der Zwischenzeit konnte ich auch die ersten Stadträte erkennen, die sich durch die Menschenmenge nach vorne zum Hoftor drängten. Bevor diese jedoch sprechen konnten, fuhr ich fort: «All das bemerkte ich. Und als ich darüber zu sprechen wagte, wurde ich an eure Zunftmeister verwiesen. Auch der Rat weiss um die ungerechte Tyrannei hier in Chur, und dass die ehrlichen Bürger der Stadt dieser überdrüssig sind. Und darum hat sich euer Stadtrat dazu entschlossen, den Hof zu übernehmen und die Tyrannei zu beenden!»

Die Leute begannen zu jubeln, zuerst zaghaft, dann aber immer euphorischer.

«Heute Morgen haben wir den Hof – euren Hof – von den fremden Soldaten befreit. Die Tyrannei hat ein Ende und ihr braucht keine Fremdherrschaft mehr zu erdulden!»

Ich spürte, dass ich die Gunst der Menge gewonnen hatte. Die Menschen wandten sich den Zunftmeistern zu, dankten ihnen und klopften ihnen auf die Schultern. Es entstand ein wildes Durcheinander und ich beschloss, mich zurückzuziehen. Die Churer sollten sich zunächst an die neue Situation gewöhnen.

«Also halten wir den Hof?», wollte Veit wissen, als ich meine Ansprache beendet hatte.

Ich antwortete ihm und Lupi: «Ja, wir werden den Hof halten. Die Zugänge zum Hof sollen zu jeder Zeit bewacht sein. Ohne meine Erlaubnis darf niemand diesen Ort verlassen oder betreten. Wir werden zunächst Ordnung herstellen.»

Beide nickten.

«Lupi, lass jeden ausruhen, der zu keiner Aufgabe eingeteilt ist. Wir werden hier ein paar Tage verweilen. Aber pass auf sie auf. Kein Weib soll belästigt und niemand getötet werden. Es wird auch nicht geplündert! Halt das Panner in Schach.»

«Ja, Herr.»

Ich war mir sicher, dass die Männer es schätzen würden, in einem richtigen Bett zu schlafen.

«Komm mit», sagte ich zu Veit, «wir suchen Petrus und Johannes auf.» Und mit diesen Worten liessen wir das Hoftor mit dem Lärm der Menschenmenge hinter uns.

Am Abend versammelten wir uns in der Halle der Truppenunterkünfte im Schloss. Wir stellten Tische und Stühle auf und meine Männer feierten unseren Sieg. Die jüngsten Krieger hatte ich dazu verdonnert, die Zugänge zum Schloss und die Geistlichen im Stall zu bewachen. Für die Habsburger hatten wir im Schloss ein Verlies gefunden. Nach wenigen Stunden – Bier und Wein flossen in rauen Mengen – war mein Panner in einem Zustand, dass vermutlich bereits fünf Mann den Hof hätten zurückerobern können. Meine Söldner torkelten umher und sangen Lieder. Es war mir recht, sie hatten es verdient.

Zunächst hatten mir die Bewohner des Schlosses Sorgen bereitet. Ich fürchtete, sie würden unsere Abwesenheit ablehnen, vielleicht uns sogar bekämpfen. Jedoch stellte sich heraus, dass die Diener und Mägde genauso vom Generalvikar und seinen Gefolgsleuten tyrannisiert wurden wie die Stadtbewohner selbst. Und so schienen sie unsere Tat nicht als gewaltsame Übernahme, sondern als Befreiung zu begreifen. Sie bewegten sich unbekümmert und ausgelassen über das Gelände und schäkerten mit meinen Männern. Ich will nicht ausschliessen, dass der ein oder andere Livinier in jenen Tagen mit einer hübschen Magd anbandelte.

Jedenfalls feierten viele der Bewohner des Hofes mit uns. Natürlich gab es einige treue Anhänger des Generalvikars, die unser Verhalten nicht guthiessen, es sei nicht gottgefällig.

Wahrscheinlich liegt genau da das Problem, dachte ich. Der Mensch kann nicht immer gottgefällig sein. Sonst gäbe es schliesslich keine Busse und man müsste Gott nicht um Vergebung bitten.

Ich verlangte vom Küchenmeister reichlich Speisen und Wein aufzutischen. Er handelte sich um einen dicklichen Mann, der bestimmt selbst stets genug zu essen hatte. Entgegen meinem ersten Eindruck war er jedoch ein freundlicher Kerl und hatte nichts gegen ein Fest einzuwenden. Er wies den Truchsess ordnungsgemäss an, die Speisen aufzutragen.

Die Bediensteten wollten sich das Festessen ebenfalls nicht entgehen lassen und schlossen sich dem Mahl an. Und ich liess sie gewähren. An diesem Tag sollte jeder etwas zum Feiern haben. Es wurden weitere Tische herbeigetragen, weitere Stühle zurechtgerückt und alle sassen beisammen. Jemand holte eine Leier und stimmte ein Trinklied an. Jeder Krieger, jede Magd und jeder Diener sang mit; sie schlugen mit den Bechern auf die Tische und grölten bei besonders schlüpfrigen Versen.

Auch Johannes Moser und Petrus Duremberger waren anwesend. Vor allem Johannes mochte das Feiern und wollte sich diesen Anlass nicht entgehen lassen. Im Gegensatz zu uns hielten sich beide jedoch mit dem Trinken zurück und begnügten sich damit, das aufgeheiterte Treiben in der Halle zu beobachten. Sie sassen in meiner Nähe an einem separaten Tisch, zusammen mit Veit, Lupi, Felis und Tus. Ich tätschelte einem Hund die Flanke und schwang meinen Becher im Takt der Musik.

Bald schon gab es die erste Rauferei. Ich bemerkte den Tumult und ging leicht schwankend auf die Männer zu, die sich gegenseitig mit Fäusten bearbeiteten. Grob packte ich den ersten und zog ihn zurück, sodass er rücklings auf einem Tisch landete. Sein Gegner war ausgerechnet Emilio, dem ich nun grob gegen die Brust stiess.

«Was zum Teufel soll das?», fragte ich.

Der andere Streithahn war Carlo. Keiner von beiden antwortete mir. Ich sah mich also um und entdeckte eine blutjunge, bildhübsche Magd, die ganz rot im Gesicht anlief, als sie meines Blickes gewahr wurde.

«Du bist also der Grund dafür, weshalb sich meine Männer streiten?», wollte ich von ihr wissen.

«Ich hoffe nicht, Herr», antwortete sie. Ich packte sie am Arm und zerrte sie mit mir an meinen Tisch, um den Streit zu beenden.

Es sollte nicht die letzte Prügelei an diesem Abend sein. Solange sich niemand ernstlich verletzt, griff ich jedoch nicht wieder ein. Später sah ich Emilio und Carlo immer noch gemeinsam am selben Tisch sitzen.

Der Grund für ihren Streit – jene Magd – hiess Margreth, und sie war wahrlich eine Schönheit. Sie hatte lange, helle Haare, die sie hinter dem Kopf zusammengebunden trug. Sie war nicht schüchtern und hielt meinem Blick mit ihren tiefblauen Augen ständig stand. Unwillkürlich musterte ich sie und mein Blick blieb bald auf ihren weiblichen Wölbungen heften. Sie bemerkte es und grinste.

«Bist du verheiratet?», wollte ich von ihr wissen.

«Nein», antwortete sie gefasst.

«Aber jemandem versprochen?»

«Dem Wirt vom Hoftor, ja», antwortete sie, worauf ich dachte: *Nach der heutigen Nacht wohl nicht mehr.*

Petrus Duremberger beobachtete uns. Mit missfallendem Blick sagte er mir: «Sie ist Benno versprochen. Er konnte sich aber den Dispens noch nicht leisten.»

«Ein Glück für mich», antwortete ich feixend.

«Aber sie wurde bereits versprochen! Benno wird den Betrag bald zusammenhaben und dann werden sie heiraten», protestierte Petrus.

Ich zog Margreth auf meinen Schoss und wollte von ihr wissen: «Und will sie Benno auch heiraten?»

«Nein, will sie nicht. Ich habe Benno nie gewählt», antwortete sie.

«Das tut nichts zur Sache. Es wurde bereits durch den Generalvikar so bestimmt!», sagte Petrus. Die feinen Äderchen auf seinen Wangen schienen zu pulsieren.

«Was vorher war, tut nichts zur Sache, Vater. Jetzt bin ich hier und ich habe die Hochzeit eben aufgelöst», sagte ich lallend.

«Ich werde ...», setze Petrus an, worauf jedoch Johannes seine Hand beruhigend auf Petrus Arm legte und ihm etwas ins Ohr flüsterte. Er beruhigte sich und sagte nichts weiter, sah mich jedoch abschätzig an.

Später holte jemand ein paar Habsburger Soldaten aus dem Verlies in den Innenhof des Schlosses. Zwei von ihnen sollten gegeneinander kämpfen. Zunächst mit blossen Fäusten, dann mit Katzbalgern. Trotz der Kurzschwerter kam der Kampf aber nicht richtig in Fahrt und so wurde der kleinere von beiden von der aufgebrachten Menge mit einem Schwert getötet. Der nächste Habsburger wurde aus dem Verlies geholt und in die Mitte der betrunkenen Menschenmenge geführt. Die Leiche des getöteten Habsburgers und das Versprechen der Beteiligten, den Sieger zu verschonen, liess die beiden Männer ernsthaft gegeneinander kämpfen.

Johannes eilte bald zu mir und bettelte mich an, dem grausigen Geschehen Einhalt zu gebieten. Ich jedoch war anderweitig beschäftigt. Margreth sass noch immer auf meinem Schoss und meine Hände erkundeten ihren Körper. Ich knurrte daher: «Seid froh, dass sie keinen Priester aus dem Stall holen.» Das Geschehen im Hof interessierte mich im Augenblick nicht.

Ich bekam gar nicht mehr mit, dass Johannes Moser und Petrus Duremberger das Fest wütend verliessen.

Lautes Klopfen gegen die Tür meiner Kammer liess mich am nächsten Morgen aufschrecken. Die schnelle Bewegung meines Kopfes bereute ich bereits einige Augenblicke später und ich liess mich sofort wieder zurück ins Bett fallen. Mein Kopf pochte im Gleichtakt mit dem Hämmern gegen die Tür.

«Herr, der Stadtrat verlangt nach euch», vernahm ich schliesslich. Ich kannte die Stimme, sie gehörte Angelo, einer jener jungen Männer, die während des Festes hatten Wache halten müssen.

Ich rief ihm zu, er solle verschwinden, und drehte mich im Bett um. Da sah ich in Margreths klare Augen, die bereits wach war und mich musterte. Ihr entblösster Leib erregte sogleich meine Aufmerksamkeit.

«Werdet Ihr den Hof an den Stadtrat übergeben, Herr?», fragte sie.

Ich erinnerte mich kaum mehr an die zurückliegende Nacht. Ich betrachtete das hübsche Geschöpf und zog es zu mir.

«Möchtest du, dass ich den Hof übergebe?»

Sie überlegte und antwortete: «Wenn Ihr den Hof übergebt, wird wohl bald wieder alles beim Alten sein, Herr.»

«Na, dann werde ich ihn nicht übergeben», sagte ich, worauf sie lächelte.

* * *

Prato Band 3 erscheint bereits im 1. Quartal 2025 und wird den Zyklus «Prato» abschliessen!

Glossar

Säumer, Saum, Susten	Diese Begriffe beschreiben den Warentransport in der mittelalterlichen Eidgenossenschaft. Der Saum (die Ware) wurde dabei von den Säumern (Transporteuren) zwischen den Susten (Lagerhäusern) transportiert.
Die acht alten Orte	Verbündete Ortschaften in dem Gebiet der heutigen Zentralschweiz. Die Orte hatten sich einen Eid geschworen, einander beizustehen (Eidgenossenschaft).
Landammann	Oberhaupt eines ländlichen Ortes und Oberbefehlshaber der Streitkräfte.
Schultheiss	Oberhaupt eines städtischen Ortes und Oberbefehlshaber der Streitkräfte.
Hauptmann	Befehlsoberhaupt aller Panner eines Ortes.
Pannerherr	Befehlshaber eines Panners (ca. 50 Soldaten).
Hellebarde	Typische Stangenwaffe der eidgenössischen Kämpfer im Mittelalter.
Katzbalger	Ein typisches Kurzschwert der eidgenössischen Kämpfer im Mittelalter.
Meier, Vogt	Ausserhalb der verbündeten acht alten Orte herrschte König Sigismund. Der König setzte sogenannte Meier und Vögte ein, die auf lokaler Ebene einfaches Recht sprachen.
Landsgemeinde	Versammlung aller ehrenhaften Männer eines Ortes, auf der wichtige Entscheidungen getroffen wurden.
Tagsatzung	Versammlung aller Landammänner der alten Orte, um Entscheidungen bezüglich der Eidgenossenschaft zu treffen.
Naue	Ein grösseres Schiff, welches unter anderem auf dem Vierwaldstättersee verkehrte.

Jasse	Ein kleineres Boot, welches unter anderem auf dem Vierwaldstättersee verkehrte.

Abbildungsverzeichnis

Literaturverzeichnis

- Augustin, C. (2012). Cama (Misox), Burgruine Norantola: von der Wehrmauer zum Castello: eine Untersuchung zur Baugeschichte. Abgerufen am 28.12.2023
- Aurelio, C. (1926). Von der Burg Mesocco. Bündnerisches Monatsblatt: Zeitschrift für bündnerische Geschichte, Landes- und Volkskunde. Abgerufen am 28.12.2023
- Carlen, L. (1982). Schwyz und die Galeerenstrafe. Der Geschichtsfreund: Mitteilungen des Historischen Vereins Zentralschweiz.
- Der Geschichtsfreund. (1950). Die Schlacht bei Arbedo 1422. Zentralschweiz, Der Geschichtsfreund: Mitteilungen des Historischen Vereins. Abgerufen am 28.12.2023
- Faden. (1799). Suisse. Abgerufen am 28.12.2023
- Feldmann, M. (1915). Schweizer Kriegsgeschichte. Bern. Abgerufen am 28.12.2023
- Fryberg, S. (1993). Verkehrswege in Uri – Der Urnersee. Altdorf. Abgerufen am 28.12.2023
- Huber, E. (1867-1934). Urner Wappenbuch. Abgerufen am 28.12.2023
- Jentzsch. (um 1800). Saumtierkolonnen am Gotthard. Umrissstich von W.Rothe nach einer Zeichnung von I. G. Abgerufen am 28.12.2023
- Jörger, A. (1989). Die Kunstdenkmäler des Kantons Schwyz. Neue Ausg., Bd. II: Der Bezirk March. Basel. Abgerufen am 28.12.2023
- Kaiser, O. (12.03.2021). www.burgenwelt.org. Abgerufen am 28. 12 2023 von HOF CHUR (BISCHÖFLICHE PFALZBURG): https://www.burgenwelt.org/schweiz/chur_hof/object.php
- Landolt, O. (2008). Die «vesti» Grinau: Zoll- und Grenzstätte in spätmittelalterlicher Zeit. Mitteilung des historischen Vereins des Kanton Schwyz.
- Lussmann, L. (1412-1928). Die Landsgemeinde zu Bötzlingen 1412-1928. Abgerufen am 28.12.2023

- Luzern Tourismus. (2017). Der Wasserturm. Luzern. Abgerufen am 28.12.2023
- Luzern, Z. G. (1838). Kapellbrücke Luzern Südausgang. Zentral Gut Luzern, Luzern. Abgerufen am 28.12.2023 von https://zentralgut.ch/image/997215330105505/
- Poeschel, E. (1948). Die Kunstdenkmäler des Kantons Graubünden. Bd. VII: Chur und der Kreis Fünf Dörfer. Basel. Abgerufen am 28.12.2023
- Reitmaier, T., & Egloff, G. (2008). Da sich viele Schiffbruech begeben … Historische Gesellschaft Luzern. Abgerufen am 28.12.2023
- Schmugge, L. (2002). Das Bistum Chur im Spätmittelalter. Untervazer Burgenverein Untervaz. Universitätsverlag Freiburg Schweiz. Abgerufen am 28.12.2023
- Schnyder, W. (1967). Reich und Arm im spätmittelalterlichen Luzern. Der Geschichtsfreund: Mitteilungen des Historischen Vereins. Abgerufen am 28.12.2023
- Senn, H. (4.11.2008). Historisches Lexikon der Schweiz HLS. Abgerufen am 28. 12 2023 von Kriegführung: https://hls-dhs-dss.ch/de/articles/008594/2008-11-04/
- Stadler, H. (2015). Die Geschichte des Landes Uri. Altdorf, Uri, Schweiz: Gisler Druck. Abgerufen am 28.12.2023
- Steiner, A. (2023). Sisikon.
- Tschudi, A. (1563). Halbsuterlied. Abgerufen am 28. 12 2023
- Verschiedene I. (12.12.2023). Wikipedia. Abgerufen am 28.12.2023 von Chur: https://de.wikipedia.org/wiki/Chur#cite_note-16
- Verschiedene II. (15.05.2023). Wikipedia. Abgerufen am 28.12.2023 von Treib: https://de.wikipedia.org/wiki/Treib
- Verschiedene III. (2024). Wikipedia (2023). Von Filippo Maria Visconti: https://de.wikipedia.org/wiki/Filippo_Maria_Visconti abgerufen
- Von Liebenau, T. (1886). Die Schlacht zu Arbedo nach Geschichte und Sage. Der Geschichtsfreund. Abgerufen am 28.12.2023
- W.Z. (1958). Das Haus an der Treib. Band: 53. Abgerufen am 28.12.2023

Ihre Zufriedenheit ist unser Ziel!

Liebe Leser, liebe Leserinnen,

hat Ihnen unser Buch gefallen? Haben Sie Anmerkungen für uns? Kritik? Bitte zögern Sie nicht, uns zu schreiben. Wir werden jede Nachricht persönlich lesen und beantworten.

Schreiben Sie uns: info@ek2-publishing.com

Wussten Sie schon, dass Sie uns dabei unterstützen können, deutsche Militärliteratur sichtbarer zu machen? Bitte nehmen Sie sich einen Moment Zeit und bewerten Sie dieses Buch auf Amazon. Viele positive Rezensionen führen dazu, dass das Buch mehr Menschen angezeigt wird.

Sie können somit mit wenigen Minuten Zeitaufwand unserem kleinen Familienunternehmen einen großen Gefallen tun. Vielen Dank für Ihre Unterstützung!

PS: In seltenen Fällen kommt ein Buch beschädigt beim Kunden an. Bitte zögern Sie in diesem Fall nicht, uns zu kontaktieren. Selbstverständlich ersetzen wir Ihnen das Buch kostenlos.

Erscheint im Oktober 2024 …

NIBELUNGENBLUT BAND 1

Erleben Sie die dramatische Nibelungen-Sage als realistischen Mittelalter-Roman.
Autor Patrick Klein hat auf Basis des berühmten deutschen Nationalepos einen historischen Roman vorgelegt, der erzählt, wie sich die berühmte Sage wirklich zugetragen haben könnte.

Lesen Sie packende historische Romane!

Der Siebenjährige Krieg ist beendet, doch für Shingas, Krieger der Irokesen-Indianer, geht der Kampf gegen die Engländer weiter …

Link:

https://www.amazon.de/s?k=der+letzte+mohikaner&rh=p_78%3AB0DHKVLBLT

Tragen Sie sich jetzt in den Newsletter ein, um Band 2 nicht zu verpassen!

Tragen Sie sich in den Newsletter von *EK-2 Militär* ein, um über aktuelle Angebote und Neuerscheinungen informiert zu werden und an exklusiven Leser-Aktionen teilzunehmen.

Als besonderes Dankeschön erhalten Sie **kostenlos** das E-Book »Die Weltenkrieg Saga« von Tom Zola. Enthalten sind alle drei Teile der Trilogie.

Klappentext: Der deutsche UN-Soldat Rick Marten kämpft in dieser rasant geschriebenen Fortsetzung zu H.G. Wells »Krieg der Welten« an vorderster Front gegen die Marsianer, als diese rund 120 Jahre nach ihrer gescheiterten Invasion erneut nach der Erde greifen.

Deutsche Panzertechnik trifft marsianischen Zorn in diesem fulminanten Action-Spektakel!

Band 1 der Trilogie wurde im Jahr 2017 von André Skora aus mehr als 200 Titeln für die Midlist des Skoutz Awards im Bereich Science-Fiction ausgewählt und schließlich von den Lesern unter die letzten 3 Bücher auf die Shortlist gewählt.

»Die Miliz-Szenen lassen einen den Wüstensand zwischen den Zähnen und die Sonne auf der Stirn spüren, wobei der Waffengeruch nicht zu kurz kommt.«

André Skora über Band 1 der Weltenkrieg Saga.

Link zum Newsletter:

https://ek2-publishing.aweb.page

Über unsere Homepage:

www.ek2-publishing.com

Klick auf *Newsletter* rechts oben

Via Google-Suche: *EK-2 Verlag*

Impressum

Eine Veröffentlichung der EK-2 Publishing GmbH

Friedensstrasse 12
47228 Duisburg
Registergericht: Duisburg
Handelsregisternummer: HRB 30321
Geschäftsführerin: Monika Münstermann

E-Mail: info@ek2-publishing.com
Website: www.ek2-publishing.com

Cover/Umschlag: Jörg Piesker
Autor: Adrian Steiner
Lektorat & Buchsatz: Jill Marc Münstermann
Buchsatz: Jill Marc Münstermann

1. Auflage, Oktober 2024

Printed in Poland
by Amazon Fulfillment
Poland Sp. z o.o., Wrocław

51982812R00118